過香積寺

향적사를 찾아가다

향적사 어딘지 알지 못하여
구름 봉우리 속으로 몇 리나 들어간다
고목 우거져 사람 다니는 걸 없건만
깊은 산 속 어딘가의 종소리
샘물 소리 가파른 바위에서 흐느끼고
햇살은 푸른 소나무를 차갑게 비치고 있네
편안히 참선하며 잡념을 걸어 낸다네

不知香積寺
數里入雲峰
古木無人徑
深山何處鍾
泉聲咽危石
日色冷青松
薄暮空潭曲
安禪制毒龍

情恨劍 悲劍無舞

정한검 비검무

정한검 비검무 3

남궁훈 新무협 판타지 소설

초판 1쇄 찍은 날 § 2005년 12월 5일
초판 1쇄 펴낸 날 § 2005년 12월 15일

지은이 § 남궁훈
펴낸이 § 서경석

편집장 § 문혜영
편집책임 § 김민정
편집 § 서지현 · 최하나

펴낸곳 § 도서출판 청어람
등록번호 § 제1081-1-89호
등록일자 § 1999. 5. 31
어람번호 § 제2-0757호

주소 § 경기도 부천시 원미구 심곡1동 350-1 남성B/D 3F (우) 420-011
전화 § 032-656-4452 팩스 § 032-656-4453
http://www.chungeoram.com
E-mail § eoram99@chollian.net

ⓒ 남궁훈, 2005

ISBN 89-5831-747-7 04810
ISBN 89-5831-744-2 (SET)

정한검 비검무

남궁훈 新무협 판타지 소설

3

아검지애(啞劍之哀)

도서출판 청어람

목차

第二十六章
모용세가

태양이 중천에 떠올라 세상을 밝음으로 이끌고 있었지만, 하북 용성(容城)이라 불리던 고을의 그 장원만은 세상의 밝음에서 한발 물러서 있는 듯 보였다.

장원의 고요함을 기이하게 여긴 바람이 그곳을 향해 날아들고 있었다. 분명 장원의 문으로 수십 명의 사람들이 들고나고 있었지만, 그들의 표정은 한결같이 어두웠고, 몸가짐 역시 조심스럽기 이를 데 없었다. 태양의 부탁을 받고 내려왔던 바람은 그제야 장원의 적막을 이해했다. 망자의 마지막을 방해하지 않으려는 인간들의 배려.

바람이 소식을 전하기 위해 태양을 향해 날았고, 부고(訃告)하기 위해 내걸린 하얀 상기(喪旗)가 바람에 말리며 가볍게 진저리를 쳤다.

"…이제… 편히 쉬시게."

깊이 잠긴 목소리. 하루 동안이나 시신이 되어 돌아온 의제의 곁을 지켜낸 노인. 지난 세월, 그들이 함께한 시간의 주마등이 제자리를 찾기까지 하루라는 시간이 필요했다. 그 시간의 되새김이 끝나자, 노인은 자리에서 몸을 일으키며 마지막 인사를 건넸다. 그리고 천천히 몸을 돌려 문을 향해 걸음을 옮겼다. 하나 문고리를 잡아가던 중년인의 몸이 잠시 멈춰 섰다.

"걱정 마시게. 가시는 길이… 외롭지는 않을 것이네."

노인의 목소리에는 굳은 다짐이 있었다. 망자에 대한 맹세였고, 자기 자신에게 내린 명령이었다. 장안호의 시신을 바라보던 노인. 모용세가의 가주이며 장안호의 의형인 모용중경이 죽은 의제를 위한 자신의 결정을 되새기며 문을 열었다.

문을 열자 사람들의 모습이 보였다. 만 하루 동안 닫혀 있던 문이 열렸지만, 장내의 누구도 쉽게 입을 열지 못하고 있었다. 잠시 그들을 바라보던 모용중경이 굳은 표정으로 명을 내렸다.

"당주 이상의 식솔들은 모두 회청으로 모이도록 해라."

"예, 가주."

모용중경의 한마디에 문 앞에 모여 있던 십수 명의 허리가 공손히 숙여지고 있었다.

전각 밖에서 가주의 명을 기다리던 식솔들이 하나둘 회청으로 모여들기 시작했다. 회청의 분위기는 그들의 행동 가짐을 더욱 조심스럽게 만들고 있었고, 굳은 표정의 모용중경이 회청에 들어섰을 땐 그 안의 기류마저 경직되어 버린 듯했다.

"빠진 사람은?"

"섬서 만화궁(萬花宮)의 의뢰로 기문당주(奇門堂主)가 기문당 소속 학사 다섯과 외당 무사 열 명을 대동하고 출타 중입니다."

평소 같다면 여인 문파인 만화궁의 일을 맡게 된 기문당주에 대한 부러움 섞인 농담이 오고 갔을 터였지만 그들이 입고 있는 새하얀 상복은 그러한 작은 즐거움마저 허락치 않았다. 그러한 분위기에 가장 깊이 잠겨 있던 모용중경은 가볍게 고개를 끄덕여 보이곤 다시 물었다.

"내가 알고 있는 것은 이 자리에 모인 사람들도 모두 알고 있을 것, 내가 모르는 것에 대해 이야기해 주게."

모용중경의 말에 총관이자 아우인 모용중광이 고개를 끄덕이곤 입을 열었다.

"흉수는 한이라는 이름만이 알려진 신원 미상의 사내입니다. 나이는 대략 이십 세에서 삼십 세 전후. 강서 파양에서 처음 모습을 드러내었고, 이후 호광에서 무창에 이르는 동안 세 사람의 인명을 해쳐 관부의 추적을 받았습니다. 하나 흉수의 악명이 천하에 알려진 것은 바로 동정수로채와의 시비 때문이었습니다. 그 시비로 무창을 거점으로 하는 흑룡채의 수적 백여 명이 목숨을 잃었습니다."

"이틀 새 백 명? 허어… 살성일세, 살성이야."

"그럼, 무창에 나타났다는 그 살인마가……?"

몇몇 사람들이 그의 소문을 들어 알고 있다는 듯 눈을 크게 떴다. 무창에서 살겁이 일어난 지 근 이십여 일. 무창살귀에 관한 소문은 전 중원으로 퍼져 나가고 있었다. 모용중경이 손을 들어 좌중의 소란을 가라앉히자 모용중광이 다시 이야기를 이어갔다.

"흉수는 흑룡채 이외의 인물도 살해하였는데, 흉수의 손에 피살된 또 다른 이가 바로 초가장의 장주였습니다. 아시다시피 초가장은 본가에 기관 설치를 의뢰해 왔던 곳으로, 총호법과 기문당 학사 두 명, 외당 무사 두 명이 파견되어 있었습니다. 평소와 같았다면 사건이 발생한 즉시 철수하는 것이 원칙이나, 본 가의 외당 무사들이 흉수에게 변을 당하였습니다. 혐의지심이 강한 총호법이 그것을 묵과할 리 없었고, 본가의 남은 인물들과 함께 흉수를 쫓게 된 모양입니다. 무창에서 안휘성까지 추격을 하였으나 결국 간악한 흉수의 손에 총호법이 변을 당하게 된 것입니다."

사람들의 눈에는 여러 가지 감정이 떠올라 있었다. 설마 하니 그런 근본도 모르는 자에게 총호법이 당했을 줄은 몰랐다는 당혹감과 하루 사이 일백을 베어냈다는 살성이니 어쩔 수 없었을 것이라는 허탈함, 그리고 모용중경의 눈에 떠오른 순수한 분노와 같은 빛을 띤 이도 몇 있었다. 모용중경이 다시 손을 들어 어수선한 분위기를 가라앉혔다.

"어떻게 하면 좋겠는가?"

모용중경의 말에 한 사람이 자리에서 일어섰다. 희끗한 새치가 군데군데 수놓인 중년의 사내. 모용세가의 무사들을 통솔하고 있는 외당주 모용진천이었다.

"총호법이 비록 모용의 성을 가지진 않았으나 그는 그 어떤 모용가보다도 본 가를 사랑하는 사람이었습니다. 본 가를 위해 수십 년의 세월을 헌신하였으니 만약 우리가 그의 억울함을 모른 척한다면 강호동도들의 비웃음을 사게 될 것입니다. 지금 당장 그 흉수의 목을 베어 총호법의 넋을 달래야 합니다."

모용진천의 우렁찬 목소리가 회청을 울리자 곳곳에서 그의 뜻에 동조하는 주억거림이 일었다. 그때 그의 반대편에 앉아 있던 계피학발의 노인이 일어섰다.

"여기 있는 모든 이가 총호법의 죽음을 통탄해하고 있네. 하나 일에는 선후가 있는 법. 조카의 마음을 모르는 것은 아니네만, 무작정 흉수의 단죄를 부르짖을 일만은 아니네."

노인의 말에 모용진천이 자못 불쾌한 듯 보였지만, 그것은 극히 미미한 표현에 불과했다. 감히 가주의 사촌이고, 기강을 다스리는 내율원의 원주이며, 자신의 아저씨뻘이나 되는 노학자 모용고한에게 쌍심지를 돋울 수는 없는 일이었으니.

"고견을 듣고 싶군요."

모용중경의 부탁에 모용고한이 입을 열었다.

"가주께서도 들어 아시겠지만, 총호법을 해친 흉수는 악명이 자자한 살성이오. 그에 대한 정보가 부족하긴 하지만, 그자에 대한 소문이나 총호법의 시신을 운구한 정이의 증언만 보더라도 그자를 제압하려면 적지 않은 피해를 감수해야 할 것이라 생각하고 있소. 또 아직 단언하기는 이르지만 내율원(內律圓)에서는 총호법이 독이나 다른 이유의 암습을 받은 흔적을 찾지 못했소. 총호법은 그자와의 대결에 패한 후 죽은 것이오."

내율원주이자 모용세가의 큰 어른 중 한 명인 모용고한의 이야기에 좌중의 몇몇 인물들은 놀란 기색을 숨기지 못했다.

"그자의 무위가 두려워 총호법의 원한을 묻을 수는 없는 일입니다."

"그야 이를 말인가. 다만, 아무런 대책 없이 우르르 달려가 해결될 일이 아니란 말일세. 그자의 손에 당한 이가 장안호 총호법이라는 사실을 잊지 말게."

모용고한의 대답에 모용진천은 입을 다물 수밖에 없었다. 장안호는 모용세가의 최고 고수라 할 수 있었다. 물론 모용세가에 그와 비등한 실력을 지닌 고수가 없는 것도 아니었지만, 그런 고수들의 희생을 쉽게 결정할 수 있을 정도로 모용세가의 잠재된 무력이 대단하다 말하기도 어려웠다. 사람들 모두 저마다의 상념에 빠져들고 있었기에 회청은 일시지간 무거운 침묵이 이어지고 있었다. 그런 침묵을 깬 것은 가주인 모용중경이었다.

"달라지는 것은 없습니다. 나는 이번 일을 결코 묻어두지 않을 것입니다."

모용중경의 냉기 어린 목소리에 회청의 공기가 삽시간에 얼어붙어 버린 듯했다. 모용고한은 고개를 끄덕이며 자리에 앉았다. 모용중경의 머리 속엔 이미 이후의 행보에 대한 대책이 서 있을 것이다. 이 자린 그것을 알리는 자리였고, 그 뜻에 따라 행동하라는 다짐의 자리일 뿐이었다. 좌중의 이목이 모용중경에게 집중되고 있었다.

"진천, 외당에서 오 개 대를 차출하라. 중광은 추적에 필요한 모든 지원을 준비해 주게. 그리고 고한 형님께서는 내율원 검수 서른을 뽑아 저와 함께 움직여 주십시오. 추적의 대상은 총호법을 살해한 흉수와 그와 관련된 인물 전원. 추적대의 인솔은 내가 직접 할 것이고, 추적의 기한은… 흉수의 주살이 확인되는 순간까지다."

모용중경의 결정에 좌중이 술렁이고 있었고, 가장 가까이에 있던 내율원주 모용고한과 대내총관 모용중경은 거의 동시에 자리를 박차고 일어나 불가를 외쳤다.

"안 됩니다, 가주!"

"아니 되오, 가주."

모용중경은 그들을 바라보지도 않은 채 손을 들어 진정시켰다. 좌중의 술렁임이 잦아들고 나서야 시선을 모용고한에게 돌렸다.

"어찌 흉수의 추적에 가주가 직접 나설 수가 있소? 이런 경우는 없는 법이오!"

모용고한의 말에 대한 답을 미룬 모용중경의 시선이 이번엔 모용중광에게 향했다.

"현실적으로도 너무 과한 인력 운용입니다. 외당 오 개 대라면 근육십 명입니다. 외당 열두 개 대 중 절반과 내율원 고수 서른이면, 본가 전체 전력 중 사 할에 달하는 인원입니다. 거기에 가주까지 본 가를 비우신다면……."

한 배에서 나온 친아우였지만, 모용중광은 친형의 안위보다 본 가의 안위에 더욱 중심을 두며 이야기했다. 하지만 모용중경은 그의 그런 마음씀을 탓하지 않았다, 세가를 책임진 총관이 보여줄 수 있는 당연한 결과였으니.

하지만 모용중경은 친아우에게조차 대답을 미루며 시선을 떼었다. 회청 안에 있던 사람들 모두 걱정 어린 시선으로 그를 바라보고 있었다. 총호법의 원수를 갚는 것에 반대할 이는 없었지만, 모용중경의 결정은 쉽게 동의하기 어려웠다. 하지만 그는 모용세가의 가주였다.

"죽은 이는 본 가의 총호법이었으니 본 가에서 그의 은원을 떠안는 것이 당연하다. 또한 죽은 총호법은 나의 의제였으니, 의형 된 자로 마땅히 아우의 복수를 위해 몸을 사리지 않는 것이 당연하다. 내율원주가 밝힌 것처럼 그자가 그토록 위험한 자라면 그를 충분히 제압할 수 있을 만큼의 인원을 운용함이 당연하다. 내가 본 가의 가주로 있는 이상, 내 의견이 본 가의 존폐를 걱정해야 할 만큼 어긋난 결정이 아니라면 식솔들은 그 의견을 따름이 당연하다.”

모용중경의 명엔 한 치의 양보도 없었고, 자신의 의견에 반대함을 용납지 않겠다는 강한 의지가 철벽처럼 버티고 서 있었다. 회청의 누구도 그런 모용중경의 단호한 결정에 이의를 제기하지 못하고 있었다. 세가의 몇 안 되는 가주의 손윗사람인 모용고한조차, 서릿발같은 위엄에 놀라 함부로 토를 달지 못했다. 다만 가주의 친아우인 모용중광만이 어렵게 입을 열어 의견의 부당함을 피력하려 했다. 하지만…

“가주, 다시 한 번…….”

“외당 오 개 대 중 이 개 대를 선발추적대로 편성하고, 남은 인원은 주살대로 명한다. 선발대의 출발은 사흘 후, 주살대의 출발은 장례가 끝나는 열흘 후로 한다. 총관은 차질없도록 준비하라. 그리고 주살대가 출발한 직후 본 가는 임시 봉문과 함께 갑호 방호무장을 해제하도록 하라.”

“……?!”

서릿발을 헤치며 어렵게 말을 꺼냈던 모용중광의 입이 굳어져 버렸을 만큼 모용중경의 명은 파격 그 자체였다.

모용세가는 절륜한 무공을 얻지 못한 대신, 하늘을 가둘 수 있을 만큼 절묘한 기관진식을 가지고 있다. 모용세가 사람들끼리는 ‘본가에서 옥쇄한다면 구파일방 전부와 싸워도 삼 년은 버틸 수 있다’ 라 호언장담할 정도로 그들의 방패는 견고하고 단단했다. 갑호 방호무장은 그러한 모용세가의 방어 중 최상위에 있는 것이었으니, 말 그대로 감당할 수 없는 외부의 침입으로 세가의 존폐가 위협을 받았을 때나 시행될 법한 최악의 경계였다. 갑호가 해제되고 나면 모용세가의 장원 전체에 숨겨진 기관과 진법이 일제히 작동하게 된다. 한마디로 모용세가 자체가 누구도 들어올 수 없는 철옹성이 되는 것이고, 누구도 살아 나갈 수 없는 천고 절진이 되는 것이었다.

하나 그만큼 큰 대가를 치러야 한다. 해제 후 재가동까지 반년 이상이 소요되고, 갑호 방호무장이 시행되고 있을 때에는 외부와의 모든 왕래가 단절된다.

고립무원. 철저히 모용세가는 세상과 단절되어 버리는 것이었다. 세가를 경영하는 입장에서 본다면 최악의 선택이라 할 수 있었지만, 모용중경은 그것을 강요하고 있는 것이다.

"갑호 무장방호가 시행되는 동안은 어떠한 것도 본 가를 위협할 수 없으니 나와 추적주살대의 공백은 문제가 되지 않을 것이다. 비록 일시지간 본 가의 위세가 힘을 발휘하지 못하게 될 것이나, 본 가를 위협하는 자들은 반드시 응징하고 만다는 의지를 보여주는 것이니 결코 본 가에 해가 되는 선택은 아니라고 본다."

모용중경의 의지는 확고부동했다. 적어도 그의 결정대로 한다면 소소한 문제는 생길지언정, 그리 큰 문제는 발생하지 않을 것 같았다, 가주만 무사히 돌아온다면.

"더 이상의 논의는 불필요하다 생각되니, 지금부터 모든 기술들은 서둘러 준비해 주기 바란다."

모용중경은 사람들의 이야기를 듣지 않겠다는 듯 자리에서 일어나 회청 밖으로 향했다. 사람들의 시선이 그의 뒷등으로 향했지만, 그의 모습이 사라지던 그 순간까지 누구도 입을 열지 못했다.

"아가씨, 또 안 드셨어요? 아무리 긴 여행에 피곤하셔도……."

젊은 시비의 호들갑에도 모용상아의 시선은 창밖의 풍경에 고정되어 움직일 줄을 몰랐다. 내원과 외원을 가르는 담장 너머로 검은 물결들이 출렁이고 있었다. 장원의 곳곳에 걸린 횃불들을 따라 수백의 그림자가 너울대고 있었다. 이미 날이 어둑해진 지 오래건만, 조문 온 사람들의 수는 더욱 늘어만 가고 있었다. 모용상아는 장안호의 시신과 함께 모용세가로 돌아와 있었다.

"아가씨, 죽이라도 쑤어올 테니 잠시만 기다리세요."

"그러지 마. 아무것도 먹고 싶지 않아."

목소리만으로도 그녀에게 식욕이란 것이 남아 있지 않음을 느낄 수 있었다. 하나 팔 년간이나 그녀의 수발을 들어온 취앵은 지금 모용상아에게 필요한 것이 무엇인지를 정확히 알고 있었다.

"담채죽(淡菜粥)으로 쑤어올게요. 그것도 안 드시면 내일부턴 음식 수발 안 해드릴 거예요."

다 식은 음식이 담긴 소반을 든 취앵이 싱긋 웃어 보이곤 방을 나갔다. 모용상아는 그 모습에 잠시 미소를 지어 보이곤 이내 창밖으로 시선을 돌렸다. 사람들의 웅성거림 때문인지 잠시 지어졌던 미소는 온데간데없이 사라져 있었다. 잠시 후 방문이 열리는 소리가 들렸다. 모용상아는 작게 한숨을 쉬며 말했다.

"글쎄, 안 먹는다니까? 먹고 싶으면 내가 먼저 달라고 할 테니까……."

"끼니를 걸렀느냐?"

취앵의 밝은 목소리가 아닌 남자의 굵은 저음이 모용상아의 정신을 일깨웠다. 모용상아는 황급히 고개를 돌리며 들어온 이의 존재를 확인했다.

"아… 버지."

모용상아의 눈이 문을 열고 들어선 모용중경의 모습을 바라보고 있었다. 모용중경의 입에 작은 미소가 걸리자 그제야 모용상아의 눈에 맺혔던 굵은 눈물방울이 떨어져 내렸다.

"아버지!"

모용중경은 자신의 품으로 달려드는 딸의 모습에 조금 놀란 듯 눈을 크게 떴지만, 이내 팔을 들어 흐느끼는 딸의 등을 토닥여 주었다. 모용상아를 품에 안은 모용중경의 모습에서, 회청에서 좌중을 압도하던 기세는 찾아볼 수가 없었다. 모용상아는 오십이 넘어 얻은 하나밖에 없는 혈육이었다. 제아무리 강직한 성품의 모용중경이라 하지만 모용상아가 열일곱이 되는 오늘날까지 딸아이의 앞에선 인상 한 번 구긴 적이 없었다. 모용상아는 그의 전부였다.

"아가, 울지 말거라."

"흐흐흑."

모용중경의 다독임에도 모용상아의 흐느낌은 잦아들 줄을 몰랐다. 처음 장안호의 수급을 보았던 날은 실신하는 바람에 눈물을 흘리지도 못했다. 깨어난 후에는 장안호를 덮고 있던 하얀 천을 들지도 못한 채

덜덜 떨기만 하였고, 결국 집으로 향하는 마차에 오르고 나서야 잊었던 눈물을 흘릴 수 있었다. 이십여 일의 여정 동안 그녀가 할 수 있었던 것은 장안호의 시신을 바라보며 눈물을 흘리는 것뿐이었다. 그녀의 눈물이 마른 것은 세가로 들어선 후였다. 세가의 모든 사람이 장안호의 시신 앞에서 통곡했었다. 자신의 아비는 죽은 숙부와 함께 내실로 들어가 나오지도 않았다. 그녀 혼자 남게 되자 비로소 눈물이 멈추었던 것이다. 그렇게 겨우 멈추어졌던 눈물을 그녀의 아비가 다시 솟구치게 한 것이었다.

"죄송해요, 아버지… 죄송해요……."

"아니다. 너는 아무런 잘못이 없다. 그러니 이제 그만 울거라."

모용중경의 다독임도 아무런 소용이 없었다. 모용중경의 입에서 작은 한 숨이 새어 나왔다.

"너를 보낸 것이 불찰이었어. 그런 험지가 될 줄 알았다면… 결코 너를 보내지 않았을 것을. 안호의 죽음을 보아야 했던 네 마음이 얼마나 많이 상했을지… 미안하구나."

"아니에요… 아니에요……."

모용상아는 도리질을 치며 모용중경의 품으로 더욱 파고들었다. 눈물은 하염없이 흐르고 있는데도, 그녀의 목구멍까지 치고 올라온 그 한마디는 감히 새어 나오지 못했다.

'저 때문이에요… 숙부가 죽은 건… 모두 저 때문이에요…….'

자신만 없었다면, 자신이 무창에만 가지 않았더라면, 무창에서 그를 만나지만 않았더라면 숙부는 죽지 않았을지 모른다. 그를 뒤쫓지 않았을지도 모른다. 뒤쫓았다 하더라도 뗏목 위에서 그를 잡았을지도 모른다. 뗏목 위에서 그를 만났을 때… 자신만 아니었다면…

'미안해요, 숙부… 내가… 숙부를 죽인 거예요…….'

모용상아의 흐느낌에 모용중경은 어찌할 바를 몰라 하고 있었다. 앉아서 천 리를 내다보는 지자라 해도 코앞의 사람 속은 들여다보지 못하는 법. 그것은 피를 이은 자식이라 하여도 다를 바가 없었다. 그저 흐느껴 우는 딸아이의 등을 토닥여 주는 것이 그가 할 수 있는 전부였다.

얼마나 지났을까. 흐느낌에 지친 그녀가 천천히 머리를 떼었다. 모용중경은 그런 모용상아를 부축해 자리에 앉혔다.

"안색이 너무 안 좋구나. 끼니 거르지 말고, 휴식을 충분히 취하도록 하여라. 너의 그런 모습을 보니 이 아비의 마음이 너무나 아프구나."

모용중경의 말에는 한 점의 거짓도 없었다. 오십이 넘어 얻은 유일한 혈육이었다. 이십 년을 함께 살았던 아내의 목숨과 맞바꾼 아이였다. 주위의 재혼 권유도 마다하고 여인의 지분 냄새조차 멀리하며 키운 아이였다. 눈에 넣어도 안 아픈 아이가 아니라, 자신의 두 눈에 넣고 다니고 싶은 아이였다. 모용상아는 그런 아이였다.

"네 숙부의 원한은 결코 잊지 않을 것이다. 네 숙부의 목숨 값과 그의 죽음을 슬퍼한 사람들의 눈물 값까지 모두 받아낼 것이다. 그러니 너무 가슴 아파하지 말거라. 그래야 네 숙부도 지하에서 편히 눈감을 수 있을 것이니……."

모용중경의 부드러운 음성에 모용상아의 심장이 덜컥 내려앉고 있었다. 그녀의 어깨가 잔경련을 하고 있었지만, 모용중경은 손끝으로 전해진 떨림을 숙부를 잃은 질녀의 노함이라 여기고 있었다. 그는 가만히 고개를 끄덕이며 그녀의 어깨를 토닥여 주는 것으로 아비의 도리를 다했다.

"사흘 안으로 추적대가 출발할 것이고, 열흘 후엔 이 아비가 직접 흉수를 잡기 위해 출발할 것이니, 여름이 가기 전에 안호의 원혼을 달래 줄 수 있을 것이다. 하니 너도 끼니 거르지 말고 몸조리 잘해, 네 숙부의 가슴이 너무 무겁지 않게 하려무나. 네 숙부가 지하에서 네 모습을 본다면 나만큼이나 가슴 아파할 터이니……."

"…예."

모용상아는 남은 숨을 억지로 쥐어짜내어 간신히 대답을 했다. 모용중경은 그런 그녀의 어깨를 한번 토닥여 주곤 그녀의 방을 나섰다.

흐느낌으로 소란스러웠던 내실에 정적이 돌아왔다. 의자에 앉아 있던 모용상아는 움직일 줄 몰랐다. 하지만 그녀의 심장은 그 어느 때보다도 세차게 뛰고 있었다.

'아버지가… 그를… 아버지가…….'

모용상아의 눈에서 초점이 흐려지고 있었다. 아무런 생각도 할 수가 없었다. 어깨는 제멋대로 떨렸고, 맞잡은 두 손에선 끈적한 땀이 배어 나오고 있었다. 열어둔 창으로 드는 바람이 차게만 느껴졌다. 자신의 몸이 차갑게 얼어가는 것만 같았다. 일어나 창문을 닫고 싶었지만… 한 걸음도 떼어낼 수가 없었다.

모용상아의 흐릿해진 두 눈이 이내 천천히 감기고 있었다. 칠월의 바람이 그녀의 전신을 얼려가고 있었고, 추위에 떨던 그녀의 작은 입으로 뜨거운 입김이 새어 나오고 있었다. 그리고 이마를 타고 흐르던 식은땀이 바닥으로 떨어지며, 모용상아의 신형도 함께 무너져 버렸다.

　　　　　*　　　　　*　　　　　*

　태호는 크다. 동서로 일백오십 리요, 남북으로 일백칠십 리에 달하
는 거대한 호수. 오백여 리에 달하는 태호 변을 일주하려면 건마로 달
려도 하루 밤낮을 쉬지 않고 꼬박 달려야 한다. 워낙 넓은 곳이다 보니
풍경 좋은 곳을 찾아 들어선 기루가 즐비한 곳도 있었지만, 어선 한 척
오가지 않을 만큼 황량한 곳도 태반이었다.

　그가 서 있던 누각은 번잡함과 한산함이 적당히 교차되는 그런 곳이
었다. 잔물결 출렁이는 태호를 바라보고 있던 사내. 사내가 누각에 오
른 지 일각도 채 지나지 않아 사내의 곁으로 한 사람이 다가왔다.

　"오랜만입니다, 양 형. 옷이 바뀌어 못 알아볼 뻔했습니다."

　난간에 기대어 서 있던 거구의 사내가 가만히 고개를 돌려 다가선
사내를 바라보았다. 어디서나 흔히 볼 수 있는 얼굴. 저자에서 그릇을
팔아도 어울릴 것 같았고, 객점의 점소이라 해도 괜찮겠다 싶은 평범한
인상의 사내가 한을 바라보고 있었다. 사내는 한의 시선에 싱긋 웃어
보일 정도로 친근하게 굴었다. 모르는 이가 본다면 오랜만에 만난 반
가운 사이라 생각될 정도로.

　한은 즐겨 입던 검은 장포와 검은 피풍의 대신, 짙은 자주색의 사금
장포를 입고, 챙이 넓은 죽립으로 얼굴을 가리고 있었다. 사내는 마치
오랫동안 알아왔다는 듯 그의 옷가지에까지 관심을 보였다. 오늘 처음
만난 사이임에도.

　"무창에서는 큰일을 치셨더군요. 이곳까지 소문이 전해질 정도이

니……."

한의 시선이 사내에게서 다시 태호로 옮겨갔다. 사내의 말에 대꾸해 줄 수도 없었고, 자신이 듣고 싶어 한 이야기도 아니었다. 이들과의 만남은 늘 이런 식이다. 자신이 기다리고 있으면 그들이 찾아온다. 그리고 간단한 대화가 이어지고 나면 사내는 자신이 원하는 이야기를 들려주고 사라진다. 그들과 자신의 관계는 그것뿐이었다. 한데 오늘은 달랐다.

"식전이시죠? 가시죠. 괜찮은 곳을 알고 있습니다. 오늘은 제가 대접하죠."

한의 눈이 무슨 소리를 하느냐 묻고 있었다. 하나 사내는 한을 잡아끄는 시늉까지 하며 목소리를 높였다.

"번번이 신세만 진 것 같아 그럽니다. 오늘은 제가 대접할 테니 그러지 말고……."

"만나뵙고 싶어 하는 분이 계십니다. 다음 대상은 그곳에서……."

사내의 재빠른 전음이 한의 고막을 파고들었다. 무언가 미심쩍은 느낌을 받았지만 그는 자신이 기다리던 사내가 분명했다. 사내는 분명 자신을 양 형이라 불렀다. 노인이든 아이든 여인이든 자신을 양 형이라 부르는 이는 자신을 돕는 그들뿐이다. 한은 사내의 이끎을 따르지 않을 도리가 없었다. 그들이 사라진 누각 위로 밤을 알리는 바람이 태호를 향해 날아들고 있었다.

*   *   *

"이것아, 암내 좀 그만 풍기고 가만히 좀 앉아 있어라. 네가 그리 안 절부절못한다고 안 돌아올 사람이 돌아오는 것도 아니지 않느냐?"

"재수없는 소리! 안 돌아오기는 누가 안 돌아와! 그리고 남이사 안절을 하든 부절을 하든, 노인네가 무슨 상관이야!"

손 노인의 한마디에 방 안을 서성이던 예향이 빽 하고 소리를 질렀다. 손 노인은 그녀의 고성에 화들짝 놀랐지만, 이내 인상을 구기며 자리에서 일어서려 했다. 하지만 방에는 두 사람만이 있는 것이 아니었다.

"시끄럽소. 태호 사람 다 불러들일 작정들이오?"

가패의 한마디에 손 노인은 앓는 소리를 내며 주저앉았고, 예향도 입을 내밀곤 서성임을 멈췄다. 아무리 천방지축인 예향이라 하더라도 가패 앞에서만큼은 큰 소리를 내지 못했다, 특히 무표정한 얼굴로 보기에도 섬뜩한 칼을 닦고 있을 때는.

"돌아오기는⋯ 오겠죠?"

"모르지. 이때다 하고 제 갈 길을 갈지도⋯⋯."

예향의 물음이 안쓰럽지도 않은지, 가패는 아무 상관 없다는 듯 툭 내뱉었다. 예향은 가패의 대답에 인상을 썼지만 다시 방 안을 서성이는 대신 손을 모으고 침상에 걸터앉는 쪽을 택했다.

"이 자식, 달아나기만 해봐라. 이 누님이 가만두지 않을 테니⋯⋯."

"고것 참, 아마 네년의 간이 내 간보다 배는 더 클 것 같구나. 무얼 믿고 그 무서운 자에게 동생이니 누님이니 해댈 수 있을꼬."

"흥, 그 녀석이 누구랑은 달리 겉은 험해 보여도 속은 착하디착하거든."

예향의 조소에 손 노인이 눈을 부라렸고, 이내 두 사람의 눈싸움이 시작되었다. 가패는 그들의 아옹다옹하는 모습을 바라보다 다시금 자신의 도로 시선을 옮겼다.

'다시 돌아올까?'

가패 역시 한의 안위를 걱정하고 있었다. 이십여 일을 움직이는 동안 추적자들의 낌새는 없었다. 아마도 장안호의 부상 탓에 쉬이 뒤를 쫓지 못한 모양이었다. 그를 죽이지 못한 것이 못내 아쉬웠지만, 지금 생각해 보니 딱히 잘못한 일도 아니었다.

'모용세가까지 적으로 돌릴 필요는 없겠지. 녀석의 복수만 끝내면 한 이삼 년 은거해 버리는 거야. 그때쯤이면……'

가패는 들고 있던 도를 갈무리해 침상 옆에 세워두었다. 가패가 자리에서 일어서자 손 노인이 입을 열었다.

"왜? 어디 가시려고?"

"술이나 한잔해야겠소."

가패는 두 사람을 남겨둔 채 객잔의 일층으로 향했다. 따라나서지 않는 것을 보니 조심성은 남아 있는 모양이었다.

태호에 도착했을 때 가장 걱정했던 것은 관부의 수배령이 떨어지지 않았을까였다. 자신들의 뒤를 쫓던 이들 중에는 분명 관원도 있었으니.

하나 다행스럽게도 관아에 붙어 있던 수배자 명단에 자신들의 이름은 올라가 있지 않았다. 아직 소식이 닿지 않은 것일 수도 있지만, 일단은 한시름을 놓을 수 있었다.

가패는 탁자에 앉아 술과 안주를 시켰다. 점소이가 날라다 준 술이

목구멍을 지지자, 그제야 전신의 긴장이 풀어지는 것 같았다.

'앞으로 어떻게 될 것인가? 한의 남은 원수는 모두 넷. 그들을 모두 해치우고 나면 그때는 어떻게 해야 하는가? 아니, 그전에 그가 우리의 곁을 떠난다면 그땐 어찌해야 하는가? 저들은… 나는…….'

복잡할 것도 없었지만, 쉽게 말할 수도 없었다. 어차피 자신이야 누구 뒷바라지를 바라야 할 만한 상황이 아니었으니 아무 산이나 들어가 몇 년 고생하면 된다. 손 노인과의 약속이 있지만, 그만 괜찮다면 함께 은거하는 것도 나쁘지는 않을 것 같고.

예향의 길은 예향이 판단하면 될 것. 한을 따라가도 그만이었고 자신들과 함께 가겠다 해도 말릴 생각은 없었다. 지난 이십여 일의 여정은 그들이 이렇다 하게 부딪침없이 살아갈 사이 정도는 되겠다는 판단이 가능하게 했다.

각기 이유는 달랐으나 그들 모두 무엇인가를 피해 달아나는 도망자들이었으니, 서로 숨길 것도, 탓할 것도 없었다. 고민은 많았으나 일단은 한이 돌아온 후에야 그의 복수가 끝난 후에야 결정날 문제들이었다.

사람들의 이야기가 들린 것은 가패가 세 번째 잔을 들이킬 때였다.

"이보게, 이야기 들었나?"

"음? 무슨 이야기?"

"그 왜, 창의검 장안호 대협 이야기 말일세."

"…그게 누군데?"

상인으로 보이는 두 사람이 무슨 큰 비밀이라도 나누는 것처럼 고개를 좁힌 채 소곤거리고 있었다. 가패는 네 번째 잔을 채우기 위해 술병을 들었다.

‘그 소문이 벌써 여기까지 이어졌나 보군. 한심한… 명문세가라는 자들이, 명색이 자기 가문의 총호법이란 자가 패배한 사실을 이리 쉽게 노출시키다니…….’

가패는 속으로 혀를 차며 술잔을 채우고 있었다. 술잔이 거의 다 채워지던 그때 그들의 이야기가 가패의 두 눈을 부릅뜨게 만들었다.

"아, 글쎄, 그 무창살귀인가 뭔가 하는 놈이 단칼에 목을 잘랐다는구먼."

"그게 정말이야? 허이고, 모용세가에서 난리가 났겠구먼."

"이를 말인가? 모르긴 몰라도 조만간 큰일이 날 거구먼. 악명 높은 살귀의 손에 호법이란 사람이 죽었으니 가만히 있을 턱이 없지."

술잔이 넘쳐흘러 바닥을 적시고 있었지만, 술을 쏟아내던 술병은 요지부동이었다. 끝없이 술을 토해내던 술잔 속의 얼굴이 파랑을 따라 일그러지고 있었다.

‘장안호가… 죽어?’

*　　　*　　　*

"솔직히 대답하게. 자네가 장안호를 죽였는가?"

한은 노인의 물음에 고개를 저었다. 노인은 한의 대답을 듣고도 쉽게 의심을 지우지 않았다.

"자네가 거짓을 고한다면 우리도 더 이상 자네를 도울 수가 없네. 마지막으로 묻겠네. 모용세가의 총호법인 창의검 장안호를 자네가 죽였는가?"

노인의 연이은 질문에 기분이 상할 만도 하건만, 굳은 표정의 한은 노인의 눈을 직시하며 고개를 내저었다.

한과 노인이 자리한 곳은 사방이 가로막힌 밀실이었다. 사내의 뒤를 따라 도착한 곳은 기루와 주라가 밀집해 있던 금란호동이란 곳이었다. 사내는 그중 화천루란 허름한 주루의 앞까지 한을 인도한 후 한마디 말도 없이 자리를 피했다. 하나 한은 그를 붙잡지 않았다. 화천루의 열린 문 안에서 그를 바라보고 있던 노인. 전혀 예상치 못했던 한 인물이 한을 기다리고 있었다. 밀실로의 초대는 그의 뜻이었다.

"전혀 몰랐다는 표정이군. 좋아, 자네의 대답을 믿겠네. 장안호가 죽었네. 지금쯤이면 그의 시신이 모용세가에 도착했겠군."

노인의 말에 한의 표정이 더욱 굳어졌다.

'장안호가 죽었다. 죽지 않을 거라 여겼는데… 제때 치료를 못해 죽은 것일까? 내상이 깊었던 것일까?'

한은 장안호가 죽은 이유를 짐작하기 위해 여러 가지 가정을 떠올리고 있었다. 하나 그와 마주 앉아 있던 노인의 이어진 이야기는 그런 한의 가정 자체를 무의미하게 만들어 버렸다.

"수급이 잘렸다는군. 자네가 아니라면 대체 누구란 말인가? 우리가 얻은 정보에 따르면 그 산에 있던 이는 자네 일행과 장안호 일행뿐이었는데."

한의 눈이 되묻고 있었다.

'수급이… 잘렸다고?'

그냥 죽었다 하더라도 의문이 남을 것인데, 목이 잘려 죽었다니… 앞뒤가 맞지 않았다. 가패와 남은 일행은 분명 자신과 함께 산을 넘었다. 자신들이 아니라면…

　‘혹시… 냉 의원?

　노인과 자신의 가정에서 비켜나 있던 사람은 냉 의원 한 사람뿐이었다. 하지만 한은 그 가정 역시 머리 속에서 지워 버렸다. 물증도 없었지만 심증도 가지 않았다.

　‘그가 장안호를 죽였을 리가 없다. 강호인을 싫어하기는 하지만, 어디까지나 그는 사람을 살리는 의원. 게다가 상처 입은 사람의 목을 벨 정도로 악한 이는 아니다. 그럴 이유도 없고.’

　냉 의원마저 배제시키고 나니 장안호의 죽음을 설명할 길이 없었다. 하나 상념은 오래가지 않았다. 그를 지켜보던 노인이 입을 열었다.

　“어찌 되었든 무창에서의 일과 장안호와 부딪친 것 모두 경솔했네. 내가 자네의 복수를 돕고는 있지만, 자네가 이토록 사람들의 이목을 끌어선 돕는 것이 쉽지 않아.”

　노인, 표풍추마 단사덕의 질책 어린 말에 한은 가만히 시선을 돌렸다. 자신이 잘못했다 여긴 것은 아니었지만, 그의 말도 틀린 것은 아니었다. 도움을 바라는 처지에, 도움을 주기 어려운 형국을 만들었다면 그것은 어떻게 생각해도 자신의 책임이니까.

　그런 한을 바라보던 단사덕이 가만히 고개를 저으며 입을 열었다.

　“자네 사부께서 이 일을 아시면 크게 실망하실 걸세. 자네의 복수가 자네 한 사람만을 위한 복수가 아니라는 것을 잊지 말게.”

　‘사부…….’

　낯선 이름이었다. 만일 혀가 있었다 하더라도 감히 그를 사부라 부르지는 못했을 것이다.

'…그분은 어디에 계실까?'

머리 속에서 칭함마저도 조심스러웠다. 한의 주인이었고, 그녀의 아비였던 구양세가의 마지막 전인 구양문. 그는 더 이상 자신을 이전의 호칭으로 부르지 말라 했다. 그렇다고 사부라 불리는 것도 원하지 않았다. 그와 자신은 하나의 목표를 가진 별개의 존재가 되어 있었다, 그가 바랐던 것처럼. 한은 그녀에게 푸념을 늘어놓았었다.

"당신은 당신을 모심을 허락했지만, 당신 아버지는 그 이름마저도 허락해주지 않았네요. 그래도 십수 년을 모신 주인어른인데… 나를 키워주신 분인데…….."

한의 기억에 남은 건 그의 모습과 생각 속에서도 불러선 안 될 그의 이름뿐이었다. 넉 달 전 그의 곁을 떠날 때, 그는 자신과의 모든 인연을 완전히 끊어버렸다. 그와의 남은 한 가닥 인연은 눈앞에 앉아 있는 단 노인뿐이었다.

"앞으로는 각별히 조심하도록 하게. 자네 뒤를 쫓던 모용세가의 사람들은 우리가 알아서 처리했네. 그러니…….."

들려진 한의 시선이 단사덕을 바라보고 있었다. 정확히 말하면 알 수 없는 감정을 담은 채 노려보고 있었다.

'그들을… 처리했다고?'

한의 눈에 곱지 않은 감정이 실리고 있었다. 장안호는 자신에게 분명히 약조했었다, 더 이상 그들을 쫓지 않겠다고. 한데 그들은 약조를 어긴 채 계속 자신을 쫓았고, 그런 그들을 눈앞의 단 노인이 처리했다고 했다.

　장안호가 약조를 어긴 것을 분해하는 것인지, 그들을 처리했다는 그 말에 노한 것인지는 한 자신도 알 수 없었다. 그리고 그 자신도 모르는 감정을 단사덕이 알 리 없었다.

　"그 눈빛은 무슨 뜻인가? 그들을 처리한 것 때문에 그러는 것인가?"

　한은 단사덕의 물음에 천천히 고개를 끄덕였다. 한은 단사덕에게 그들을 어찌 처리했는지 물어오고 있었다. 단사덕은 내심 기가 찼지만, 그래도 장안호의 죽음과 관련이 없다는 반증이기도 했기에 발끈하려던 마음을 억누를 수 있었다.

　"그들에게 직접 손을 쓴 것은 아니네. 거짓 정보를 조금 흘려 진로를 바꾸었을 뿐, 지금쯤 남경 인근을 헤매고 있을 것이네."

　단사덕은 눈앞의 사내가 장안호의 죽음과 연관이 없음을, 아니, 한이 자신이 모르는 그 어떤 이유로 모용세가와 연관되어 있음을 느낄 수 있었다. 한의 눈빛이 안도하고 있었다.

　'이 녀석 보게? 오히려 모용세가의 사람들을 걱정하는 듯하지 않은가? 내가 모르는 무언가가 있는 것 같은데…….'

　단사덕은 내심 그 이유가 궁금했지만, 물어 대답을 들을 수 있을지 의문이었기에 그에 대한 의심을 지웠다는 걸로 만족했다.

　"그 이야기는 그쯤 해두고… 동행이 생겼다지?"

　그들이 무사하다는 것에 안도한 것인지, 한은 단사덕의 물음에 가볍게 고개를 끄덕였다. 언제 헤어질지는 모르지만 일단은 함께 움직이고 있으니 동행은 동행이었다.

　단사덕은 그의 대답에 함께 고개를 끄덕이며 말을 이었다.

"흑룡왕 가패는 위험한 인물일세. 동정수로채의 채주였다는 것만으로도 득보다 실이 많은 친구지. 자네가 알아서 잘하겠지만 더 이상 소란이 일지 않도록 조심하게. 다른 일행도 마찬가지고."

한은 묵묵히 고개를 끄덕이는 것으로 대답을 다했다.

"이것 받게."

단사덕의 품에서 나온 서찰이 한에게 건네졌다. 한은 그것을 받아 그 자리에서 펼쳤다. 그리고 한참 동안 서찰에 그려진 얼굴을 바라보고 있었다.

"찾기가 쉽지 않았어. 석 달 전 산동에서 처음 종적을 발견했는데, 무슨 연유인지는 몰라도 지금은 태호의 북쪽에 있는 오압평(烏鴨平)에 있네. 그곳 사람들 사이에 묻혀 오압자(烏鴨子 : 가마우지) 낚시를 한다더군."

단사덕은 한의 모습을 살폈다. 은은히 풍기는 살기. 조금씩 분노로 물들어가는 두 눈. 살기로 뭉쳐진 듯한 한기가 단사덕에게까지 미치는 듯했다. 단사덕은 그 모습에 만족해했다. 그는 변한 것이 없었다.

'…뇌공량(雷工亮).'

사내의 이름이 기억남과 동시에 그의 목소리, 그의 버릇, 그와 관련한 모든 것이 떠오르고 있었다. 한은 서찰을 접어 품으로 가져갔다. 그가 있는 곳을 알았으니 다시 검을 뽑아야 했다. 단사덕이 마지막으로 입을 열었다.

"일을 마치면 일단 산동의 태산(泰山)으로 오게. 태산으로 오는 길은 북진하여 대운하를 타고 가거나……."

단사덕은 다음 목적지로 이르는 길을 제법 상세히 설명해 주었다.

글을 모르고 말을 못하는 한이었다. 이정표를 읽을 수도 없고 누구에게 물어 길을 찾을 수도 없었으니, 최대한 자세히 설명해 주어야만 했다.

설명을 마친 단사덕이 자리에서 일어서며 작은 주머니를 건네었다. 한은 은원보 열 개가 들어 있는 주머니를 품에 넣으며 함께 자리에서 일어섰다. 그들은 짧은 눈인사를 끝으로 밀실을 빠져나왔다.

거리로 나온 한이 걸음을 옮겼다. 그의 걸음은 일행이 머물고 있던 남쪽이 아닌 북쪽을 향하고 있었다. 추적자들은 단 노인이 따돌렸다 하니 객잔의 일행들에게 큰 변고는 생기지 않을 것이다.

'차라리 잘된 일일지도…….'

어차피 헤어져야 할 사이였다. 자신의 복수에 그들의 자리는 없었고, 더 이상 함께해야 할 이유도 없었다. 자신의 살행에 함께한다면 그들의 죄만 무거워질 뿐이다. 그들을 위해서라도 서둘러 헤어지는 것이 좋았고, 그들과 따로 떨어진 지금이야말로 어색함없이 헤어질 좋은 기회였다.

'인연이 닿으면… 빚은 꼭 갚겠소.'

한의 좌우로 홍등의 불빛이 그를 유혹하고 있었지만, 인연마저 잘라낸 그의 걸음을 붙잡을 수는 없었다.

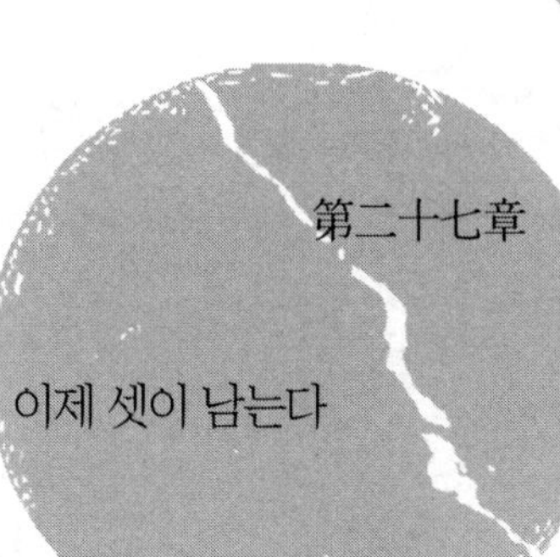

第二十七章

이제 셋이 남는다

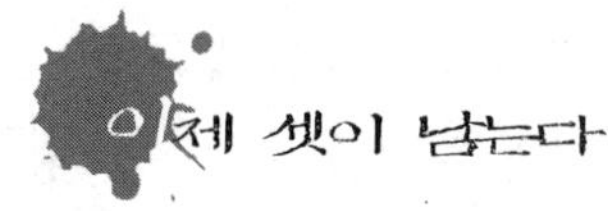

모용준이 남경에 도착하여 제일 먼저 한 일은 남경대로의 용천표국에 들르는 일이었다. 용천표국은 남경에 산재한 수많은 표국 중 열 손가락 안에는 꼽힐 만한 크기의 중소표국이었다. 물론 모용준이 표국을 찾은 이유는 표국주 조백산(曹白山)이 모용세가의 방계(傍系)이기 때문만은 아니었다. 용천표국은 남경으로 전해지는 모용세가의 비합전서(飛鴿傳書)를 총괄하는 곳인 것이다.

제법 규모가 있는 대문파는 각 지역마다 비합전서를 관리하는 곳을 두는데, 각 문파의 속가제자들이 운영하는 사업체들이 그 대표적인 곳이라 할 수 있었다. 특히 소림이나 무당 정도의 문파라면 그들의 문하제자들이 천하 각지에 터전을 잡고 있어, 여타 문파와는 비교도 되지 않을 만큼 빠른 정보 교환이 가능했다. 간혹 그들과 직접 연관이 없는 문파들도 그들의 비합전서를 이용하기도 하는데, 얼마간의 은자만 지불하면 그들도 흔쾌히 전서를 내어주곤 했다. 보내는 입장에서야 비밀의 유출을 우려할 수도 있었지만, 아무리 작은 문파라도 그들만의 흑화가 존재하기에 강호에 전서구 대여는 그리 생경한 풍경은 아니었다. 모용준이 남경의 한 다루에 들어선 것은 정오가 다 되어갈 무렵이었다.

다루에 앉아 차를 마시는 모용준의 눈빛이 굳어 있었다. 그의 앞에는 깨알 같은 글자가 가득한 작은 종이 한 장이 올려져 있었다.

'선발추적대가 이곳으로 오고 있고, 며칠 후면 주살대가 출발한다. 그리고 그 주살대는… 백부님이 직접 인솔하신다.'

전서를 바라보는 모용준의 표정이 좋지 않았다. 모용준은 잠시 고개를 들어 주위를 살폈다. 다루 안에는 손님이 별로 없었다. 숨이 막히는 더위가 이어지고 있는지라, 외출 자체를 삼가는 모양이었다.

'추적대와 주살대를 합치면 칠십여 명이 넘는 대인원이다. 형님이 직접 그 사내에 대해 증언했을 테니… 잘들 판단하셨겠지.'

모용준과 설기룡이 그에 대한 모든 것을 세가에 알렸을 것이다. 본가에서 그 정도의 인원을 선발했다면 그를 잡기 위해 필요한 적정 인원을 계산해 낸 결과일 것이다. 용성에서 남경까지는 운하로 엿새 길. 며칠 후면 그들과 만나게 될 것이었다.

'백부께서 직접 오신다라… 분명 형님과 기룡이는 용 대인의 이야기를 꺼냈을 것이다. 그와는 어떻게 될까?'

무창에서부터 따진다면 그와 한 달여를 동고동락한 셈이다. 그간 그에게 받은 도움도 적지 않았고, 크게 잘못된 일도 없었다. 비록 그 정체가 모호한 면이 있지만, 그렇다고 이후의 추적에서 쉽게 배제할 수도 없는 사이가 되어버렸다. 하지만 모용준은 고개를 저으며 쓸데없는 걱정을 털어버리고 있었다.

'그래… 그거야 백부님이 결정하실 일이지. 당신이 아니라……'

모용준의 시선이 계단 밟는 소리를 따라 움직이고 있었다. 그곳엔 왼쪽 팔에 붕대를 감은 사내 하나가 다루의 이층으로 올라오고 있었다.

"좋은 소식이라도 얻으셨소?"

"용 대인께선 어떠십니까? 관아에 들르신 일은 잘되셨습니까?"

"아무래도 놓친 것 같소. 남경 어디에서도 그들의 흔적을 찾을 수가 없소."

용호의 말에 모용준은 짐작하고 있던 현실을 수긍했다. 이미 남경에 다다른 지도 나흘째. 쉽게 감추기 어려운 모습의 그들이었음에도, 남경에선 그들의 모습을 본 이를 찾을 수가 없었다.

"역시 마안산(馬鞍山)에서 그를 보았다는 소문이……"

"거짓으로 퍼뜨린 소문이거나, 비슷한 이를 잘못 본 것일 테지요."

용호와 모용준은 잠시 말을 끊었다. 추적술에 문외한인 두 사람이 강서 초입인 마안산까지 그들의 뒤를 쫓은 것 자체가 기적이랄 수도 있는 일이었다.

이미 안휘 무명산에서도 그들이 남긴 가짜 흔적에 골탕을 먹은 전례가 있었기에, 이제 와 한 일행을 놓친 것 역시 그리 억울할 것도 없는 일이었다.

잠시 생각에 잠겼던 용호가 고개를 들며 물었다.

"아! 모용세가에서 전서를 받기로 했었다 하지 않았소?"

"그게……"

모용준이 주변을 다시 한 번 살피며 고개를 숙였고, 이내 본가에서 온 전서의 내용을 조심스레 용호에게 전했다. 용호와 모용준이 한낮의 다루에서 대화를 나누던 그때, 용천표국과 불과 이백여 장 떨어진 한 장원의 대문으로 그가 들어서고 있었다.

남경대로와 이어진 길 중 유난히 우마차의 통행이 빈번한 곳이 있다. 남경에서 가장 번화한 곳 중 하나인 이곳이 바로 여덟 개에 달하는 표국이 서로 이마를 맞대고 있는 표국호동이었다. 대로 초입의 용천표국을 지나 두 곳의 가옥을 더 지나면, 여타 표국들의 배는 됨 직한 크기의 거대한 전각 군을 만날 수 있다. 그 규모로 인해 육부의 관청이 아닐까 의심을 사기도 하지만, 일필휘지로 써 내려간 중원표국이라는 현판은 그 짐작이 틀렸음을 말해 주고 있었다.

중원표국주 배장진(裵莊眞)은 특별한 손님을 맞이하고 있었다. 이미 오십을 넘긴 배국주가 직접 맞이해야 할 손님은 많지 않았다. 말단의 쟁자수까지 합한다면 그가 부리는 인원만 오백. 그러한 위치의 인물이 직접 접대해야 하는 이라면 총관이 판단치 못할 만큼 귀한 표물을 맡기러 온 이거나, 용돈이나 얻을 겸 들른 관리일 것이 뻔했다.

하나 배장진의 앞에 자리한 사내는 가진 자의 허세도 보이지 않았고, 관료들의 오만함도 보이지 않았다. 그가 마주하고 있던 특별한 손님은 오랜만에 찾아온 동문 무인이었다.

"자네가 그 친구로군. 본산에서의 전갈은 받았네."

"불쑥 찾아와 죄송합니다."

"아니야. 이렇게라도 동문 사형제를 만나는 것이 얼마나 기쁜 일인지 모르네. 그래, 일송 사숙의 명을 수행하고 있다지?"

"예."

배장진의 말에 조광호는 웃음으로 본심을 감추었다. 자신이 사문의 배신자를 쫓고 있음을 알고 있는 이는 방장을 비롯한 수뇌부 대여섯 명과 삼 년째 임무를 수행 중인 열한 명의 속가제자뿐.

대외적으로 자신은 계율원주인 일송 대사의 명을 수행하는 것으로 되어 있었다.

"이게 본산에서 온 전서일세."

배장진은 품 안에 간직하고 있던 서찰 하나를 꺼내어 전했다. 조광호가 서찰을 품 안으로 갈무리하며 자리에서 일어났다. 몇 마디 인사치레가 오갔지만, 조광호는 정중히 사과하며 중원표국의 대문을 나섰다. 그가 걸음을 멈춘 곳은 중원표국과 조금 떨어진 호동에 있던 한 객잔이었다. 객실로 들어선 조광호는 배장진에게 전해받은 서찰을 펼쳐 읽어 내려가기 시작했다.

'모용세가가 본격적으로 움직이는 것 같다라… 모용세가를 출발한 이십 기의 말이 남경을 향하고 있다. 장안호의 죽음이 결국 모용세가를 움직이고 말았구나. 하나… 무슨 일이 있어도 이들보다 먼저 그를 만나야 한다.'

조광호와 소림의 속가제자들은 무당파 운경 진인이 전해준 소식을 듣자마자 호광으로 향했다. 그리고 그곳에서 무당파 제자들과 함께, 도규원의 죽음과 이어진 또 다른 살인 사건들을 만날 수가 있었다. 자신들이 지난 삼 년간 찾지 못했던 반도를 찾아내 처단하는 정체불명의 신비인. 조광호를 비롯한 소림, 무당의 속가제자들은 신비인의 존재를 알고 당혹해했지만, 신비인의 목표가 자신들의 목표와 일치함을 깨닫고는 급히 뒤를 쫓아야 했다.

그리고 한 달여의 추적 끝에야 그의 정체를 확인할 수 있었다. 팔 척의 장신에 흑룡채와 단신으로 대적할 수 있을 만큼 고강한 무공, 그리고 수적 일백을 하룻밤 새 베어낼 만큼 잔인한 손속. 처음에는 자신들이 뒤쫓던 신비인과 무창살귀가 동일인임을 짐작치 못했었다.

만약 그의 시신을 보지 못했다면, 초왕기란 이름으로 숨어 살던 소림의 반도 무진충(舞振充)의 시신을 보지 못했다면 지금까지도 사라진 신비인의 자취를 찾기 위해 무창을 떠나지 못했을 것이다.

모용세가의 사람들이 무창살귀를 쫓아 떠났다는 소식은 의외였다. 하나 그들의 행적은 무창살귀라 불리는 신비인의 족적을 찾는 것보다 손쉬웠다. 조광호는 그들과 안경까지 동행했다던 무창의 수병들에게서 대략의 윤곽을 알아낼 수 있었다. 조광호는 급히 배를 띄워 그들의 뒤를 쫓았다.

하나 이번에도 한발 늦고 말았다. 부디 자신들이 도착하기 전까지 신비인과 모용세가의 사람들이 조우하지 않기를 바랐었건만, 그들을 기다리고 있던 것은 장안호의 죽음이라는 청천벽력이었다.

신비인이 죽인 자들은 사문의 반도. 자신들과 연결 고리가 분명한 이였기에 조광호는 한시라도 빨리 그를 만나고 싶었다. 어쩌면 죽은 구양문과 관련이 있을 수도 있는 자. 만약 구양문의 전인이 살아 있다면 사문의 오명을 상당 부분 희석시킬 수도 있는 일이었다. 신비인을 쫓는 동안 생겨 버린 한줄기 희망.

하나 장안호가 신비인의 손에 죽음으로 그 희망이 사라질 위기에 처했다. 조광호는 더 이상 상황이 악화되기 전에 그를 만나야 했다. 사문의 오명을 씻어낼 수 있는 마지막 희망을 붙잡아야 했다.

다행히 모용세가의 인물들은 추적을 멈추지 않았다. 그리고 이목을 피해 모용세가 사람들의 뒤를 쫓은 지 이십 일. 드디어 조광호는 그들과 같은 시간 안에 서 있게 되었다.

이제 그를 만나는 일만이 남았고, 무슨 일이 있어도 모용세가의 추적대보다 먼저 신비인을 만나야 했다. 사문의 미래를 위해, 최소한 그가 강호의 공적이 되는 일만은 막아야 했다.

하지만 그가 그토록 만나고 싶어 했던 신비인은 숙명처럼 정해진 혈로를 따라 쉼없이 걷고 있었다. 태호의 한곳에서 그의 걸음이 멈추었을 때, 드넓은 태호는 낙조로 붉게 물들고 있었다.

＊　　　　＊　　　　＊

해질 무렵의 태호는 아름답기가 여느 절경에 뒤지지 않는다. 낙조가 수놓은 금빛 찰방거림과 그 금결을 차고 오르는 수백 마리의 오압자. 하늘을 향한 그 거친 날갯짓들이 나른한 하루를 보낸 호수를 천해의 절경으로 뒤바꿔놓고 있었다. 그 모습을 바라보던 노인의 눈에 또 하나의 태호가 출렁이고 있었다. 이미 수십 년을 보아온 태호이건만 노인은 오늘도 태호의 아름다움에 넋이 나가 있었다.

"자넨 안 들어가나?"

정신을 차린 노인이 잡고 있던 오압자의 목에서 줄을 끌러내며 넌지시 물어왔다. 목소리를 들어보니 술 한잔 생각나는 모양이었지만, 노인의 옆에서 어망을 챙기던 사내는 대답이 없었다.

"어제보다 덜해서 그러나? 뭐 그런 것에 맘 상해하고 그러나. 오늘 덜 잡았으면 내일 더 잡으면 되지. 태호가 어디 가는 것도 아니고, 고기야 차고 넘칠 만큼 많은데… 허허."

노인의 눈가에 주름이 잡혔다. 오압자 낚시에서 사람 손이 가는 건 오압자가 뱉어낸 고기를 어망에 담는 것이 전부다. 하나 그것도 재주라면 재주인지라, 손놀림이 얼마나 좋으냐에 따라 더 잡을 수도 있고 덜 잡을 수도 있다.

사내가 태호에 자리잡은 것은 고작 두 달. 제법 익숙해졌다고는 하지만 다른 어부들에 비한다면 어망에 찬 물고기가 한참은 모자라 보였다. 물론 사내는 그런 것에 연연해하지 않았지만, 삿갓에 가려 무심한 눈동자가 보이지 않으니 노인이 그렇게 지레짐작해도 뭐라 할 수는 없었다.

"이따가라도 술 생각나면 마을로 넘어오시게. 그럼 나 먼저 감세."

너털웃음을 남긴 노인이 어깨에 어망을 지고는 자리를 털고 일어섰다.

노인이 떠나고 얼마 후 사내 역시 자리에서 일어섰다. 어느새 어두워진 호변은 태호의 찰방거리는 소리와 갈대들의 스산한 몸짓 소리로 가득 차 있었다. 사내가 향한 초가는 마을과 제법 거리가 있어 여러모로 불편함이 많아 보였지만, 홀로 유유자적한 삶을 즐기거나, 사람들의 시선을 피해 살기엔 안성맞춤인 그런 곳이었다.

어망에서 물고기를 꺼내 그늘진 곳에 널고, 그 위로 소금을 뿌려 절여놓고 난 다음에야 사내는 쓰고 있던 삿갓을 벗었다.

사십대 초반이나 되었을까? 각진 얼굴과 굳게 다문 입술, 어둠 속에도 빛을 발할 것 같은 날카로운 눈빛이 아니었다면 일견 평범하게까지 보이는 얼굴이었다. 사내는 어망과 삿갓을 한쪽에 던져 놓고는 방으로 향했다. 하나 붙잡은 문고리를 당겨 방문을 열진 못했다.

"웬 놈이냐?!"

반사적인 몸놀림. 사내는 문에서 한발 멀어지며 몸을 낮췄다. 마치 먹이를 노리는 범과 같은 자세. 몸을 낮춘 사내의 손엔 두 자루 단검이 날카로운 발톱처럼 들려 있었다. 사내의 눈이 고정되어 있던 곳. 새하얀 달빛을 받아 길게 늘어진 음영의 끝에 그가 서 있었다.

"역시… 너였구나."

사내의 눈이 놀라고 있었다. 사내를 찾아온 어둠 속의 살기는, 혈채를 받기 위해 찾아온 한의 기운이었다. 사내 역시 한을 바라보며 눈빛을 굳혀갔다. 자신을 찾아온 팔 척 장신의 괴인. 자신의 과거 속에서 한의 모습을 기억해 내기란 그리 어려운 일이 아니었다.

"오랜만이다."

뇌공량은 들고 있던 단검을 내리며 몸을 세웠다.

'오랜만이라…….'

정녕 오랜만이었다. 그와의 첫 대면을 떠올리자면 십수 년을 거슬러 올라야 한다. 자신의 주인에게 학문을 배우겠노라 찾아왔던 약관의 청년이 서른을 훌쩍 넘긴 중년이 되어 있었으니, 그로서는 오랜만이라 할 수도 있을 일이었다.

구양문의 문하로 들어간 지 십 년. 자그마치 십 년간 안면을 익혀온 사이였다. 삼 년 전 그 일만 아니었다면, 비록 한이 노비의 신분이라고는 하나 가벼운 인사 정도는 반갑게 나눌 수 있는 사이였다. 그런 두 사람 사이에 만들어진 운명의 골은 결코 얕지 않았다. 두 사람의 거리는 이 장 남짓. 하나 끝도 보이지 않는 천장단애가 그 짧은 거리를 건너지 못하게 하고 있었다.

"소식은 듣고 있었다. 넷이나 거두었다지?"

굳어진 눈빛과는 달리 그의 목소리는 큰 적의를 띠고 있지 않았다. 어차피 죽은 네 사람 중 초왕기만이 같은 소림의 속가였을 뿐, 다른 셋은 무당의 속가제자들. 게다가 같은 소림의 속가라 하더라도 초왕기와 그는 서로 다른 유파의 제자였다. 동병상련의 정을 느낄 수도 있으련만, 그들은 서로에 대해 무감한 듯 보였다. 더욱이 자신은 지은 죄가 있는 몸. 그가 복수의 칼을 들었다 하여 욕할 수도 없었다. 게다가 그 날의 일과 한은 직접적인 연관이 없었다. 적어도 금가장의 불길 속에서 그와 한은 만나지 않았으니까. 하지만…

"주인의 복수라… 의외이긴 하지만 너라면 그럴 수 있지. 그녀와……."

스르릉.

뇌공량의 말을 자른 검명이 공기마저 흩뜨려 놓았다. 뇌공량의 생각은 틀렸다. 그는 그의 눈에만 보이지 않았을 뿐, 분명 그곳에 있었다. 그녀의 마지막과 함께…

'그 더러운 입으로 그녀를 논하지 마라.'

한의 눈은 그렇게 말하고 있었다. 그 기세에 놀란 뇌공량의 눈빛이 더욱 굳어졌다. 하나 이내 뇌공량의 입에서 작은 한숨이 흘렀다.

"…그래. 너에겐 이런 이야기가 필요하지 않겠지. 너는… 복수를 하려는 것뿐이니까.”

뇌공량의 목소리엔 당당함이 없었다. 천인공노할 죄악을 지은 몸이었지만 인면수심의 철면피는 못 되는 듯, 한의 강렬한 눈빛을 마주 바라보는 것조차 저어하는 것 같았다. 하나 한이 원하는 것이 무엇인지를 아는 이상, 그의 뜻에 따라줄 수도 없는 일이었다. 뇌공량은 양손에 들고 있던 단검에 내력을 주입하기 시작했다.

“너는 묻고 싶은 것이 없겠지만, 나는 묻고 싶은 것이 많구나. 어떻게 무공을 익혔는지, 어떻게 우리의 위치를 알아냈는지… 너를 쓰러뜨린 후에 알아내야겠다.”

뇌공량의 기세가 일변했다. 마치 유유히 흐르던 강물이 삽시간에 얼어붙어 가는 듯, 잔잔했던 공기의 파동이 단단히 굳어져 가고 있었다. 한의 검 역시 그 기세에 반응하며 하얗게 빛을 발하기 시작했다. 팽팽히 당겨진 공기가 주변을 압박하고 있었다. 한순간 한의 눈이 강렬한 빛을 내뿜었다.

‘이제… 셋이 남는다.’

“차앗!”

싸움은 한의 기세에 놀란 뇌공량의 단검이 허공을 가름으로 시작되었다. 단검이라고는 하나 길이가 한 자에 이르렀고, 검신에 맺힌 새하얀 기운이 유성처럼 궤적을 그렸다. 한은 가볍게 검을 떨쳐 그의 공세를 막았다. 하나 궤적은 하나가 아니었다.

챙!

쉬이익!

거검이 단검을 튕겨내자 그 사이를 비집고 또 다른 단검이 날아들었다. 한은 검을 회수하는 대신 몸을 틀어 단검을 피했다. 그사이 튕겨졌던 단검이 다시금 한의 복부를 노리며 휘어졌다.

"헙!"

단검의 궤적들이 어두운 주변을 환히 비추고 있었다. 수십 개의 잔영이 그물처럼 한을 압박하고 있었지만, 한의 검은 공세만을 차단할 뿐이렇다 할 반격을 하지 않고 있었다. 눈에 보이지도 않을 만큼 빠른 연환 공격이었다. 하지만 그러한 움직임이 더해갈수록 뇌공량의 인상은 굳어지고 있었다.

이십여 합을 더 나눈 후, 두 개의 단검을 교차해 거검과 맞서던 뇌공량이 반탄력을 이용해 몸을 뒤로 내뺐다. 한은 그의 뒤를 쫓지 않았고, 뇌공량 역시 잠시 숨을 고르며 한을 바라볼 뿐이었다. 실력의 차이는 명확했다.

"그것이… 구천무예더냐?"

뇌공량의 물음에 한은 답하지 않았다. 만약 혀가 있어 말을 할 수 있었다면, 대답 대신 반문을 했을 터였지만.

'이것이 구천무예냐고? 구천무예를 강탈해 간 것은 그대들이 아니던가?'

우스웠다. 서른 명의 목숨을 셈하고 가져간 구천무예가 아니었던가? 그것에 대한 욕심으로 십 년간의 정리를 저버렸던 것이 아니었던가? 그런데 마치 난생처음 보는 것처럼 말하는 저의가 무엇이란 말인가?

'너희는 벽을 넘지 못했나? 얻지도 못할 무공 때문에 그런 짓을 저질렀던 것인가?'

한의 눈에 일던 살기에 분노가 더해지고 있었다. 그들의 욕심 때문에 그녀가 죽었다. 한데 그들은 그 욕심조차 채우질 못했다.

"…누가… 도대체 누가 너에게 그것을 전했단 말인가? 구양 노사도… 구양경도 모두 죽었건만……."

뇌공량의 얼굴엔 불신의 빛이 역력했다. 하지만 뇌공량의 그러한 모습은 한의 분노를 부채질할 뿐이었다. 가라앉았던 공기를 뒤흔들며 한의 검이 허공을 갈랐다. 뇌공량의 단검이 이루던 궤적과는 비교조차할 수 없을 만큼 빠르고 강맹한 기운의 유성. 뇌공량이 들고 있던 두 자루 단검으로 그것을 막기에는 역부족처럼 보였다. 한데…

캉!

뇌공량을 향해 쇄도하던 한의 검기가 파훼되며 빛무리로 사라져 가고 있었다. 시야를 흩뜨렸던 빛무리가 사라지자 두 팔을 내뻗은 뇌공량의 모습이 보였다.

"…네가 구천무예를 익혔다면, 어줍지 않은 수로는 꺾을 수 없겠지."

뇌공량의 시선이 한의 시선과 얽혀들고 있었다. 천천히 몸을 일으킨 뇌공량의 손에서 두 자루 단검이 빛을 잃고 있었다.

뎅그랑!

한의 눈이 의문을 표시하고 있었다. 뇌공량의 옆으로 빛을 잃은 단검들이 떨어져 있었다.

"죄를 지어 사문을 등져야 했으나, 내 몸에 남은 무공은 잊을 수가 없구나. 이로써… 나는 완전한 반도가 될 것이나… 구천무예와 겨룸에 다른 선택은 없구나."

뇌공량은 말을 마침과 동시에 오른발을 반보 앞으로 내딛었다. 그의 발이 움직이자 몸에 일던 기운도 함께 일변했다.

'…나한권…….'

한의 눈빛이 차분히 가라앉고 있었다. 검을 버리고 권을 택했으니 일견 무모하다라 말할 수도 있었지만, 상대가 소림의 나한권수라면 누구도 그리 쉽게 이야기할 수 없을 것이다.

소림의 무공은 천하를 논할 수 있다. 게다가 권장지각(拳掌指脚)이라면 누구라도 소림의 이름을 꼽기에 주저함이 없을 것이다. 나한권은 그런 소림의 권법 중 세간에 널리 알려진 권법이라 할 수 있었다. 그 형과 권로가 널리 알려져 있다면, 이미 절기라 칭할 수 없다. 무수히 많은 파훼법이 존재할 수 있고, 그것을 상대할 무공이 얼마든지 생길 수 있기 때문이다.

하나 사람들은 나한권을 절기라 칭한다. 나한권의 형은 백팔 나한상을 기본으로 한다. 백여덟 개의 동작으로 이루어진 권법이니 그 변화의 무쌍함은 달리 설명할 필요가 없다. 파훼법이 큰 효용을 거두지 못하는 이유다. 게다가 나한권은 형으로만 이루어진 무공이 아니다. 나한권은 나한공이라는 동류의 내공심법을 따른다. 이는 배우는 자의 자질과 노력에 따라 하류의 절기가 될 수도 있지만, 상승의 절기로 거듭날 수도 있다는 뜻이다.

권에서 이는 기운만으로도 살상할 수 있다 알려진 나한권이다. 뇌공량은 소림의 속가제자. 그 성취가 어느 정도인지는 알 수 없었지만, 일견함으로 느껴지는 기세만으로도 그 경지가 결코 낮지 않음을 느낄 수 있었다.

"자, 오라!"

뇌공량의 일갈에 한의 검이 곧추섰다. 그리고 검을 세운 채 땅을 박차고 뇌공량을 향해 달려 나갔다.

휘이잉!

휘둘린 거검에서 소름 끼치는 파공성이 이어졌다. 뇌공량을 일도양단할 기세로 새하얀 광선이 떨어져 내렸다. 하나 뇌공량의 피 분수는 뿜어지지 않았다. 어느새 좌측으로 몸을 피한 뇌공량의 주먹이 한의 옆구리를 노리며 파고들고 있었다. 너무나 빠른 일권이었기에 쉽게 피하기는 어려워 보였다. 하나 한의 몸놀림은 그의 검보다도 민첩했다. 허리를 비틀어 그의 일권을 피하고, 내려쳤던 검을 회수하며 날이 선 돌개바람처럼 몸을 회전시켜 주먹을 떨쳐 냈다.

하나 뇌공량의 권격 역시 짧지 않았다. 주먹이 스친 자리로 거센 바람이 일 정도였으니 피륙으로 부딪쳤다간 낭패를 보기 십상이었다. 한 역시 그간의 싸움에서 얻은 교훈 탓인지 막무가내로 달려들지는 않았다. 또다시 혼자가 된 이상, 무모한 싸움은 피해야 했다.

'주먹의 내지름에 권풍이 일 정도이니, 일격만 허락해도 뼈가 상할 것이다. 또한 내 검이 아무리 빠르다 한들, 맨손으로 가격하는 것보다 빠를 수는 없다. 거리를 벌려 기회를 만들자.'

지금까지 상대했던 네 명의 원수는 눈앞의 뇌공량에 비한다면 몇 수는 모자랐다. 단사도란 위명을 떨치던 조휘가 그나마 가장 나은 상대였고, 무창에서 없앤 무진충은 검 한번 섞을 필요도 없을 만큼 약했다. 그들에게까지 생각이 미치니, 문득 의아한 생각이 들었다.

'그들 모두… 구천무예를 익히지 않았다.'

뇌공량의 공세를 피하면서도 그것에 대한 의문을 떨치질 못했다. 차라리 대성을 못했다라면 이해할 수도 있었다. 자신 역시 주인의 도움이 없었다면, 결코 그 벽을 넘을 수 없었을 테니. 하지만 조금이라도 익혔다면 자신이 알아보지 못할 리가 없었다. 그 순간 뇌공량의 말이 뇌리를 떠나지 않았다.

"그것이 구천무예더냐?"

그는 구천무예를 보지 못한 사람처럼 이야기했다. 익히지 못한 것이 아니라, 익힌 적이 없었던 사람처럼…

'혹, 비급을 잃어버리기라도 한 것일까?'

말도 안 되는 가정이었지만 상황은 가정만 하고 있을 만큼 여유롭지 않았다.

"놈!"

뇌공량의 거센 주먹이 면전을 향해 들이닥쳤다. 한은 본능적으로 고개를 꺾으며 검을 횡으로 그었다. 그 기세에 놀란 뇌공량 역시 철판교의 신법으로 허리를 크게 꺾어야만 했다. 두 사람 모두 허리를 꺾은 상태에서 발길질을 날렸고, 그 반탄력으로 밀린 두 사람의 간격은 이 장여나 멀어졌다. 몸을 바로 한 두 사람이 서로를 노려보며 숨을 골랐다.

'괴물 같은… 이것이 구천무예……'

빠르고 강하다. 도저히 오의를 짐작할 수가 없었다. 검의 들고남에 일정한 격식이 없다. 보법이나 신법의 흐름도 없는 듯하다. 그럼에도 자신의 공세를 피하는 동작이 자유롭고 막힘이 없다. 내공의 탓일 수도 있지만, 형을 익히지 않았으면 보여주지 못했을 동작들도 적지 않았다. 형에 기초한 것 같으면서도 형에 얽매이지 않은 듯한 움직임. 그런 움직임만 보더라도 한은 이미 상승의 경지에 들어서 있는 것 같았다. 하나 그의 경지보다도 더욱 두려운 것은, 이러한 움직임을 단 삼 년 만에 만들어냈다는 사실이다.

'미친… 그럼 구천무예는 인간을 단시간에 초인으로 만드는 무공이란 말인가?'

뇌공량은 터무니없는 생각에 고개를 저었다. 하지만 눈앞의 괴물은 초인이라는 이름과 너무나 어울렸다. 단검으로 검기를 막았을 때, 만약 적시에 나한공을 운용하지 않았다면 자신의 검과 함께 베어져 버렸을지도 모른다. 그 순간, 잊고 있었던 과거의 이름이 떠오르고 있었다.

'구천무예… 천하제일인의 무공……'

뇌공량의 등 뒤로 식은땀이 흐르고 있었다. 믿을 수 없는 현실이, 믿기 싫은 결과를 상상케 하고 있었다.

'터무니없는 생각. 너의 삼 년이 나의 삼십 년을 넘을 수 있을 리 없다!'

뇌공량의 눈에 진한 살기가 어렸다. 그의 본능은 죽음이 목전에 다다라 있음을 느끼고 있었지만, 그의 이성은 그러한 본능의 외침을 억누르고 있었다. 목숨을 건 생사결… 선택의 여지 따위가 있을 리 없었다.

"차핫!"

땅을 박차고 도약한 뇌공량의 주먹이 허공을 격하며 한에게 뿌려졌다. 방위를 점하며 날아드는 권풍에, 일시지간 시야가 가로막히는 듯했다.

한은 검을 역으로 세워 권풍을 막아내고 있었다. 폭음처럼 터진 굉음에 한의 몸이 두어 걸음이나 밀렸지만, 쏟아지던 권풍 세례는 그치질 않았다.

'지금이다!'

내력의 소모를 담보하며 십여 개의 권풍을 내지르던 뇌공량이 한의 면전에 다다라 몸을 날렸다. 권풍의 여력 탓인지 한은 그의 움직임을 눈치채지 못한 듯 보였다. 뇌공량의 신형이 한의 뒤편으로 내려서고 있었고, 한의 넓은 등이 뇌공량을 유혹하고 있었다.

'끝이다!'

뇌공량은 허공에 뜬 채로 한의 등을 향해 양 주먹을 번갈아 내려쳤다. 전신의 진력이 모두 담긴 두 개의 권풍이 한의 등을 향해 쇄도하고 있었지만, 뒤돌아 막아서기엔 너무 늦은 듯 보였다. 한의 신형이 사라진 것은 그때였다.

퍼벙!

두 개의 굉음이 바닥을 울렸다. 피륙이 터지는 소리를 기대했던 뇌공량의 두 눈이 크게 떠졌다. 권풍이 휩쓴 그곳에 한은 없었다.

'어디?!'

바닥에 착지하기 무섭게 뇌공량은 본능적으로 바닥을 굴렀다. 현명한 임기응변이었지만, 그의 상대는 너무나 무자비했다.

촤아악!

"끄아악!!"

허공에서 떨어진 반월이 바닥을 갈라놓았다. 뇌공량이 구른 바닥에 한 자는 될법한 깊은 골이 패었고, 그 골을 따라 뇌공량의 피가 흘러들어 가고 있었다. 그 깊은 골의 반대편엔 허벅지부터 잘라진 주인 잃은 두 다리가 볼썽사납게 바닥을 뒹굴고 있었다. 고통스러운 뇌공량의 울부짖음이 싸움이 끝났음을 알리고 있었다.

"끄흐흑……."

바닥으로 내려선 한의 눈엔 일말의 자비도 남아 있지 않았다. 뇌공량이 마지막 권풍을 내질렀을 때, 이미 그의 움직임을 간파하고 있었다. 뇌공량이 권풍을 쏘아 보내는 그 순간, 바닥을 차고 올라 허공으로 몸을 띄웠던 것이다. 뇌공량의 권풍은 애꿎은 바닥에 두 개의 구덩이를 만들어놓았고, 허공에서 날린 한의 검기에 뇌공량의 두 다리가 잘렸다. 싸움은 끝났다.

'이제… 끝이다.'

한의 걸음은 일말의 망설임도 없이 뇌공량을 향했다. 궁금한 것도 있었고, 묻고 싶은 것도 있었지만 모든 것을 마음속에 접어놓았다. 그들이 무슨 이유로 구천무예를 익히지 않았는가는 중요하지 않았다. 그들이 구천무예를 익히지 못했다는 것만큼, 그들이 그녀를 죽음으로 내몬 것 역시 결코 변하지 않을 현실이었으니까.

한의 검이 뇌공량의 심장으로 향했다. 하나 서슬 푸른 검을 본 뇌공량은 고통에 몸부림치면서도 버둥거리며 몸을 물렀다.

"자, 잠깐만… 할 얘기가 있다!"

이 순간 한의 귀는 닫혀 있는 듯 보였다. 뇌공량의 간절한 목소리에도 그의 거검은 심장을 향해 달려들고 있었으니.

"우린 모두 중독되어 있었어!!"

한의 거검이 멈춘 것은 뇌공량의 심장에서 불과 두 치를 남겨두고서였다. 뇌공량의 눈이 크게 떠졌지만, 가슴에서 고통이 느껴지지 않았음을 깨닫고는 긴 한숨을 내쉬었다. 잘린 다리에서는 연신 붉은 피가 토해지고 있었지만, 공포가 자리한 곳에 고통이 달려들 자리는 없었다.

"비급을… 취하러 금가장으로 향했던 것은 맞다. 하지만 사람들을 죽인다거나 불을 지른다는 계획 따위는 없었다. 금옥기… 그놈이 전서를 보냈었다. 그놈의 내자가… 구양경이… 비급을 가지고 있는 것 같다고……."

한의 거검이 꿈틀거렸다. 그런 이야기 따위는 들을 필요 없다 생각했지만… 멈춰진 거검은 그의 이야기를 재촉하고 있었다.

"전서를 받고… 우리는 웃었다. 이미 구천무예의 진경이 사라진 지 오십 년, 구양 노사와 십 년을 함께했지만 그가 무공을 익혔다는 증거는 발견되지 않았었다. …너는 잘 모르겠지만… 우리가 구양세가의 문하로 들어간 이유는 구양세가의 보호와 함께… 구천무예의 존재를 감시하는 것이었다."

그것은 이미 들어 알고 있었다. 이미 백여 년 전부터 이어진 일이다. 초대 가주인 구양수와 그의 아들 구양뢰 이후, 소림과 무당의 그늘은 언제나 구양세가 위에 걸쳐져 있었다.

그리고 오십 년 전 구천무예의 진경이 사라진 이후, 소림과 무당의 인물 십여 명이 상주하며 구양세가를 호위했다. 구양문의 문하생이란 바로 그들을 이름이었다. 하지만 몇 대에 걸쳐 내려온 이러한 관행은 결국 깨어지고 말았다, 소림과 무당의 반도들로 인해.

"금가장에 도착하니… 금옥기가 마중 나와 있었다. 그의 아비도 보왔고, 경이도 보았다. 그때 금옥기가 술상을 봐왔었다. 아마도⋯ 그때 중독되었을 거야⋯⋯."

뇌공량의 목소리가 조금씩 가늘어지고 있었다. 피를 많이 흘려 정신이 혼미해진 것인지, 과거의 치부를 드러내는 것이 괴로운 탓인지는 알 수 없었다.

"정신을 차렸을 땐⋯ 모든 것이 끝나 있었다. 우리의 손엔 피 묻은 칼이 쥐어져 있었고⋯ 주변에는 시체가 산처럼 쌓여 있었다. 그리고⋯ 벌거벗은 경이 앞에⋯ 벌거벗은 우리가⋯⋯."

한의 거검이 부르르 떨려오고 있었다. 그의 이야기는 모두가 진실이었다. 자신이 본⋯ 그대로였다.

"너무 놀라⋯ 어찌할 바를 몰랐다. 우리가 저지른 일을 확인하자⋯ 아무것도 생각할 수가 없었다. 그때⋯ 그가 이야기했다⋯ 달아나자고⋯ 불을 지르고⋯ 달아나자고⋯⋯."

뇌공량의 목소리가 조금씩 작아져 갔다. 그의 허벅지 아래로 흘러내린 피가 내를 이루다 못해 작은 호를 만들고 있었다. 뇌공량의 더듬거림은 오로지 살고자 하는 본능에 따른 것일 뿐이었다.

"그가⋯ 불을⋯ 그리고⋯ 모두⋯ 헤어져⋯⋯."

한은 눈빛이 꺼져 가는 뇌공량을 바라보고 있었다. 뇌공량의 눈꺼풀이 파르르 떨리며 천천히 감겼다. 죽음이 다가와 있었다.

"난⋯⋯."

뇌공량 눈은 반쯤 감겨 있었고, 그의 입은 아직도 할 말이 남아 있다는 듯 벌어져 있었다. 뇌공량은 그 모습 그대로 움직이지 않았다.

한의 눈은 감겨 있었다. 그의 귓가로 그녀의 마지막 목소리가 들려오는 듯했다.

'살아야 해… 넌 살아야 해…….'

자신에게 그녀가 남긴 마지막 말이었다. 그녀도 알고 있고 자신도 알고 있었다. 그것이 마지막이라는 것도… 서로 사랑했었다는 것도……

'당신을 위해 살아 있는 겁니다. 복수가 끝나면…….'

한의 감겼던 눈이 조용히 떠졌다. 그리고…

푸욱!

한의 거검이 뇌공량의 가슴을 갈랐고, 이미 차갑게 식어가던 뇌공량의 심장에서 마지막 한 줄의 핏물을 뽑아내었다.

'네가 원하지 않았다 해도, 결코 그 죄가 사라지진 않는다.'

한은 뇌공량의 가슴에서 검을 뽑아내곤 자리에서 일어섰다.

다섯 번째 살행이 끝났다. 뇌공량의 피가 흘러 이룬 내가 북쪽으로 흘러가 있었다. 마치 그가 걸어갈 혈로를 보여주는 것처럼, 붉디붉은 피가 내를 이루며 그를 인도하고 있었다. 한의 시선이 잠시 초가를 향했지만, 이내 시선을 거두고 그곳을 떠났다.

초가의 뒤편에서 긴 한숨이 터져 나온 것은, 한이 떠나고도 일각이나 더 흐른 후였다. 노인의 바지에서 풍기는 지린내와 손에 들린 술병에서 나는 술 냄새가 기묘하게 어울리며 노인의 정신을 깨웠다. 겨우 고개를 내밀어 주위를 살핀 노인은 한이 없음을 확인하고 나서야 마을로 줄행랑을 칠 수 있었다.

'이제 셋이 남는다.'

바람이 실어 나른 피내음 속엔 그의 저주가 함께 담겨 있었다. 뇌공량의 시체를 굽어보며 초가를 선회한 바람은, 이내 산동의 태산으로 길을 잡고 날기 시작했다.

第二十八章

흑백쌍괴

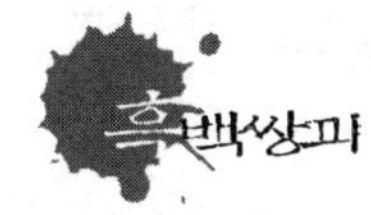

"**떠**납시다."

"더 안 기다리고?"

"…돌아올 사람 같았으면 벌써 돌아왔겠지."

가패의 말에 손 노인은 토를 달지 못했다. 하룻밤을 기다렸고, 그러고도 혹시나 하는 마음이 남아 다시 한나절을 기다렸다. 하지만 그는 돌아오지 않았다.

"…매정한 새끼. 어떻게 지가 그럴 수 있어."

침상 위에 무릎을 모으고 앉아 있던 예향이 고개를 파묻으며 투덜거렸고, 그런 그녀를 잠시 바라보던 가패가 이내 고개를 돌리며 말했다.

"난 지금 떠날 거요."

"이미 해가 졌는데? 떠나려면 내일 날이나 밝고 나서……."

손 노인의 말에 가패는 고개를 저었다.

'내일 날이 밝으면… 조금 더 기다리자는 생각이 발목을 붙잡을까
봐 그러오.'

가패의 입 안을 맴돌고 있던 말이 있었다. 하나 사내의 자존심에 계
집애처럼 투덜거릴 수는 없는 일, 가패는 무뚝뚝한 표정으로 짐을 싸기
시작했다.

"지금 떠나도 괜찮을까? 장안호가 죽었다는 소식이 여기까지 미쳤
다면, 우리도 안전하다랄 순 없지 않은가?"

"그래서 서두르는 거요. 내일이라도 포도아문에 내 화상이 붙을까
봐."

"흠… 그도 그렇군."

손 노인은 하는 수 없다는 듯 어깨를 으쓱거렸다. 예향은 아직도 무
릎 사이에 고개를 파묻고 있었다. 누가 보면 정인에게 버림받은 여인
이라 생각이 될 정도였고, 실제 예향이 느끼던 감정은 그것과 별반 다
르지 않았다. 이럴 때는 손 노인의 강호 경험도, 가패의 무공도 소용이
없었다. 그녀 스스로 마음을 정리하고 일어서는 것밖에는. 그런 면에
서 예향은 먼길을 함께하기에 불편한 일행은 아니었다.

"망할 놈에 새끼, 나중에 만나면 볼기를 때려줄 테다."

예향의 목소리에 가패가 고개를 돌렸다. 눈시울은 조금 붉어져 있었
지만, 그녀의 목소리 어디에서도 슬퍼하는 기색은 느껴지지 않았다.

"옷가지는 다 쌌고… 지분 통이 어디 있더라? 음? 뭘 봐요? 싸던 짐
이나 마저 싸시지?"

예향의 핀잔에 가패가 황당하다는 표정을 지었지만, 이내 그녀에게

서 시선을 떼고 싸던 짐을 마저 꾸렸다.

'천성이 씩씩한 여자든, 현명한 여자든 둘 중 하나군. 어느 쪽이든 다행한 일이지만.'

짐을 싸는 예향의 마음이 편치 않을 것임은 모두가 알고 있었다. 그럼에도 예향은 모든 걸 훌훌 털어내 버렸다는 듯 짐을 싸고 있었다. 혼자였다면 얼마나 더 흐느꼈을지 모를 일이었지만, 지금의 그녀는 일행의 짐이 되는 것을 거부하고 있었다.

"그래, 떠나긴 떠나는데 어디로 갈 참인가?"

"하북."

손 노인의 말에 가패가 무뚝뚝하게 대답했다. 하나 손 노인은 그의 말을 담담히 받아들일 수가 없었다.

"…진심인가?"

"꼭 알고 싶은 것이 생겼소."

가패의 나직한, 하나 단호한 대답에 손 노인은 고개를 가로 저었다.

'꼭 알고 싶은 것이라… 죽기 전에 라는 말을 빼놓으셨구먼.'

가패가 가려는 곳이 어디인지 물을 필요도 없을 것 같았다. 만승문이 멸문하던 그 순간, 하북은 가패에게 있어 사지(死地)가 되었다. 하북과 수천 리 떨어진 무창에서 흑룡왕이란 이름으로 숨어 살아온 그다. 그가 다시 하북으로 돌아가려 하는 이유가 그와 얽힌 구원 때문임은 충분히 짐작하고도 남았다. 가패의 눈에 어린 호기까지 알아보았다면 그의 결정이 괜한 객기가 아님도 알아차릴 수 있었겠지만……

'너는 다른 이들의 도움조차 뿌리치고 네 길을 가려 하는데… 나는

복수는커녕 원수들의 눈을 피해 달아날 궁리만 하였구나. 그래, 네가
옳다. 이제라도 사내답게 살아봐야지.'

손 노인이 말이 없자 가패가 작게 한숨을 내쉬며 입을 열었다.

"하북에 다다르면 헤어집시다. 그곳이라면……."

"그건 걱정 마시게. 하북이라면 나도 제법 지인들이 있으니."

짐을 모두 싼 가패가 자리에서 일어섰다. 함께 일어선 손 노인의 눈
이 예향에게 향했다.

"너는 어쩔 테냐?"

"왜? 노인네까지 날 버리고 가려고? 그래, 다 가라, 다 가! 나 같은
년 어디가 예뻐서 달고 다닐까! 뭣하면 근처 홍루라도 찾아 들어갈 테
니 걱정 말고 가시구랴."

"이년아! 그냥 같이 가고 싶다고 하면 될걸 왜 자꾸 시비냐, 시비
가!"

예향의 투덜거림에 손 노인이 눈을 부라리며 소리를 질렀다. 하나
말로 예향을 감당하기엔 손 노인의 여자 경험이 너무나 일천했다.

"염병… 달거리하느라 그런다, 왜!"

객잔을 나선 가패 일행이 저자의 사람들 틈으로 스며들었다. 밤을
새워 길을 재촉할 것인지, 인적이 없는 숲에서 야숙을 할지는 알 수 없
는 노릇이었지만, 그들의 뒤를 따르던 사람들은 아무래도 상관없을 듯
했다.

＊　　　　＊　　　　＊

밤을 낮 삼아 이동해 본 것이 얼마 만인지 모른다. 무창에 이르기 전까진 언제나 이런 식으로 움직여 왔었는데, 한 달여의 시간은 익숙했던 습관마저도 생소하게 만들어 버렸다.

'며칠 사람들 사이에 부대끼다 보니 배가 부른 모양이구나.'

산을 타고 걸음을 재촉하던 한은 자신의 그런 생각을 꾸짖고 있었다. 하나 생각이란 것이 어디 마음먹은 대로 되던가. 안 그래도 가패 일행에게 아무 말 없이 떠나온 것이 마음에 걸려 있던 차였다. 그래도 한 달이 넘도록 살을 부비며 지내온 사이였는데…….

'그렇다고 언제까지 그들과 함께할 수도 없는 일이었어. 너도 알잖아?'

한은 스스로를 다독이고 있었다. 그들과의 인연이 길어지면 질수록 위험은 배가될 뿐이었다. 지금이라도 길을 달리한 것이 서로에게 나은 선택이었다.

'이 산을 넘으면 단양(丹陽)이고, 평야를 가로질러 하루를 더 가면 진강(晉江)이라던가?'

기척을 숨기고 산을 내려가던 나무꾼들의 이야기를 엿듣길 잘했다. 관도에 써진 팻말도 글을 모르는 한에게는 무용지물일 뿐이었다. 비록 단사덕이 제법 상세히 길을 알려주기는 했지만, 이 넓은 천하가 어디 말 몇 마디로 다 설명될 수 있는 곳이던가.

한은 하늘의 별을 이정표 삼아 길을 재촉하고 있었다.

처음 세상에 나왔을 때 그를 곤혹스럽게 했던 세 가지가 있었다. 첫 번째는 객잔에서 음식을 주문하는 것이었다. 객잔에서 파는 음식 중

포자나 교자 종류 이외의 것을 먹어본 적이 없다. 면은 소화가 안 되고, 고기는 씹을 수가 없었다. 주문하기 쉽고 부담없이 먹을 수 있는 음식을 찾다 보니 그것뿐이었다. 물론 먹기야 죽이 제일 편했지만, 죽을 파는 객잔을 만나는 것은 생각보다 어려운 일이었다.

두 번째는 성문의 수문위사를 상대하는 것이었다. 어딜 가나 관부의 포쾌와 수문의 위사들이 그를 붙잡아 세웠다. 그의 행색도 행색이었지만, 그가 들고 다니는 사 척 반의 거검은 분명 대명률에 저촉되는 것이었다. 사람들의 이목을 피하는 기술은 두어 번의 실랑이를 벌이고 나서야 채득하게 된 것이었다.

세 번째가 바로 길을 찾는 것이었다. 구양문의 손에 거두어져 열여섯 해가 되던 해까지 마을 밖을 벗어나 본 적이 없던 한이었다. 아씨를 따라 복건의 금화장으로 간 이후에도 다를 것은 없었다.

원수를 찾는 일이 쉬울 리 없었다. 말을 못하니 길을 물을 수도 없고, 글을 모르니 이정표를 찾아도 무용지물이었다. 사람들의 이야기에 귀 기울이는 버릇은 그래서 생겼다. 그들의 이야기 속에서 방향을 잡고, 그들의 걸음을 따라 자신도 걸음을 재촉했다. 이번에는 장강을 넘어야 했다.

'운하를 타야 하나? 아니면 남경에서 관도를 따라갈까?'

산동까지는 천 리 길이 넘는다. 먼길 가는 이에게 야행은 기운을 빼버리는 무언가가 있는 모양이었다. 조금씩 느려지던 한의 발걸음은 결국 길옆의 작은 공지 앞에서 멈췄다. 야묘자(夜猫子:부엉이)의 울음소리가 스산한 바람에 실려 한의 곁을 스쳤지만, 근 한 시진 가까이 걸어온 한의 다리는 쉬어갈 것을 바라고 있었다. 한은 작은 바위에 걸터앉아 바람을 마주했다. 아무리 타고난 근골이 강건하다 해도, 체력이란 한계가 있는 것이고, 그것은 무공을 익혔다 하여 완전히 극복되는 것은 아니었다. 게다가 밤에 걷는 길은 십 리가 이십 리처럼 느껴지고 백 리가 천 리처럼 느껴지는 법이다.

오늘밤 안으로 산을 넘을 작정이라면 잠시 쉬어 가는 편이 현명했다. 몸이 제 할일을 멈추자 머리가 움직이기 시작했다.

'그들은… 왜 구천무예를 익히지 않았을까?

뇌공량과의 만남에서 깨달은 사실이 과거의 사건들과 연관 지어 떠오르고 있었다. 다섯을 베었으나, 다섯 중 구천무예를 익힌 자는 단 한 사람도 없었다.

'자질이 부족해 익히지 못한 것일까?

말도 안 된다. 글도 모르고 무공이라곤 일초 반식도 모르던 자신도 삼 년 만에 벽을 넘어섰다. 그들은 소림과 무당이라는 거목 아래서 십수 년간 무공을 배운 이들. 자신도 넘은 벽을 그들이 넘지 못했을 리가 없었다.

'어느 하나가 독차지한 것일까?

그랬을지도 모른다. 뇌공량은 자신의 입으로 중독되어 있었다 말했다. 제정신이 아니었으니, 먼저 정신을 차린 한 사람이 빼돌려 달아났을 수도 있다.

'아니야, 그들은 분명 정신을 차리고 자신들이 저지른 짓을 은폐하기 위해 불을 질렀다. 그들이 정신을 차렸을 때까지만 해도 함께 있었다고 봐야 한다.'

한은 그날의 일을 기억해 내기 위해 애쓰고 있었다. 하지만 그의 기

억은 애써 그것을 거부하며 더욱 깊은 곳으로 숨어들고 있었다. 무의
식적인 과거의 몸부림. 한은 더 이상 그것을 들춰내려 애쓰지 않았다.

　'아무래도 상관없지…….'

　한은 어깨에 비켜 멘 봇짐을 돌려 앞으로 가져왔다. 작은 단지의 딱
딱한 느낌이 한의 손끝을 타고 전해져 왔다.

　'이제 셋이 남았어요.'

　불어오던 바람이 눈에 어린 온기를 피해 비켜서고 있었다. 입가에
지어진 미소만큼이나 한의 눈가엔 따스한 느낌이 가득 고여 있었다.

　'복수가 끝나면…….'

　온기 가득하던 눈가에 작은 슬픔의 파랑이 번져 나가고 있었다. 야
묘자의 울음소리가 사라진 자리에 그녀의 목소리가 잦아들어 있었다.
한은 가만히 고개를 저으며 말했다. 생각했다.

　'그렇지 않아요. 난… 나의 길을 가고 있는 겁니다. 그 끝에… 당신
이 있을 뿐… 이건 나의 일이에요.'

　한은 고개를 들어 달을 바라보았다. 하얀 달빛이 무척이나 차다 느
껴지고 있었다.

　'그렇다 하더라도 변하는 건 없어요. 그들은… 결국 내 손에 모두
죽게 될 겁니다.'

　잠시 달을 응시하던 한이 갑작스레 자리에서 일어섰다. 봇짐을 바라
보던 그의 눈은 붉어져 있었다.

　'달라지는 건 없다고 했잖아요?!'

　악다문 한의 입에선 당장이라도 고함이 떨쳐질 것만 같았다. 그녀와
의 대화가 그의 심기를 자극한 모양이었다. 잠시 그렇게 서 있던 한이

작게 한숨을 내쉬며 굳어진 몸을 풀었다.

'미안해요. 아니… 그러지 말아요. 당신마저 그러면 나는……'

한은 무엇인가 변명하려는 듯한 표정으로 봇짐을 바라보았다. 대화는 단절되어 버렸지만, 미련이 남아 있던 한의 눈빛은 쉽게 봇짐에서 떨어지질 못했다. 한이 다시금 걸음을 뗀 것은 주변을 맴돌던 서늘한 바람이 흥미를 잃고 자리를 떠난 후였다.

'이 길의 끝이 다시는 돌아오지 못할 나락이라 한들… 그 끝에 당신이 기다리고 있다면, 천 번인들, 만 번인들 가지 못할까.'

한이 남긴 여운은 소리도 없이 텅 빈 공터에 덩그러니 남아 있었다. 방정맞은 바람은 그 소리를 듣지 못한 듯 서성이고 있었지만, 차마 그 자리를 바라볼 수 없었던 새하얀 반월은 한숨 같은 월광만 뿌려놓은 채 구름 뒤로 자취를 감추어 버렸다.

*   *   *

물살을 가르는 뱃전 앞으로 겁없는 백구조(白鷗鳥:갈매기)들이 날개를 크게 편 채 유유히 스치고 있었다. 운하의 좌우로 이어지던 가옥들의 자취가 사라지고, 푸른 잎이 무성한 수림이 그 자리를 대신하며 보는 이의 눈을 시원하게 만들어주고 있었다. 햇볕이 따가운 탓인지 대부분의 사람들은 배 아래의 선실에서 나오질 않고 있었다. 수부 몇이 움직이고는 있었지만, 그들 역시 배 위에 펼쳐 논 장막 아래로 숨어들기 바빴다. 칠월의 태양은 징그럽게도 뜨거웠다.

"내일이면 남경에 도착할 수 있을 거요."

“생각보다 빨리 왔군요. 한 이레는 걸릴 거라 예상했거늘.”

“허허, 벌써 몇 해나 이어진 보수였소. 황도를 옛 대도 자리로 천도한 후 한 해도 거르지 않고 운하를 보수했으니, 남북 간의 왕래 방법으로 이보다 빠른 것이 없다오.”

모용고한의 말에 모용중경이 고개를 끄덕이며 옆에 앉아 있던 이들에게 말을 건넸다.

“내 너희들을 데리고 나선 것은 강호의 견문을 넓혀주기 위함이다. 너희들도 이제 약관. 남아라면 능히 일가를 이루어야 하는 나이다. 너희들이 기룡이와의 터울 때문에 살갑게 지내지 못함을 내 이미 알고 있다. 하나 너희들을 이끌 이는 내가 아닌 네 사형임을 잊지 말거라. 모용세가의 미래는 너희들에게 달려 있으니.”

“예, 사부님.”

“예, 사부님, 명심하겠습니다.”

두 개의 목소리가 선실을 울렸다. 모용중경의 곁에 앉아 있던 설기룡은 사부의 갑작스런 공치사에 고개를 숙여 보았다. 모용중경에게는 네 명의 제자가 있었는데 그중 세 명이 그의 강호행을 수발하기 위해 나선 것이었다. 눈이 크고 총기가 흐르는 사내가 모용중경의 둘째 제자인 유방현(劉方玹)이었고, 그 옆에 조용히 앉아 있던 유약한 인상의 사내가 넷째 제자인 반사영(班査英)이었다. 나이는 같으나 배사지례를 올린 순서로 사형제간이 되었다. 유방현은 그의 생가와 모용세가의 친분으로 들여진 제자였고, 반사영은 그 자질이 탐나 모용중경이 친히 들인 농가의 자식이었다. 모용중경의 다른 제자들 모두 설기룡과 열 살에 가까운 터울이 있었기에, 제자들이 나서야 할 대외적인 활동은 모두 설기룡의 몫이었다. 모용중경은 그런 설기룡의 짐을 조금씩 덜어줄 심산이었다. 제자들의 대답에 만족감을 표시한 모용중경이 다시 모용고한에게 물었다.

"한데 그 두 사람은 어디에 있습니까?"

모용중경의 물음에 모용고한이 가볍게 미소 지으며 말했다.

"허허. 그 친구들이 어디 갑갑한 선실에 있을 사람들인가? 아마 위에서 바람이라도 쏘이고 있겠지."

"그들이 안호와 친교가 두터웠다는 이야기는 익히 들어 알고 있었지만, 항산(恒山)에서 예까지 달려올 줄은 짐작치 못했습니다."

"워낙 괴벽이 심한 이들이니 누군들 그들의 행보를 짐작할 수 있었겠는가. 그래도 옛정을 잊지 않고 친우의 복수를 하겠다 찾아올 정도이니, 죽은 총호법의 인덕이 어느 정도인지……."

모용중경은 그의 말에 고개를 끄덕였다. 그의 생전 모습을 떠올리니 잠시 내리눌렀던 분노가 다시금 고개를 쳐드는 것만 같았다. 그의 입가로 작은 한숨이 맴돌고 있었지만, 제자들이 보는 앞이라 삼켜야만 했다.

하나 배 위에 있던 비대한 체구의 백의중년인은 눈치 볼 제자도 없었고 거느린 식솔도 없었다. 그의 입에서 연거푸 긴 한숨이 흘러나오고 있었다.

"후우… 이 못난 친구 같으니."

"시끄러."

"후우… 어쩌자고 그런 몹쓸 놈의 뒤를 쫓았는가."

“시끄러.”

“후우… 뭐가 아쉬워서…….”

“시끄럽다니까!”

사내는 쉬지 않고 들려오는 푸념과 한숨을 참지 못하고 버럭 소리를 질렀다. 그 소리에 깜짝 놀란 백의중년인이 마주 소리를 질렀다.

“왜 소리는 지르고 지랄이냐?! 오호라, 너는 장가가 죽은 게 슬프지도 않는 모양이구나?!”

백의중년인이 자신에게 소리를 지른 흑의중년인을 바라보며 시비를 걸었다. 하나 버럭 화를 냈던 흑의중년인은 그런 사내의 도발에 두어 번 혀를 차주었을 뿐이었다.

“쯧쯧, 다 큰 사내놈이 어찌 그리 가벼울꼬.”

“미친놈, 넌 미친놈이 분명해. 미치지 않고서야 이백 근도 더 나가는 이 몸을 보고 어찌 가볍다 말할 수 있겠느냐? 그러니 너를 보고 사람들이 광도 (狂刀)라 부르지.”

“너는 이 운하에 던져 놓아도 그 가벼운 주둥이만 떠오를 것이다. 그 큰 덩치로 아이처럼 가벼운 언행을 일삼으니 사람들이 너를 두고 비아(肥兒)라 부르는 것이다.”

흑의중년인의 반격에 백의중년인의 얼굴이 붉으락푸르락해졌다. 하나 흑의중년인은 그런 뚱보사내를 무시하며 물결만 바라볼 뿐이었다. 그들의 투닥거림은 배에 오른 이후부터 지금까지 하루도 쉬지 않았다. 하나 배 위에서 그들을 눈여겨보는 이는 없었다. 처음에는 몇몇 수부들이 그들의 하는 양을 보고 키득거렸지만, 동료 수부의 귀띔에 놀라 재빨리 자리를 피하곤 했다. 그들이 누군지를 듣고 난 사람들의 당연한 반응이었다. 사람들은 이 괴이한 두 사람을 가리켜 흑백쌍괴(黑白雙怪)라 불렀다.

광도 황옥산(黃玉散)은 섬서 태안 출신으로, 도에 미친 자라는 외호답게 도법으로 일가를 이룬 인물이었다. 다만 사람들과 어울리기를 꺼려하는 성격 탓에 시비가 자주 일었고, 시비를 가름에 독선적이기도 해 정사 중간의 인물로 분류되곤 했다. 물론 악행을 저지르지는 않으나 손속이 매섭고 잔인해 강호에서 그와 교분을 쌓은 이가 적었다. 산서 무림에서는 고수로 꼽히는 인물이었다.

비아 섭위문(攝瑋文)은 장법의 고수로, 무당의 고수와 맞붙어 장법으로 동수를 이룬 이야기는 아직까지도 사람들의 입에 종종 오르내리곤 했다. 하나 일신의 절예와는 달리 사람을 쉬이 믿지 않아, 사소한 마찰로도 시비가 끊이질 않았다. 어린아이처럼 즉흥적인 행동을 일삼기에 덩치만 큰 아이라는 외호로 불렸지만, 정작 강호에서 그의 존재를 가볍게 논할 사람은 그리 많지 않았다.

이 두 사람이 함께 행동한다는 것 자체가 강호의 괴사라 할 수 있었지만, 사사건건 부딪치는 외형과는 달리 생사마저 함께할 만큼 절친한 사이였기에 이미 삼십여 년 전부터 흑백쌍괴라는 이름으로 불리고 있었다.

이들이 죽은 장안호와 교분을 가졌다는 사실도 의외였으나, 죽은 친구의 복수를 위해 수천 리 길을 마다 않고 달려올 만큼 절친한 사이였다는 것 역시 예상치 못한 일이었다.

모용중경으로서는 천군만마를 얻은 셈이었다.

"내 그놈을 잡으면 사지를 분질러 주겠어. 손가락 마디마디를 분지른 다음, 팔뚝을 분지르고, 팔이 모두 부러지면 다리를⋯⋯.”

“시끄러. 안호가 죽은 것은 어쩔 수 없다. 강호에서 죽고 사는 것은 먹고 자는 것만큼이나 당연한 일이다.”

“그래서 잘 죽었다는 거냐? 매정한 놈. 찔러도 피 한 방울 안 나올 놈.”

황옥산의 차가운 말에 섭위문이 인상을 구겼다. 하나 황옥산은 눈썹 한 올 까딱하지 않으며 말을 이었다.

“안호가 죽은 그 순간, 은원의 고리는 채결되었다. 그걸 거부한다면 이십 년 우정이 부끄럽지. 하나 안호는 약하지 않았다. 나와 겨룬다 해도 오십 합 안에는 결과를 가늠하기 힘들고, 너도 백 합을 넘어서야 겨우 우위를 점할 만큼 경지가 얕지 않았다. 그런 안호가 죽었다, 일 대 일의 생사대결에서.”

“겨우 우위라니? 내가 본신 절예를 모두 꺼내면 안호쯤은⋯⋯.”

섭위문이 발끈하며 언성을 높였지만, 한심하다는 듯 바라보는 황옥산의 눈길에 잇던 말을 어물거렸다. 황옥산의 시선이 다시 운하의 물결로 향했다.

“안호도 강했지만, 결국 그자의 손에 죽었다. 게다가 그자는 무창에서 동정수로채의 한 개 채를 단신으로 괴멸시켰다. 안호가 약해서 죽은 것이 아니니⋯ 쉽지 않은 싸움이 될 거다.”

“그깟 수로채쯤이야 나도⋯⋯.”

섭위문의 투덜거림에 황옥산의 입꼬리가 살짝 비틀렸다. 어린아이 같은 섭위문이었기에 자신에 대한 황옥산의 평가에 단단히 골이 난 모양이었다. 두 사람 모두 장안호와는 대여섯 살씩의 터울이 있었지만,

겉으로 보이는 외모는 고작 오십대 초반 정도의 중년인으로밖에는 보이지 않았다. 그들의 성취가 얼마나 깊은지를 단적으로 보여주는 것이었다. 그럼에도 불구하고 황옥산은 흉수를 경시하지 않고 있었다. 게다가 이번 일에 신중해야 할 이유는 그것만이 아니었다.

"모용 가주가 우리를 곁에 두고 싶어 하더라."

"쳇, 평생 누구도 머리 위에 얹지 않고 살았는데, 이 나이에 남에 밑에 들어가라고? 어림도 없는 소리."

"…난 그의 제의를 수락할까 싶은데."

"뭐? 너 진짜로 미쳤냐? 뭐가 아쉬워서 모용세가에 몸을 의탁해? 혹시 돈을 많이 준다든? 그깟 돈이야 만들면 되지! 돈 몇 푼으로 우리를 시험해? 내 이놈에 영감탱이를!"

섭위문이 당장이라도 모용중경을 찾아갈 듯 발을 동동 굴렀지만, 황옥산은 덤덤한 시선으로 운하의 물결만 바라볼 뿐이었다. 근 삼십 년을 함께한 사이. 자신의 이야기도 다 듣지 않고 달려 나갈 섭위문이 아니란 걸 잘 알고 있었다. 섭위문은 콧바람을 씩씩거리면서도 황옥산의 곁을 떠나지 않고 있었다.

"야, 이놈아! 뭐라고 말 좀 해봐라! 도대체 왜 그딴 생각을 하게 되었는지!"

반짝이는 물결이 눈부셨는지 황옥산의 눈이 살짝 감겼고, 그로 인해 냉막했던 표정의 한구석이 조금 틀어져 보였다.

"안호는 복이 많은 사람이다."

"그거야 당연하지. 우리와 친구라는 것만으로도 복이지. 암, 복이고 말고."

"난… 안호가 부럽다."

섭위문의 눈이 놀라 크게 떠지며 황옥산의 눈을 찾았다. 날이 너무 더워 헛소리를 하는 것이 아닌가 의심이 들 정도였다. 그가, 아니, 그들이 누군가를 부러워한 적은 단 한 번도 없었다. 그것은 친구였던 장안호라 해도 예외가 아니었다. 묵계가 깨어지고 있었다.

"그의 혈채를 받아내기 위해 가주가 직접 나섰고, 고르고 고른 고수 스물이 그 뒤를 따르고 있다. 안호의 흉수를 잡기 위해 모용세가 전체가 움직이고 있다 해도 과언이 아니다. 난… 그것이 부럽다."

"뭐, 뭐?"

"내가 죽으면… 너뿐이다. 너와 내가 함께 죽으면… 그걸로 끝이다. 어느 이름없는 곳에서 풍진고혼이 된다 한들, 누가 우리의 시신을 거두어줄 것이고, 누가 위패를 세워줄 것인가. 위문아, 너나 나나 앞으로 십 년을 기약하겠느냐, 백 년을 기약하겠느냐?"

"…미친놈."

섭위문의 시선이 황옥산의 시선을 따라 운하로 향했다. 평소 말이 많지 않던 황옥산이었다. 그래서 그의 이야기가 더욱 와 닿고 있는지도 몰랐다.

"치기였다. 하고 싶은 것만 하려 했고, 내 뜻과 다르면 힘으로 관철시켰다. 나는 그것을 자유라 생각했지. 나에게 높은 무공만 있으면 언제까지 자유로울 수 있을 거라 생각했다. 그 생각이 잘못되었다는 것을 깨닫는 데 너무 오랜 시간이 걸렸다."

"우리가 함께한 게 잘못되었다는 거냐?"

"아직 늦지 않았다고 말하는 거다. 괜찮은 기회도 찾아왔고."

황옥산은 섭위문의 시선을 피했다. 그로서도 꺼내기 쉬운 말은 아니었을 거다. 흑백쌍괴라 불리며 함께한 시간이 자그마치 삼십 년이다. 그 세월을 어찌 말로 다 설명할 수 있을까만, 어떤 피붙이도 삼십 년 우정보단 가깝지 못할 것이다. 그 시절을 이제 그만 끝내자고 하는 것이다. 너무나 갑작스러운 이야기에 한편으론 화가 났지만, 다른 한편으론 그의 생각에 동조할 수도 있을 것 같았다.

"왜 하필 모용세가야. 기왕이면 더 그럴듯한 곳으로 하지."

"흑백쌍괴란 이름을 품어줄 곳은 많지 않다."

황옥산의 말에 부정할 수 없었다. 지금까지 엮어온 은원도 적지 않다. 그들의 무공은 높이 사지만, 정작 그들을 품어줄 곳을 꼽기란 어렵다. 모용세가는 그 점에서 자유로웠다. 삼십 년간 이어온 우정이 그것을 가능하게 했다.

'놈. 너는 죽어서도 우리들 뒷바라지할 셈이냐?'

섭위문의 눈꼬리가 경련했다. 유랑하듯 살아온 흑백쌍괴에게 모용세가의 총호법은 음으로 양으로 커다란 그늘이었다. 그가 중재하여 잠잠해진 시비도 적지 않았고, 은자 걱정 없이 유유자적할 수 있었던 것에도 그의 덕이 적지 않았다. 언젠가는 그의 우애에 보답할 날이 있을 거라 막연히 생각하고 있었지만, 그것이 그의 죽음으로 이루어질 것이라고는 짐작치 못했었다. 게다가 우애에 보답해야 하는 그들에게, 자신의 자리까지 넘겨주려 하고 있다.

섭위문의 이가 악물렸다.

'염병할 놈, 이따위 자리 필요없으니 다시 돌아오너라. 네놈이 사주는 술이 마시고 싶단 말이다.'

흐르는 물결을 바라보는 것만으로도 눈물이 흐를 것만 같았다.

"후우… 이 못난 친구 같으니……."

섭위문의 한숨이 또다시 물결 위로 부서져 갔지만, 황옥산의 감겨진 두 눈은 아무 말이 없었다.

*　　　*　　　*

요 며칠 비가 오지 않아서였기 때문인지, 길 위의 돌과 흙은 메마를 대로 메말라 있었다. 끝없이 펼쳐진 평야를 가로질러 난 길 위에 한 대의 마차가 옅은 먼지구름을 피워 올리고 있었다.

노면이 고르지 못한 탓에 마차의 흔들림이 제법 심했지만, 마차에 몸을 의지하고 있던 일행 중 누구도 그것을 불평하지 않았다.

"…그 사람이 분명하지?"

한숨 섞인 물음에 대답은 없었다. 손 노인은 대꾸없는 한숨을 연달아 내쉬고 있었다. 평소 같으면 예향의 입에서 타박 한 소절 흘러나올 것도 같건만, 마차 안에 등을 기대고 앉은 예향의 고개는 무릎 사이에 파묻혀 나오질 않고 있었다.

"태호에서 일을 치를 거라고 짐작은 하고 있었지만… 이리 빨리 움직일 줄은……."

"그놈은 망설임을 모르는 놈이니까."

손 노인의 혼잣말을 듣기만 하기는 뭣했는지, 고삐를 한 번 털고 난 가패가 짧게 맞장구를 쳐주었다. 마차는 관도를 조금 벗어난 평야의 외딴 길을 따라 북진하고 있었다. 태호를 떠나며 한 일 중 가장 잘

한 일은 은자를 모아 마차를 산 일일 것이다. 차양으로 둘러진 작은 마차가 아니었다면, 일행의 굳은 얼굴 탓에 의심을 받았을지도 모르니까.

태호변에서 일어난 살인 사건 이야기는 모르는 이가 없을 정도로 빠르게 퍼졌다. 두 다리가 잘리고 가슴이 갈라진 시체의 이야기는 사람들의 술안주로 부족함이 없었고, 검은 옷에 큰 키, 거대한 검을 사용했다는 흉수의 이야기는 태호를 떠나는 가패 일행을 침묵 속으로 몰아넣기에 충분했다. 다행히 아직 태호의 살인과 무창살귀를 연관 짓는 이는 없었다. 소문이 부족한 탓일 수도 있고, 아직 그것에까지 생각이 미치지 못했을지도 모르지만, 태호를 벗어나 장강에 다다르던 가패 일행을 의심하는 눈빛은 아직 만나지 못했다.

"그 자식 어디로 갔을까?"

고개를 든 예향의 말에 손 노인이 혀를 차며 고개를 내저었다.

"글쎄다. 그가 어디로 가고 있는지는 저 새와 그 자신만이 알고 있겠지."

손 노인의 말에 예향이 고개를 들었다. 파란 하늘을 유유히 날고 있는 작은 점. 저리 높은 곳에서 굽어본다면 그가 있는 곳을 찾아내기도 어렵지 않을 성싶었다.

"어차피 가는 길이 달랐소. 그의 복수는 온전히 그의 몫. 이제는 우리의 길을 가야지……."

손 노인의 시선이 가패에게 향했지만, 가패는 더 이상 이야기를 하고 싶지 않은 듯 입을 굳게 다물고 있었다.

"…찜찜하구먼. 이렇게 헤어질 인연이 아닌 듯한데……."

손 노인의 혼잣말을 끝으로 더 이상 사람들의 목소리는 들려오지 않았다. 손 노인은 마차에 기대어 졸기 시작했고, 가패는 주변의 인가를 찾아 말을 재촉하고 있었다. 땡볕에 반쯤 감겨 있던 예향의 시선은, 구름 너머로 사라진 작은 새를 따라 한없이 멀어져만 가고 있었다.

평야 위의 작은 점으로 화해가던 마차는 해가 질 무렵이 되어서야 평야를 빠져나와 작은 마을에 도착할 수 있었다. 그리고 같은 시각, 예향의 시선을 피해 달아난 작은 새는 남경 인근의 한곳에서 지친 날개를 접고 앉아 있었다. 사람이 다가와 손을 내뻗고 있음에도 동요치 않는 것을 보니, 제법 훈련이 잘된 전서구 같았다.

사내는 전서구의 발목에서 전통을 떼어냈다. 전서를 갈무리한 사내가 찾아간 곳은 묵향내가 가득한 집무실이었다. 사내는 그곳에서 집무를 보던 황의중년인에게 다가가 전서를 건넸다.

"무창살귀가 틀림없군."

황의중년인은 시큰둥한 표정으로 흑화를 해독한 후 전서를 가지고 온 사내에게 물었다.

"구 채주가 언제 도착한다고 했지?"

"내일 아침입니다."

"좋아. 이것을 구 채주에게 전해라. 그리고……."

사내에게 전서를 다시 건넨 황의중년인이 턱을 쓰다듬으며 물었다.

"모용세가는 어찌 움직이고 있느냐?"

"스무 명 정도가 남경에서 활동하고 있습니다. 소문에는 조만간 본가에서 더 많은 인원이 올 것이라고 합니다."

"선발대라 이거군. 그들의 일거수일투족을 잘 감시하도록 해라. 이 것참, 얼굴도 모르는 사촌의 부탁에 번거로운 일만 생기는군. 그래, 다른 특별한 것은?"

"외지인들의 활동이 두드러지고 있습니다."

사내의 말에 황의중년인의 미간이 살짝 찌푸려지고 있었다.

"어차피 남경을 오가는 인물 중 절반은 외지인. 네가 말하는 외지인 이라면 강호인들을 말하는 것이겠지?"

"예."

사내는 황의중년인의 물음에 고개를 끄덕이며 짧게 대답했다. 오가 목부 남경 지부는 오가목부의 다른 지부들보다 서너 배는 큰 규모를 자랑하는 곳이었다. 사천에서 시작한 뗏목들의 최종 목적지라 해도 과언이 아닐 만큼, 남경의 나무 수요는 엄청난 양이었으니 그것을 통제하는 지부의 규모 역시 여타 지부보다 클 수밖에 없었다. 게다가 남경 지부는 남경 하오문의 대표라 불릴 만큼 강호에서의 입지도 녹록치 않은 곳이었다.

각 지역마다 하오문을 관장하는 문파들은 모두 다르다. 항주는 배수들의 모임인 비서회가 주도권을 잡고 있고, 소주는 기녀들을 관장하는 홍라방이 그 중심에 있다. 물론 인근에 장강수로채라는 녹림방파가 있기는 하지만, 과거 황도였던 남경에서 위세를 부릴 수는 없었기에, 남경 하오문의 실제 핵심은 오가목부가 쥐고 있다 해도 과언이 아니었고, 당연히 남경 오가목부의 위세는 다른 지역의 오가목부들과는 차원이 다르다 할 수 있었다.

황의중년인 역시 오씨 성을 가졌기에 오 방주라 불리고 있었다.

오 방주는 사내의 대답에 홍미가 당겼다. 오가목부의 성격은 이중적이었다. 목재를 관장하는 곳이다 보니 분명 상계에 그 뿌리를 두고 있었지만, 이미 오래전부터 하오문과 밀접한 관계를 유지한 것도 사실이었다. 강호의 인물들 중엔 의외로 오가목부의 존재를 모르는 이가 많았다. 겉으로 보이는 그들은 상인일 뿐이었으니.

"그들이 누군지는 알아냈고?"

오 방주의 물음에 사내는 고개를 숙여 보였다. 아직 알아내지 못했다는 뜻이기도 했지만, 명을 기다리는 것이기도 했다.

"몇 명이나 되는가, 그 외지인들이?"

"열 명에서 서른 명 정도 됩니다."

오 방주의 눈에 이채가 떠올랐다. 눈앞의 사내는 하오문으로서의 오가목부를 실제적으로 관리하는 위치에 있는 자였다. 그만큼 오 방주의 신임이 두터웠고, 그 신임을 오랜 시간 지켜올 만큼 실력 또한 출중했다. 한데 그런 이가 대략의 실체도 파악하지 못하고 있었다. 홍미로웠다.

"알아봐, 어디서 온 놈들인지, 뭐 때문에 찾아왔는지. 최대한 빨리."

사내는 다시 한 번 고개를 숙여 보이곤 집무실을 빠져나갔다. 사내가 사라지자 오 방주는 버릇처럼 턱을 쓰다듬으며 생각에 잠겼다.

'…동정수로채, 모용세가, 정체불명의 외지인들… 그리고 무창살귀. 사촌이 보내준 일거리가 알고 보니 재미있는 일이었군.'

오 방주는 이 모든 움직임이 무창살귀라는 하나의 목표를 향해 움직이고 있다는 것을 직감하고 있었다. 오 방주의 입가에 미소가 걸리고

있었고, 그 미소는 마치 경극의 시작을 기다리는 어린아이의 그것과 같
은 기대감으로 물들어 있었다.
　그런 오 방주의 기대대로 장강을 무대로 한 한판 활극의 핏빛 서막
이 천천히 오르고 있었다.

第二十九章

거래

포구로 내리는 사람들의 발길이 부산히도 움직이고 있었다. 마치 물결을 이루듯 어디론가 빠르게 움직이는 사람들 속에, 그들의 모습은 강물을 갈라놓는 암초와도 같아 보였다. 검은 삿갓으로 얼굴을 가리고 계절과 어울리지 않는 검은 피풍의를 걸친 사내들. 열 명이 넘는 무리가 길을 막고 서 있었지만 그들이 풍기는 기도가 예사롭지 않아 누구도 함부로 손가락질하지 못했다. 그 무리의 선두에 서 있던 사내가 입을 열었다.

"남경은 오랜만이군."

"예. 장강수로채가 터를 잡기 전까진 저희 영역이었지요. 벌써 십수 년도 더 지난 일이긴 합니다만……."

"어차피 돌고 도는 세상이다. 지금은 그들이 득세하고 있지만, 언젠가는 다시 우리 손에 돌아올 터.”

“뭐, 지금 당장 맞부딪쳐도 상관없지만, 남경에서는 그자들도 함부로 날뛰지 못하니 특별히 마주칠 일은 없을 것입니다.”

사내의 말에 수하로 보이는 중년인이 답했다. 사내가 고개를 끄덕여 보이자 중년인이 다시 말을 이었다.

“일단 객잔으로 가시지요. 여독을 풀고 있으면 사람이 올 것입니다.”

“그렇게 하자.”

사내. 수하 열을 대동하고 남경에 나타난 구염채의 채주 방홍강이 걸음을 옮겼고, 그의 뒤로 수채에서 골라 데려온 열 명의 수하가 일사불란하게 뒤따랐다. 그들이 대로에 있던 풍향루라는 제법 그럴듯한 객잔으로 들어서던 순간, 대로의 한쪽에서 한 무리의 인마가 달려왔다. 무의식 중 방홍강의 시선이 말발굽 소리를 따라 움직였다.

‘모용세가?’

말은 도합 서른 필에 달했다. 반석으로 닦여진 남경의 대로가 아니었다면 일진광풍을 일으켰을 만한 움직임. 그 무리의 선두엔 모용세가의 푸른 기(旗)가 펄럭이고 있었다. 그 무리를 바라보던 방홍강의 눈에 이채가 떠올랐다.

‘저자는?’

방홍강의 눈에 놀람이 일었다. 전혀 예상치 못했던 인물들의 면면이 빠르게 그의 곁을 스치고 있었다.

‘저 백염의 문사는 분명 모용세가의 가주인 모용중경이고 그 옆의 인물들은 모용세가의 이인자라 불리는 모용고한, 그리고… 흑백쌍괴?’

멀리 하북에서 모용세가의 인물들과 마주친다는 것도 의외이거늘, 모용세가의 가주와 실세들을 만나게 될 줄은 상상도 하지 못했다. 게다가 강호에 괴벽(怪癖)과 무명(武名)으로 소문이 자자한 흑백쌍괴가 그들과 함께 있다니… 그들의 모습과 함께 방홍강의 뇌리를 스치는 생각이 있었다.

'장안호… 그가 불러들인 것이구나?!'

그것 이외에는 그들의 등장을 설명할 길이 없었다. 장안호의 죽음은 이미 온 천하가 다 아는 사실이었고, 의형제 사이였던 모용세가주가 장안호와 각별했다는 이야기 역시 강호의 미담으로 유명한 것이었다.

'그자가 남경으로 향했다는 말이 허튼 소문은 아니었군.'

모용세가의 인물들은 이미 점으로 화해 사라지고 있었지만, 그들을 바라보던 방홍강은 쉽게 걸음을 옮기지 않았다. 그와 같은 생각을 했는지 중년인이 입을 열었다.

"저들도 우리만큼이나 그자를 찾고 싶을 겁니다."

"그럴지도… 일단 들어가자."

객잔의 문은 굳게 닫혀 있었다. 무슨 일인가 싶어 고개를 갸웃거리는 사람들도 있었지만, 객잔의 문 앞에 걸린 푸른색의 깃발과 그 아래 서서 안광을 빛내고 있는 두 사람의 무사를 보곤 서둘러 객잔 앞을 지나치고 있었다. 깨끗하게 비워진 객잔 안에는 오십여 명의 인물이 자리하고 있었다.

"그자의 흔적을 발견하지 못했다?"

모용고한의 물음에 한 중년인이 고개를 숙이며 답했다.

"백방으로 수소문해 보았지만, 남경 어디에서도 그자의 흔적은 찾을
수 없었습니다."

명을 수행하지 못한 탓인지 중년인의 얼굴은 단단히 굳어져 있었다.
중년인의 뒤로 도열해 있던 스무 명의 무사 역시 고개를 숙인 채 아무
말이 없었다. 선발추적대의 보고에 모용중경의 미간이 좁혀들고 있었
다. 잠시 말이 없던 모용중경의 시선이 옆에 서 있던 모용준에게로 옮
겨졌다.

"면목없습니다."

모용준은 고개를 깊이 숙여 보이며 죄를 청했다. 모용중경의 입술은
굳게 다물려 있었다. 흉수를 단죄하기 위해 천 리 길을 마다하지 않았
건만, 그를 기다리고 있던 것은 흔적도 없이 증발한 흉수의 소식뿐이었
다. 그때 눈치를 살피던 모용준이 조심스레 입을 열었다.

"가주, 잠시 드릴 말씀이 있습니다."

모용준의 말에 모용중경과 모용고한의 시선이 함께 움직였다.

"올라가자."

모용중경이 먼저 자리에서 일어서자 모용준이 그 뒤를 따라 이층으
로 향했다. 모용고한은 대기하고 있던 무사들에게 몇 가지를 지시한
후 그 뒤를 따랐다.

"남경으로 온 것 같지 않다니, 그게 무슨 뜻이냐?"

모용중경은 모용준이 꺼낸 뜻밖의 이야기에 되물었다.

"지난 이틀간 이곳을 들고나는 성문과 수문을 탐문했었습니다. 하지
만 어디에도 그런 이를 보았다는 사람은 없었습니다."

"음……."

"그자는 키만 팔 척에 이르고 사용하는 검도 사 척이 넘습니다. 사람들의 이목을 피해 다니기엔 어려운 사람입니다. 그리고……."

모용준은 잠시 말을 멈췄다. 모용중경과 모용고한이 계속해 보라는 듯 재촉의 눈길을 보냈다. 모용준은 그들의 눈길을 받으며 입을 열었다.

"저희와 동행한 관원이 있습니다."

"용 대인이란 사람 말이냐?"

모용고한이 이채를 띠며 말했다. 모용준은 고개를 끄덕이며 그의 질문에 답했다.

"그 사람의 생각은 소문이 거짓된 것이 아닐까 하는 것입니다. 저역시 용 대인의 생각과 같고요."

"증거는?"

"…그는 한곳에 이틀 이상 머문 적이 없다 합니다. 도착한 그날이나 그 다음날엔 어김없이 살행을 저지르고 그곳을 빠져나갔다는 거지요. 저희가 이곳에 도착한 지 사흘째입니다. 하지만 아직 남경에서 살인이 일어났다는 소문은 듣지 못했습니다."

"그 용 대인이란 사람은 어디 있느냐?"

"아문에서 정보를 얻어보겠다며 출타했습니다. 그를… 만나보시겠습니까?"

모용준의 물음에 모용중경이 가볍게 고개를 끄덕여 보였다.

"그간의 행동만 본다면 필시 만나보아야 할 사람이다. 자리를 마련해 보거라."

모용중경의 명에 모용준이 고개를 숙여 보였다. 모용고한이 모용중경을 바라보며 말했다.

"그럼 아이들을 푸는 것은 용 대인이란 이를 만나 후에 결정하시겠소?"

"그래야겠지요. 그리고……."

모용중경이 모용준을 바라보며 다짐을 받듯 말했다.

"혹 누구와 이야기를 나누더라도 흉수가 구천무예와 관련되어 있다는 이야기를 해서는 아니 될 것이다. 아무리 가까운 사이더라도 항시 입을 조심하도록 해라."

"명심하겠습니다."

모용준은 깊이 고개를 숙여 보였다. 구천무예라는 이름을 함구하기로 한 것은 이미 무창에서부터 이어진 묵계였다. 묵언의 가문이란 명성답게 아직 구천무예의 이름은 천하에 알려진 바가 없었다.

'혹 백부님께서도?'

잠시 그러한 생각이 머리를 스쳤지만, 모용준은 머리를 흔들어 털어냈다. 구천무예는 분명 탐나는 이름이다. 하지만 구천무예를 탐하려면 소림과 무당을 생각지 않을 수 없다. 적어도 오십 년 전 비급이 사라지기 전까지는 소림과 무당이 구천무예의 수호자였으니 구천무예를 얻으려면 강호의 태산북두라는 감당하기 힘든 산을 넘어야 한다.

'소림과 무당에서 이 사실을 안다면 어떻게 나올까?'

문득 떠오른 생각에 모용준은 쓴웃음을 지을 수밖에 없었다. 그들이 나선다면 총호법의 원한을 갚는 일은 요원해지고 만다. 그들은 무슨 수를 써서라도 그의 신병을 인도 받으려 할 것이다. 그가 익힌 무예가 구천무예라는 것을 안 이상, 그들이 참견하지 않을 리 없었다. 모용중경의 입막음도 아마 이러한 것을 염두에 둔 것일 것이다.

하지만 사람의 일은 모르는 것. 언제 구천무예의 이름이 온 천하를 떠들썩하게 만들지도 모르는 일이었다. 그전에 그를 잡아야 했다.

"그자를 정녕 만날 생각인가?"

"그래야지요. 흉수의 흔적을 잃어버린 이상, 관부든 하오문이든 가용할 수 있는 모든 수단을 강구해 봐야지요."

모용중경의 답에 모용고한은 고개를 끄덕였다. 선발로 보낸 추적대에는 추적술에 능한 자도 있고, 강호 견문이 넓은 자도 있었다. 제아무리 남경이 넓다 한들, 스무 명의 추적자가 이레나 뒤졌음에도 흔적을 발견하지 못했다는 것엔 두 가지뿐이다. 모두의 이목을 피해 달아났거나, 애초에 남경으로 오지 않았거나.

모용중경과 모용고한, 모두 후자라 생각하고 있었다.

'키가 팔 척에 사 척 반에 달하는 거검을 휴대하고도 사람들의 이목을 피할 수 있는 남경이 아니다.'

모용준도 그자가 남경에 없을 것 같다 말했었다. 실체를 쫓은 것이 아닌 소문을 쫓은 추적이었으니, 더욱 남경만을 고집할 수가 없었다.

"너는 그만 나가 그와 은밀히 만날 만한 곳을 알아보도록 해라."

"예."

모용준은 모용중경의 명에 생각을 멈추고 깊이 읍했다. 방 안의 공기가 그를 밀어내고 있었기에 모용준은 객실 밖으로 나서야만 했다. 모용준이 나간 후 모용중경과 모용고한은 오랜 시간 이야기를 나누었고, 아래층에서 기다리고 있던 사람들은 그만큼의 지루함을 느끼고 있었다.

"뭔 이야기가 이렇게 오래 걸리는 거야?"

섭위문는 입이 한 자는 튀어나온 채 객잔 안을 서성이고 있었다. 비대한 섭위문이 움직일 때마다 객잔의 마룻바닥이 삐걱거리며 아우성을 쳐댔지만 객잔 안에 있는 수십 명의 사람들 중 누구도 그의 정신 사나운 움직임을 지적하지 못했다.

"야! 너 그놈 쫓아 먼저 온 놈이지? 그 개잡놈 어디 있어? 무창살권지 뭔지 하는 그 개 잡종 놈의 새끼 어디 있냐고?!"

걸음을 멈춘다 싶던 섭위문이 탁자에 앉아 있던 외당 무사 하나에게 다가가 호통을 쳤다. 그의 갑작스런 호통에 발끈하려던 외당 무사였지만, 섭위문의 뒤에서 들린 한기 가득한 목소리에 입을 다물고 말았다.

"나가자."

"뭐? 어딜?"

섭위문의 눈이 반짝 빛나며 황옥산을 바라보았다. 하나 황옥산은 가타부타 말도 없이 검을 들고는 객잔 밖으로 향했다. 섭위문은 눈을 껌뻑이며 황옥산과 모용세가의 무사들을 번갈아 보다가 한 걸음에 객잔 밖으로 달려 나갔다. 황옥산은 이미 저만치 앞서 걸어가고 있었다.

"야! 이놈아! 어디로 가는 거야?!"

거리를 좁혀 나란히 선 섭위문이 황옥산에게 물었다. 황옥산은 귀찮다는 듯 짧게 말했다.

"친구."

섭위문은 그의 말에 고개를 갸웃거려 보았지만 더 이상의 설명을 들을 수는 없었다. 일각 정도를 걸어가던 황옥산의 걸음이 한 장원 앞에 멈춰 섰다. 섭위문이 고개를 갸웃거리며 다시 물었다.

"여기가 어디냐?"

"친구 집."

황옥산은 짧게 말하곤 장원의 문을 두드렸다. 잠시 후 웬 장정 하나
가 고개를 내밀었다.

"어떻게 오셨습니까?"

"허저(墟詛)를 만나러 왔다."

사내는 조금 경계하는 듯한 눈초리로 되물었다.

"어느 분이 찾아오셨다고 전해드릴까요?"

"항산에서 왔다고 전해라."

사내는 황옥산의 위아래를 훑어보곤 잠시 기다리라는 말과 함께 문
을 닫았다. 그리고 사내가 말한 잠시보다 조금 더 시간이 지난 후 장원
의 문이 다시 열렸다. 처음 문을 열었던 사내가 아닌 다른 이가 황옥산
을 맞았다.

"드시지요."

정중한 몸가짐으로 황옥산을 들인 사내는 백삼을 입은 젊은 문사였
다. 황옥산은 그의 뒤를 따라 장원으로 걸음을 옮겼다.

"말씀 많이 들었습니다. 항산의 두 영웅은 실로 오래전부터 흠모해
왔었습니다."

사내는 계집 같은 하얀 피부에 걸맞는 미소로 두 사람을 이끌었다.

'아니… 뭐 저렇게 예쁘장한 사내놈이 다 있냐?'

뒤를 따르던 섭위문은 속으로 혀를 내둘렀다. 사내는 조심스러운 발
걸음으로 두 사람을 내실 앞까지 인도했다.

"기다리고 계십니다."

황옥산은 가볍게 고개를 끄덕여 보이곤 내실의 안으로 들었다. 섭위문 역시 젊은 문사를 한번 바라보곤 그 뒤를 따랐다. 그리고…

"어? 너는?"

사방 삼 장은 되어 보이는 넓은 내실이었지만, 서탁은커녕 작은 의자 하나도 없는 빈 공간이 그들을 맞았다. 그 공간의 중간에 가부좌를 틀고 앉은 그가 있었다. 황옥산의 시선이 가 닿았는지, 가부좌를 틀고 앉아 있던 사내가 감았던 눈을 뜨며 말했다.

"오랜만입니다, 사부."

*　　　　*　　　　*

"모용중경이오."

"용호라고 합니다."

두 사람이 자리하고 있던 곳은 남경에서도 제법 유명한 취설루라는 고급 주루였다. 대도 남경답게 주루의 내실은 화려했다. 모용세가에서도 쉽게 찾아보기 힘든 고가구들과 한눈에 보아도 중원의 것이 아님이 분명한 기물들이 별실의 곳곳을 치장하고 있었다. 하지만 두 사람 모두 별실 따위에는 관심조차 없어 보였다.

"본 가의 식솔들이 큰 신세를 졌다고 들었소. 호의에 감사드리오."

"아닙니다. 의제이신 장 대협께서 변을 당하셨으니, 뭐라 드릴 말씀이 없습니다."

간단한 인사치례가 오가고 있었지만 내심을 짐작하기는 부족한 대

화들뿐이었다. 적당히 분위기가 무르익고 나서야 조금씩 이야기의 접
점을 찾기 시작했다.

"관직에 몸담고 계시다 들었소. 사연이 있는 것이 아니라면, 어느 부
에 계신지 묻고 싶구려."

"허허, 직분을 밝히지 못함을 용서하십시오. 다만… 육부에 적을 두
고 있지는 않습니다."

해석하기 나름이었지만, 육부와 상관없는 관직이 어디 하나둘일까
마는 살인자의 추적과 연관하여 생각하니 그 대상은 터무니없이 줄어
들었다.

"금의위?"

"허허, 황실의 부름은 받고 있으나, 군속은 아니올시다."

용호의 모호한 답변에 모용중경의 눈빛이 살짝 굳어졌다. 어찌 보면
자신을 놀리는 듯도 하였고, 정말 대답하기 어려운 것을 가볍게 피해
나가는 것인 것도 같았다.

모용중경의 판단이 서기 전, 용호가 입을 열었다.

"제가 어떠한 직함을 가지고 있느냐보다는 어떠한 직무를 수행할 수
있는지가 궁금하신 것 아닙니까?"

용호의 단도직입적인 물음에 모용중경은 대답을 회피했다. 용호의
표정은 뭐라 쉽게 말할 수가 없었다. 이죽거리는 것 같기도 하고, 상대
를 떠보려는 것 같기도 한, 기분은 나쁜데 뭐라 꼬집어 책할 수 없는
그런 표정.

하나 모용중경은 그러한 기분을 표출할 만큼 가벼운 상대가 아니었
다.

"용 대인의 말씀은 어떠한 직무라도 수행할 수 있다는 뜻 같구려."

"적어도… 무창살귀를 쫓는 일에 있어선 관부의 어느 누구보다 많은 권한을 가지고 있습니다."

광오한 말이었다. 무창살귀를 쫓는 관부의 인물이 더 있을까 싶긴 했지만, 그렇다고 저리 확신하며 말할 수 있을 만큼 간단한 일은 아니었다. 하지만 모용중경은 그의 말을 진실이라 받아들이고 있었다.

'너무 큰 허언은 허언이 아닌 법. 자신감이 과한 것일지는 모르나 거짓 또한 아닐 것이다.'

모용중경은 눈앞의 인물이 황실의 명을 받아 움직이는 이라 생각하기로 했다. 그가 보여준 권세는 익히 들어 알고 있다. 각 성과 부주를 초월하는 관부 동원력. 정체를 밝히길 꺼릴 만큼 높은 권세라니 일단 가장 높은 곳과 연결시켜 생각하는 것이 훗날 위해 나을 성싶었다. 하나 그것으로 문제가 해결된 것은 아니었다.

'그런 권력을 가진 자가 무엇이 아쉬워……'

모용중경은 모용고한과 나누었던 두 번째 가정을 떠올리고 있었다. 상대는 고위 관리임에 틀림없다. 황실의 인물일지도 모른다는 짐작도 안한 것은 아니었다. 물론 그가 왜 가솔들에게 접근하여 동행했는지에 대해서도 추측해 보았었다. 그 추측을 확인해야 했다.

"…구천무예를 원하는 것이오?"

첫 번째 추측이면서 가장 신빙성있는 가정이었다. 동서고금을 통틀어 천하제일이란 이름으로 불린 무공은 적지 않다.

적어도 한 시대를 풍미한 신공절예는 늘 존재해 왔었으니, 소림의 칠십이종절예나 무당의 태극혜검처럼 누대에 걸쳐 내려오는 절학들도 있었고, 소수마후의 소수마공이나, 독고구패의 독고구검처럼 한 시대를 풍미한 뒤 세월의 풍랑 속으로 사라져 간 절학들도 많았다.

소문일 뿐이지만 황실에서 사람을 풀어 그러한 무공들을 찾는다는 이야기가 세간에 나돈 적이 있었다. 물론 잠시의 낭설로 흐지부지 사라져 버렸지만, 용호라는 인물이 황실의 사람이고, 그가 쫓는 범인이 과거 천하제일인의 무공인 구천무예를 익힌 자라면 그럭저럭 첫 번째 추측의 아귀가 맞아떨어지게 된다.

한 가지 의문만 제외한다면…

"구천무예가 탐나긴 하지만, 그것을 얻기 위해 무가에 도움을 요청할 만큼 어리석진 않습니다."

용호는 가볍게 웃으며 첫 번째 추측에서 한발 물러섰다. 그가 만약 구천무예를 원했다면 장안호에게 접근할 이유가 없었다. 아니, 오히려 그를 피했어야 옳다. 강한 무공에 대한 강호인들의 집착은 종종 상식을 초월하기도 한다. 재물이 화를 부른다지만, 비급이 불러오는 화에 비한다면야 조족지혈이라 불릴 수도 있다.

불과 몇 해 전, 사천의 한 문파가 멸문을 당한 적이 있다. 나중에야 진상이 알려졌지만, 그 문파에 절전된 옥녀검법이 있다는 소문이 돌았던 모양이었다. 결국 발원 불명의 소문 때문에 애꿎은 목숨만 수십이 희생된, 무공에 대한 강호인의 탐욕을 보여준 어이없는 사건이었다.

모용세가가 비록 명문정파이고 학문에 근간을 둔 가풍을 지니고 있다 하여도 결국 무림의 문파인 이상 신뢰할 수는 없었을 것이다. 첫 번째 추측이 성립하기 어려운 이유였다.

"하면… 그 무창살귀라는 자가 혹시?"

"아닙니다. 관부와는 관계없는 인물입니다."

용호는 더 들을 필요도 없다는 듯 단호히 잘라 말했다. 두 번째 추측도 부정당했다. 무공을 원하는 것도 아니고, 범인이 관부와 관계된 인물도 아니라면 도대체 그를 쫓는 이유가 무엇이란 말인가?

"이 이야기는 죽은 장 대협과도 이미 끝난 부분입니다."

"이야기가… 끝났다?"

모용중경의 뇌리에 번뜩이는 것이 있었다. 하나 일단은 숨겨야 했다, 눈앞의 용호처럼.

"미처 이야기가 전달되지 못했을 거라 생각하고 있습니다. 여러 사람의 입에 오르내리기엔 적절치 못한 이야기였으니……."

용호는 모용중경의 안색을 살피는 듯 말꼬리를 늘였다. 하나 모용중경의 표정에서 무엇을 읽어내기란 불가능해 보였기에 조금 더 조심스레 접근하고 있었다.

"장 대협의 의기에 감복한 제가 그 호의에 미약하나마 보답을 약조한 것이 있었습니다."

용호는 한마디 한마디에 강약을 조절하며 모용중경의 인내심을 시험하고 있었다. 하나 모용중경의 입에서 재촉을 듣기는 어려워 보였다. 그는 모용세가의 가주였고, 묵언의 가문을 이끄는 이였으니.

용호는 주변을 한번 돌아보고 난 후 이야기를 이었다.

"…장 대협은 모용세가의 앞날을 진심으로 걱정하고 있었습니다. 모용세가가 비록 강호의 무가로 위명을 날리고는 있지만, 본디 뿌리란 쉽게 바뀌지 않는 법. 모용세가의 깊은 학문이 과거의 족쇄 탓에 빛을 발하지 못하고 사장되는 것을 안타깝게 여기고 있더군요."

모용중경의 눈빛은 고요하기만 했다. 하지만 무표정의 껍질 속 늙은 심장은 여느 젊은이 못지않게 빠르게 뛰고 있었다.

'설마……?!'

"그 충심에 탄복하여 제가 작은 성의를 약속했지요. 황실의 금명부(禁命簿)에서 모용의 성을 지워주기로…….

"으음…….

제아무리 학식과 연륜으로 무장한 모용중경이라 해도 용호가 내건 조건 앞에서는 감히 무표정을 이어갈 수가 없었다.

'안호… 그것이 자네를 움직였던 것인가?'

황실금명부(皇室禁命簿). 존재가 확인된 적은 없으나, 존재가 부정된 적도 없는 황실의 공공연한 비밀. 관직으로 등용되어선 안 되는 자들의 인명록. 황실에서 명한 유림의 살생부. 역모와 연루되었거나, 황실에 위해가 된다고 판단되거나, 기타 여러 가지 사유로 관직에 등용되어선 안 되는 이들의 족보가 바로 금명부였다. 금명부에 올라간 족보에는 말단의 관직조차 허락되지 않는다. 그리고 금명부에 올라간 족보는 대를 이어 보존되며, 황제가 인정할 만큼 큰 전공이나 위업을 이룩하기 전까진 결코 지워지지 않는다.

모용세가가 지난 이백여 년간 강호의 무가로 남아야 했던 가장 큰 이유였다. 가문의 업보이자 세가의 족쇄. 용호는 그것을 풀어주고 자유를 주겠노라 말하고 있었다.

"…광오하오."

모용중경의 눈에 기쁨이 아닌 노기가 어리고 있었다. 하나 그의 시선을 맞받던 용호 역시 그러한 반응을 짐작하고 있었다는 듯한 표정으로 마주 바라볼 뿐이었다.

"금명부의 존재는 인정하오만, 그 목록에서 본 가의 이름이 지워주겠다는 약조는 믿을 수가 없소. 금명부는 황실에서도 황제 폐하를 비롯한 몇몇 중신들만이 정정할 수 있다 알고 있소. 나는 그대가 황제 폐하와 중신들의 의견을 좌지우지할 수 있다 믿기 힘드오. 본 가를 너무 가벼이 보셨소."

목소리는 낮고 조용했으나, 그 눈빛은 당장이라도 검을 빼어 용호를 양단할 기세였다. 만약 놀란 표정으로 변명을 하거나, 권세를 무기로 호통을 쳤더라면 양단까지는 아니더라도 팔 하나는 잘랐을지 모른다.

하나 용호는 그의 말에 대꾸하지 않았다. 다탁 위의 찻물은 이미 차디차게 식어 있었다. 용호가 다시 입을 연 것은 모용중경의 눈빛이 잠시 흔들린 그때였다.

"가끔 언행이 가볍다 핀잔을 듣기는 하지만, 아직 제 입으로 내뱉은 말을 주워 담아본 적은 없습니다. 그렇지요. 신뢰란 것이 이런 말 몇 마디로 생겨날 수는 없는 것이지요. 더 이상 나눌 말이 남아 있지 않은 듯하니……."

용호는 한 점 미련도 없는 듯 가볍게 의자를 밀고 일어섰다. 모용중경의 시선이 용호를 따랐지만 움직임은 그것뿐이었다.

"다음에 인연이 닿으면 또 뵙도록 하지요."

"…배웅하지 못해 미안하오."

"그럼……."

용호는 조용히 별실을 나섰다. 별실의 문을 열던 용호의 손이 멈칫했다. 그리고 깜빡 잊어버렸다는 듯 고개를 반쯤 돌리곤 말했다.

“그는 남경에 없습니다.”

용호의 말에 모용중경의 미간이 살짝 좁혀들었다. 하나 용호는 그를 바라보지 않고 있었다.

“낮에 아문과 형부에 잠시 들렀더랬습니다. 재미있는 소식이 올라와 있더군요. 태호에서 낚시질을 하던 사내 하나가 변사체로 발견되었답니다. 특이하게도 두 다리가 잘린 모습이었다는군요. 가슴에 난 자상이 아니었다면 저도 지나쳐 버릴 뻔했습니다. 불과 사흘 전에 일어난 일이라는군요.”

모용중경의 눈에 이채가 떠올랐다. 그가 누구를, 무엇을 이야기하는지 모를 수가 없었다. 하지만 그가 왜 이 이야기를 하는지는 쉽게 이해할 수 없었다. 모른 척 넘어갈 수도 있었지만 모용중경은 그러지 않았다.

“이유가 뭐요?”

“글쎄요……”

“그를 잡고자 하는 이유는 모르겠으나, 그대 정도의 권력이라면 능히 혼자의 힘으로 그를 잡을 수도 있을 터. 굳이 무가인 모용세가를 선택한 이유가 무어란 말이오?”

용호는 그제야 뒤돌아섰다. 그의 입가엔 제법 그럴듯한 미소가 걸려 있었다.

“그것이 중요합니까?”

“……?”

“저는 그자를 잡아야만 하고, 가주께서도 죽은 장 대협의 복수를 해야 하지 않습니까? 그자는 공동의 목표… 더 중요한 이유가 필요하십니까?"

　용호의 말에 모용중경은 답하지 못했다. 그의 말이 틀린 것은 아니었다. 하지만 쉽게 맞장구 쳐주기엔 석연치 않은 점이 너무나 많았다. 용호는 그런 모용중경의 결정을 다그치고 있었다.

　"저를 믿지 못하는 것이 그를 잡는 데 함께하지 못할 이유가 되지 못합니다. 저에게도 사정이라는 것이 있기에 추적의 전면에 나서지는 못합니다. 더 솔직히 말씀드리면 그자의 일은 저 혼자 해결하거나, 아니면 강호의 일로 국한시켜야만 합니다. 제가 관부의 힘을 동원하는 것은 저에게 있어 최악의 결말입니다."

　용호는 작게 한숨까지 내쉬어 보였다, 마치 말해선 안 되는 치부를 드러낸 사람처럼. 모용중경은 그를 말없이 바라보고 있었다. 그의 경험은 그의 이야기가 끝나지 않았다 말해 주고 있었다. 잠시 후 고개를 든 용호가 입을 열었다.

　"저에겐 그자를 반드시 잡아야 할 이유가 있습니다. 하지만 제가 움직이는 것을 여러 사람이 알면 곤란합니다. 설상가상으로 그자는 구천무예라는 무공을 익힌 고수입니다. 저 혼자 해결할 방법이 없는 것이나 다름없습니다. 장 대협은 저의 고충을 이해하고 도와주기를 주저하지 않으셨지요. 저는 그 의기에 감복해 금명부의 조건을 약조했던 것이고."

　말을 마친 용호가 모용중경을 바라보고 있었다. 문을 잡고 있던 손은 아직 문고리에 걸쳐져 있었다. 모용중경의 굳게 닫혀 있던 입이 떨어졌다.

　"…다시 생각해 보니, 아직 할 이야기가 남은 것도 같구려."

　　　　*　　　　*　　　　*

“그녀는 잘 있습니까?”

“…….”

사내는 가부좌를 풀며 자리에서 일어섰다. 섭위문은 두 사람 사이에 흐르는 심상치 않은 기류를 느끼면서도 말없이 한발 물러설 뿐이었다. 사내는 고개를 좌우로 움직이며 황옥산에게 다가왔다. 해질녘의 남은 잔재가 사내의 얼굴을 비추자 비로소 얼굴의 윤곽이 선명하게 드러났다. 남경 오 방주에게 명을 받던 사내. 남경 하오문의 실세인 바로 그 사내였다. 황옥산에게 걸어온 그 사내가 다소 건방진 표정으로 물었다.

“왜 왔습니까?”

“사람을 찾아다오.”

사내는 황옥산의 말에 피식 웃음을 터뜨리고 있었다. 사내의 눈앞에 서 있던 두 사람의 중년인. 강호에서는 흑백쌍괴라 불리며 고수라 추앙받는 이들이었다. 그런 이들을 앞에 두고 코웃음을 치는 사내. 실내의 분위기는 종잡을 수가 없었지만, 사내와 황옥산, 그 옆의 섭위문마저 그러한 분위기에 동화되어 있었다.

“오 년 만에 찾아와 기껏 한다는 말이 사람을 찾아달라는 겁니까?”

“서둘러 찾았으면 한다.”

“왜? 이번엔 제자가 계집과 야반도주라도 했나요?”

“홍아…….”

"그 이름으로 부르지 마십시오!!"

보다 못한 섭위문이 한발 나섰지만, 허저란 이름의 사내의 일갈에 멈춰 서버리고 말았다. 잠시 흥분해 인상을 구겼던 허저가 다시금 이죽거리며 입을 열었다.

"내가 왜 당신을 도와야 합니까?"

허저의 물음에 황옥산은 답하지 않았다. 허저는 황옥산의 얼굴에서 어떠한 변화를 기대한 눈치였지만, 광도 황옥산에게서 그런 것을 찾아내는 것은 어려운 일이었다. 허저는 이내 인상을 굳히며 되돌아섰다.

"돌아가십시오. 잘못 찾아오셨습니다."

"그를 찾아주면… 파문시켜 주겠다."

뒤돌아섰던 허저의 어깨가 움찔했고, 황옥산의 뒤에 서 있던 섭위문의 어깨는 그보다 조금 더 크게 움직이며 경직되었다. 허저의 목소리가 낮게 울렸다.

"그렇게나… 중요한 자입니까?"

"반드시 죽여야 할 자다."

황옥산의 대답에 허저는 아무 말이 없었다. 그러나 그것도 잠시, 이내 허저는 무언가에 홀린 듯한 목소리로 웃으며 말했다.

"키키키. 좋습니다. 그렇게 하지요. 찾는 자가 누굽니까?"

허저의 물음에 황옥산이 답했다.

"무창살귀."

황옥산의 대답에 허저의 웃음이 멈췄다. 그리고…

"…묵고 계신 곳을 알려주십시오. 찾으면… 연락드리지요."

"모용세가가 묵고 있는 객잔이다."

황옥산의 말에 허저의 미간이 다시금 살짝 찌푸려졌지만, 뒤돌아서 있던 허저의 표정을 알아볼 방법은 없었다. 허저는 고개를 끄덕여 보이고 바닥에 떨어져 있던 옷을 주워 들었다. 그가 옷을 입는 사이 황옥산은 섭위문을 이끌고 내실을 빠져나갔다. 그가 나간 후, 그들을 이끌었던 백의문사가 내실로 들어섰다.

"왜 지금 알려주지 않으셨습니까?"

백의문사의 말에 허저가 뒤돌아섰다. 허저의 눈시울이 붉다 느껴진 것은 낙조 때문만은 아니었다.

"글쎄… 나도 잘 모르겠다. 그가 무창살귀를 쫓는다는 것에 놀란 것일 수도 있고, 모용세가와 함께 움직인다는 것이 의아해서였을 수도 있고…….”

"제가 맞춰볼까요? 혹, 자유로워지는 것을 두려워하신 게 아닙니까?"

백의문사의 말에 허저의 미간이 좁혀들었지만, 이내 고개를 저어 부정했다.

"그의 곁을 떠났을 때 난 이미 자유의 몸이었다. 이제 와 파문을 당한다 하여 달라지는 것은 없지."

"호호! 제가 당신을 모신 지 삼 년밖에 안 되었지만, 당신께서 드신 술의 절반은 광도 때문인 걸로 아는데요?"

"그만 해."

"광도 황옥산은 당신의 사부, 당신은 황옥산의 버려진 제자."

"그만."

"제자의 정인을 유린한 사부… 사부를 베지 못한 제자… 하나 그가 당신을 파문하고 나면……."

허저의 손이 백의문사에게 뻗어졌다 느껴진 순간, 이미 백의문사의 목젖엔 검끝이 닿아 있었다. 놀랍도록 빠른 출수에 오금이 저릴 만도 하건만, 백의문사는 놀라거나 두려워하지 않았다. 오히려 슬픔이 가득한 눈으로 그에게 다가섰다. 그의 걸음이 다가갈수록 허저의 검은 뒤로 밀려났다.

"딱한 사람……."

백의문사가 허저의 머리를 품에 안았지만, 허저는 거부하지 않았다.

"당신의 원망이 들리는 듯하군요. 아버지와 같았던 사부가 정인을 유린했다는 것을 알았을 때… 당신의 마음은 이미 한 번 죽었던 거겠죠."

백의문사는 정인을 대하듯 허저의 머리를 쓰다듬어 주고 있었다. 허저는 그런 백의문사의 품에서 흐느끼고 있었다.

"하지만 그 운명도 여기서 끝이군요. 그가 당신을 파문한다 했으니… 이제 당신의 사부는 사라지고 원수만이 남는군요……."

백의문사는 품 안의 허저를 살짝 밀며 그의 얼굴을 두 손으로 감쌌다. 두 사람의 눈이 허공에서 마주쳤다.

"당신이 주저하고 있다는 걸 알아요. 하지만 무창살귀가 있는 곳을 가르쳐 주세요. 그리고 이 악연의 고리를 잘라요. 당신은 이미 당신의 사부보다 강하답니다. 당신이라면 그녀의 원한을 갚아줄 수 있어요. 그리고… 나에게 돌아와요."

백의문사의 목소리에 허저의 눈이 몽롱하게 변했다, 마치 주술에 걸린 사람처럼. 그리고 그 주술의 마지막 의식처럼 두 사람의 입술이 포개어져 갔다.

*　　　　*　　　　*

"저놈이라고 왜 말 안 했냐?"

섭위문이 퉁명스럽게 내뱉었다. 두 사람은 대로와 조금 떨어진 곳에 있던 나무 아래에 앉아 있었다. 섭위문의 한숨은 나무 잎사귀를 흔들던 바람에 묻혀 잘 들리지 않았다.

"죽을 때까지… 숨길 셈이냐?"

섭위문의 물음에도 황옥산은 검게 물든 하늘만 바라볼 뿐이었다.

"그냥 다 말해 버려?! 그년이… 그년이 먼저 너를 유혹했었고, 결국 몰래 음식에 음약을 타서 그렇게 된 거라고!!"

섭위문은 답답하다는 듯 자신의 가슴을 치며 황옥산에게 소리쳤다. 하지만 황옥산의 무거운 입은 쉽게 떨어지지 않았다.

"그놈이, 홍아 그놈이 그년을 얼마나 좋아했는지는 나도 잘 알아. 하지만… 이건……."

"됐어."

황옥산의 무거운 음성이 섭위문의 격해진 목소리를 짓눌러 버렸다. 황옥산의 입에서 좀처럼 듣기 힘든 한숨이 흘러나왔다.

"말해 봐야 믿지도 않을 이야기다."

황옥산의 말에 섭위문의 한숨만 깊어졌다. 이미 오 년 전 일이다. 그 때 황옥산의 나이가 오십이 넘었고, 그 아이의 나이는 갓 열여덟이 됐었다. 누가 보아도 아름다운 아이였고 꽃 같았던 그 아이가, 황옥산에게 그런 짓을 했다고 믿을 사람은 아무도 없을 것이다. 그 아이와 정혼까지 약속했던 허저라면 더 더욱 믿지 못할 것이다.

"그냥… 인연을 끊는 것이 낫다. 어쩌면 그날 끊었어야 할지도……."

황옥산에게 제자가 있다는 것은 아무도 모른다. 실제 붙들고 가르친 것은 몇 년 되지도 않고, 그 사실을 누구에게 말한 적도 없으니 당연한 일이었다. 하지만 홍아는 타고난 무재였고, 영특했다. 무뚝뚝한 황옥산이었지만, 내심 홍아를 무척이나 아꼈었다. 하지만 이젠 돌이킬 수 없는 과거의 일이 되고 말았다. 달아난 제자는 이름마저 저주라 바꾸어 버렸다.

"그놈… 널 닮아 고지식해 지금껏 참아왔지만… 사제지연을 끊으면……."

"죽이려 들겠지."

황옥산은 섭위문이 하지 못한 말을 이었다. 사부에게 검을 들이미는 제자. 그 천륜을 막고 있던 마지막 족쇄를 황옥산 자신이 풀어내려 하는 것이었다, 의제의 원수를 갚기 위해.

"안호가 널 원망할지도 모르겠다. 자기 때문에 그런 짓을……."

"어차피 이렇게 했었어야 하는 일이다. 공교롭게 된 것뿐이지."

"그래도, 원망 들을걸?"

"하라지."

제자가 무엇을 하는지, 무슨 일을 하는지 음으로 양으로 확인하고 있던 황옥산이었다. 하나 그런 것들이 이런 때, 이렇게 쓰일 줄은 그 자신도 예상할 수 없었다.

“돌아가자.”

황옥산이 자리를 털고 일어섰다. 섭위문도 내키지 않는 표정을 지우지 못한 채 그 뒤를 따랐다.

어느새 떠오른 달이 제법 높이 올라 있었고, 멀리서 들려오던 청와(靑蛙:청개구리)의 울음소리가 남경의 밤을 재촉하고 있었다.

*　　　　*　　　　*

남경은 과연 대도였다. 해 뜬 지 얼마 지나지도 않았건만, 저자는 벌써 사람들의 움직임으로 가득 차 있었다. 황약란(黃藥蘭)은 사람들 틈을 빠져나오며 주변을 살폈다.

“여기 어디쯤이라고 했는데?”

황약란의 말에 곁에 서 있던 여인도 고개를 치켜들었다. 햇살에 눈을 찡그린 여인은 하북 모용세가에 있어야 할 모용상아였다.

“에휴, 네 고집 탓에 함께 오기는 했다만, 나중에 사부님께 혼쭐날 걸 생각하면…….”

황약란의 푸념에 모용상아가 살포시 미소 지으며 말했다.

“언니는 아무 걱정 하지 말아요. 아버지한테는 내가 잘 말할 테니.”

“에휴… 네 고집이 사부님을 닮아 그리 황소고집이지.”

황약란은 모용상아의 담담한 대답에 고개만 저을 뿐이었다.

모용중경이 추적대를 이끌고 하북을 출발한 다음날, 모용상아는 모용중경의 셋째 제자인 황약란을 찾았다. 같은 여자인 탓도 있었지만, 어머니를 일찍 여읜 탓인지, 모용상아는 자신보다 두 살 위인 황약란을

친언니처럼 따랐다. 모용상아는 황약란에게 모용중경의 뒤를 따르는
데 동행해 줄 것을 부탁했다. 황약란이 독자적으로 내릴 수 있는 결정
은 아니었지만, 모용상아의 고집은 결국 황약란의 짐을 싸게 만들고 말
았다. 모용상아가 떠난 후 세가가 발칵 뒤집혔지만, 이미 갑호 무장방
호가 시행된 이후였기에 그녀의 행방을 수소문할 여력조차 없었다.
　"아! 저기다!"
　황약란의 작은 외침에 모용상아가 고개를 돌렸다. 그곳엔 모용세가
의 외척이 운영하는 용천표국의 현판이 그녀들을 환대하고 있었다.

第三十章

살귀 현신

한은 초록으로 우거진 산을 넘어 푸르게 넘실대는 평야를 바라보
고 서 있었다. 광활한 대지는 끝도 없이 이어져 있었고, 그 위로 물결
치는 이삭들의 노랫소리가 푸른 하늘과 어울리며 끝없이 이어지고 있
었다. 행여 자신의 걸음 소리가 들녘의 평화로움을 깰까 싶었는지, 산
마루에 서 있던 한은 쉬이 걸음을 떼지 못하고 있었다. 그리고 한의 걸
음이 멈춘 그 순간, 고요함 속에 그를 뒤따르던 숲 속의 그림자 역시
움직임을 멈춘 채 한을 바라보고 있었다.

'왜 멈췄지?'

숲의 음영 속에 교묘히 몸을 감춘 마오의 모습을 찾아내기란 쉽지
않았다. 나무를 타고 내려온 청설모 한 마리가 마오의 발치에 놓여 있
던 당추자(唐楸子:호두)를 집어 들곤 숲으로 사라졌다. 마오의 존재감

은 이미 숲의 그것과 동화되어 있었다.

마오는 안휘의 무명산에서부터 한의 뒤를 쫓았다. 오 방주가 명한 한 달이라는 기한은 강서의 경계를 넘을 때 끝나 있었지만, 마오는 복귀하겠다는 전서를 부탁하기 위해 들른 남경 오가목부에서 새로운 명을 받게 되었다.

계속 추적. 이후 남경 오가목부의 명을 받을 것. 무창살귀 인계 후 귀방.

마오는 얼마간의 은자와 두 마리의 전서구를 건네받은 후 남경 오가목부를 나왔다. 기쁨으로 세차게 뛰는 가슴을 들키지 않기 위해 얼마나 인상을 구겨야 했는지 모른다.

마오는 쉬지 않고 내달렸다. 오가목부에 들르기 위해 허비한 시간이 하루. 다행히 한 달이나 쫓았던 한이었기에 종적을 놓치진 않았다. 그의 뒤를 쫓는 며칠 동안, 마오는 마치 잃어버린 자유를 되찾은 이처럼 흥겨워했다. 고향의 태양만큼이나 강렬한 햇살이 그를 미치게 만들었고, 사방에서 풍겨오는 녹음의 향기가 그의 감각을 마비시켰다. 태호의 짙은 피 내음이 아니었다면, 언제까지 그의 뒤만 쫓았을지 모른다. 남경 오가목부에 도착한 첫 번째 전서구를 날려 보낸 이가 바로 마오였다.

'잔인하다. 저 사내와 마주치고 싶지 않아.'

마오는 한이 존재하는 곳 삼십 장 안으로 들어가지 않고 있었다. 그것은 마오가 그에게 느끼는 두려움의 거리였다.

태족은 비전이라 불릴 만한 무공이 없다. 모두가 알고 모두가 익힌다. 다만 자질과 노력으로 승부가 결정될 따름이다. 마오는 그런 면에서 뛰어난 권법가라 할 수 있었다. 중원의 십팔반과는 조금 다르지만, 태족들도 곤, 봉, 창, 도, 부, 괴 등의 무기술을 익힌다.

하나 태족의 전통 무공은 체술에 그 근간을 둔다. 태족이 사는 밀림의 우거짐은 중원 숲과는 비교 자체가 되지 않고, 그러한 환경에서 탄생한 체술이니 근접의 박투가 기본이 됨은 당연한 일이다. 마오는 부족에서도 강한 축에 속했다. 노예인 흑이임에도 오 방주의 호위로 발탁된 가장 큰 이유가 바로 그의 뛰어난 체술 때문이었다. 그런 그가 한에게서 두려움을 느끼고 있었다.

'강한 자는 두렵지 않다. 하지만… 그는 두려움이 없는 사람. 두려움을 모르는 사람은……. 두렵다.'

마오의 기억 속에 그는 두려움으로 자리잡아 가고 있었다. 폭풍처럼 내려치는 거대한 검이 두려운 것은 아니었다. 마오의 두 배쯤 되어 보이는 덩치와 신력이 두려운 것도 아니었다. 멀리서나마 그의 기세를 느낄 수 있었다. 상대를 제압할 때까지 멈추지 않을 무모함. 무모함이 강한 힘과 합쳐졌을 때, 그것보다 두려운 것이 없음을 마오는 잘 알고 있었다.

'…두렵지만 불쌍하다. 그는 혼자… 나처럼…….'

누군가에게서 도망치는 일이 얼마나 어렵고 힘든 일인지 알고 있었기에 마오는 오 방주에게서 달아나지 못했다. 영원한 도주는 없다. 일년… 십 년은 달아날 수 있겠지. 하지만 언젠가는 잡힌다. 노예라는 숙명을 거부했던 흑이들의 최후는 선후의 차이만 있을 뿐 모두 똑같다.

그들의 최후를 지켜보며 자라왔던 탓에 이미 오래전 운명에서 달아날 수 없다는 것을 인정했다. 그래서 그를 동정할 수 있었다. 그가 언젠가는 잡힐 것임을 알기에… 그리고 그 시작에 자신이 있음을 자각한 순간, 한에게 향했던 동정이 죄스러움으로 뒤바뀌고 있었다.

그런 죄스러움의 결과가 바로 그들이었다. 저 평야만 지나면 장강이 보인다 했건만, 평원으로 난 길을 막고 선 무리들은 그를 보내줄 생각이 없어 보였다. 검은 삿갓으로 얼굴을 가린 십여 명의 괴인들. 방홍강과 동정수로채의 수적들이었다.

*   *   *

가패가 돌아온 것은 정오 무렵이었다. 마차를 팔고 돌아온 가패의 인상은 굳어질 대로 굳어져 있었다. 그 표정을 놓치지 않은 예향이 물었다.

"무슨 일 있어요?"

가패는 점소이를 불러 술을 시키려 들었던 손을 다시 내려놓았다. 대낮에 주루도 아닌 다루에서 술을 찾는 것도 우습다 생각했지만, 그보다 큰 이유가 술을 자중하게 만들고 있었다.

"흠… 모용세가주가 움직인 것 같습니다."

"……?!"

가패의 말에 예향과 손 노인의 눈이 화등잔만하게 커졌다.

"모용세가주가… 직접?"

손 노인의 물음에 가패의 고개가 무겁게 끄덕여졌다. 가패의 표정을 보아하니 이미 가까이까지 다다른 모양이었다. 가주가 직접 나섰으니 그 위세는 또 얼마나 대단할 것인가? 손 노인의 안색도 가패만큼이나 어두워졌다.

"태호에 도착했다던가?"

"…남경이라더군요."

"남경? 남경이라… 그렇지. 하북에서 운하를 탔다면 남경에서 내리는 것이 맞지."

손 노인은 고개를 끄덕이며 찻잔을 입으로 가져갔다. 가패 역시 그의 말에 달리 반박하지는 않았다. 하지만 예향은 들고 있던 찻잔을 내려놓지도 입으로 가져가지도 못하고 있었다.

"다들 너무 태평한 거 아냐? 남경이나 태호나 여기서 엎어지면 코 닿을 만큼 가깝잖아?"

"네년 코가 그리 큰지 미처 몰랐구나. 예서 태호는 마차로도 꼬박 하루 길이다. 호들갑 떨어 멀어질 거리도 아니지만, 차 한 잔 마신다고 덜미 잡힐 만큼 가까운 거리도 아니야."

손 노인의 말에 예향의 입이 뾰로통하게 내밀어졌다. 말이야 쉽지만 사람 맘이란 것이 어디 그런가. 본다고 알아볼 것도 아니건만, 예향은 자신도 모르게 주변을 두리번거리고 있었다. 그런 예향의 눈에 그 사람의 모습이 들어왔다.

'묘하네?'

예향이 앉아 있던 탁자의 맞은편. 그곳엔 흑의를 입은 중년의 문사가 앉아 차를 마시고 있었다. 반듯한 이목구비에 날카로운 눈매가 인상적인 중년인이었다. 풍채 또한 가패에 뒤지지 않을 만큼 당당하여 무인이 아닐까 싶었지만, 차를 마시는 동작이나 기품은 영락없는 유생이었다. 창으로 드는 볕을 벗 삼아 차를 마시는 그 모습이 어찌나 고고한지, 중년인의 손길을 바라보던 예향은 눈을 떼지 못하고 있었다.

'참으로 반듯한 사내다. 이런 촌구석에 어울리는 사람은 아닌데…….'

예향이 비록 창기 출신이라지만, 그녀가 몸담았던 의창의 매향루는 아무나 들이는 싸구려 홍루가 아니었다. 의창 인근에서는 손에 꼽히는 고급 주루였고, 예향은 그곳에서 제법 잘 나가는 기녀였기에, 그녀가 상대한 이들 역시 대부분 관부나 상계의 중진 이상들이었다. 그런 이들의 술 시중과 잠자리 시중을 들다 보니, 이제는 남정네의 행동거지만 보아도 그 출신을 짐작할 수 있을 만큼 눈썰미가 좋은 예향이었다. 그런 예향이 판단하기에 중년문사는 이런 궁벽한 마을과 어울리는 이가 아니었다.

'관원이면 정오품 이상. 상인이면 만석지기.'

사내의 몸가짐으로 신분을 가늠하던 예향이 피식 웃으며 고개를 돌렸다. 조금 전까지만 해도 모용세가의 추적대가 언제 들이닥칠까 조마조마해했건만, 그새를 못 참고 남정네를 바라보며 옛날 버릇을 떠올리는 것이 자신이 생각해도 한심스러웠나 보다.

그때 가패가 의자를 밀치며 자리에서 일어섰다. 가패가 일어서자, 안 그래도 조급해하던 예향이 냉큼 함께 일어섰다. 현실로 돌아온 예향의 머리 속에 이미 중년사내의 모습은 지워지고 없었다.

다루를 나온 세 사람은 저자를 가로질러 포구로 향했다. 포구에는 배를 기다리는 사람들이 줄지어 있었다.

"벌써 떠난 거요?"

"기다리쇼. 한 한두 시진 정도면 되돌아올 거요."

"음… 근처에 다른 배는 없소?"

포구에서 삯을 받던 사내는 대답도 없이 고개만 내저었다. 포구라곤 하나 접안할 수 있는 시설도 변변치 않은 작은 포구였다. 아마도 멀리 점으로 화한 배가 이 포구를 오가는 배의 전부인 듯싶었다. 가패는 하는 수 없다는 듯 일행과 함께 걸음을 옮기려 했었다, 그 사내가 부르지만 않았다면.

"강을 건너십니까?"

"어?"

낯선 목소리에 뒤돌아선 가패 일행. 한데 목소리의 주인공을 알아본 예향이 짧게 탄성을 내뱉었다. 그들의 걸음을 멈추게 한 것은, 다름 아닌 다루에서 보았던 중년문사였다.

"뉘시오?"

손 노인이 한 걸음 나서며 물었다. 모용세가주의 소문을 들었기 때문인지, 손 노인의 목소리는 경계하는 투가 역력했다. 하나 중년문사는 너털웃음을 흘리며 말했다.

"허허, 사해가 동도라 하지 않습니까. 내게 배가 한 척 있는데, 그쪽 걸음이 급한 듯 보여 혹 도움이 될까 물어보는 것입니다."

"하지만 초면에 어찌……."

손 노인은 중년문사를 바라보며 말을 줄였다. 좋은 마음으로 다가왔다는데 매정히 뿌리치는 것도 그리 쉬운 일은 아니었다. 잠시 사태를 지켜보던 가패가 대신 말했다.

"강을 건너려는 것은 맞으나 굳이 신세를 끼칠 만큼 급하지도 않소. 호의는 감사하지만……."

"허허, 그렇소?"

중년문사의 눈이 가패에게 향했다. 가패는 중년문사의 시선에서 기이한 느낌을 받았다. 하지만 찰나에 불과한 시선이었기에 그 속에서 어떤 감정을 끄집어내기란 어려웠다. 가패의 매정한 거절에도 중년문사는 그다지 불쾌한 기색 없이 고개를 끄덕이며 뒤돌아섰다. 한데 뒤돌아서던 중년문사가 걸음을 멈추곤 말했다.

"혹… 급히 강을 건널 일이 생기면, 강을 따라 동쪽으로 오시오."

중년문사는 그 한마디를 남기곤 이내 사람들의 시야에서 사라졌다. 가패는 잠시 중년문사가 사라진 방향을 응시하며 생각에 잠겼다. 중년문사의 투명한 시선이 머리 속을 떠나지 않고 있었다.

'이상한 사람이군…….'

뭔가 잡았어야 할 것을 놓쳐 버린 기분. 좋지 않은 느낌이 가패의 뒷골을 누르고 있었다. 하지만 이미 중년문사는 사라진 후였고, 깊이 생각하고 있기엔 보는 눈들이 너무 많았다.

*　　　*　　　*

"네놈이 무창살귀인가?"

선두에 서 있던 사내가 한 걸음 내딛으며 한에게 물어왔다. 하지만 그 물음에 들려온 대답이라곤 바람에 휩쓸린 이삭들의 노랫소리뿐이었다. 드넓은 평원 위에 수놓인 열두 개의 점. 들고 있던 병기와 쓰고 있던 갓의 모양이 아니었다면, 같은 곳에 적을 두고 있는 이들이란 착각이 들 정도 비슷한 모습이었다.

"우리는 흑룡채의 혈채를 받기 위해 왔다."

흑룡채라는 이름이 나오고 나서야 비로소 한이 반응을 보였다. 입가에 걸린 미소. 상대에 대한 판단은 그것으로 족했다.

"흑룡왕은 어디 있나?"

무리의 뒤편에서 낮은 목소리가 들려왔다. 한의 시선이 그 목소리를 따라 이동했고, 검은 삿갓 아래의 날카로운 시선과 만날 수 있었다.

'고수… 이들의 우두머리.'

한이 내린 판단은 정확했다. 한을 쏘아보고 있던 중년인은 제자의 복수를 하기 위해 달려온 구엄채 채주 탈백검 방홍강이었다. 한과 방홍강의 시선은 좀처럼 떨어지지 않고 있었다.

"채주, 저놈은 혓바닥이 없는 벙어립니다. 고분고분 말을 들을 놈도 아니니, 두 팔을 잘라낸 후 흑룡왕에게 앞장서라고 하는 게 빠를 겁니다. 흐흐."

선두에 서 있던 흑의인이 비릿한 미소를 지으며 말했고, 주변의 흑의인들 역시 그에 동조하며 키득거렸다. 상대에 대한 명백한 도발이었지만, 정작 한의 표정에선 작은 노기조차 찾아볼 수가 없었다.

'제법이군.'

방홍강은 그의 변화를 유심히 살피고 있었다. 격장지계로 그의 화를 돋우라 시킨 것이 바로 방홍강 자신이었고, 예상대로… 그는 동요하지 않았다.

수하들의 욕설과 비아냥이 계속되고 있었지만, 방홍강은 제지시키지 않았다. 상대의 심기를 흐리다 보면 그 분노는 어느 한순간 터져 나오게 마련이었다. 그러한 분노는 생각보다 큰 허점을 가지는 게 정상이고.

"흐흐. 사람 목이나 따러 다니는 살귀 자식이 군자 행세하는 거냐? 혹시 헛바닥이 아니라 가운데 토막이 잘린 놈 아냐?"

"하하, 계집애같이 듣기만 하는 걸 보니, 고자일지도 모르지. 혹시 네놈에게 계집이 있다면 내가 잘 보살펴 줄 터이니 곱게 말할 때……."

음담패설을 이어가던 사내의 면전으로 거대한 그림자가 날아들고 있었다. 하나 시시덕거리던 사내들은 그것이 신호라도 된 듯 사방으로 비산하며 그림자를 향해 손을 휘둘렀다.

쐐애액!!

하늘로 떠오른 열 개의 검은 피풍의 속에서, 하얀 빛살들이 쏘아지고 있었다. 사내에게 쇄도하던 한이 검을 휘둘러 그 빛살들을 쳐냈지만, 빛살들은 쇠가 갈리는 마찰음과 함께 한의 검을 휘감아 버렸다. 빛살의 정체는 은빛의 쇠사슬, 열 개의 유성추가 한의 거검을 휘감아 붙잡은 것이었다.

방홍강의 계책. 무창살귀의 이야기는 귀가 따갑게 들어왔다. 장안호마저 그의 손에 불귀의 객이 되고 말았다. 위명과 무명을 저울질해 봐도 장안호와 자신은 비등한 정도, 일 대 일의 대결로는 필승을 점칠 수가 없었다. 하지만 방홍강은 필승을 원했고, 그래서 떠올린 것이 바로 옥쇄였다.

한데 팽팽히 당겨졌던 유성추들 중 하나가 힘없이 바닥으로 늘어지고 있었고, 유성추의 은빛 사슬을 타고 내린 붉은 피가 바닥으로 점점 이 떨어져 내리고 있었다. 사슬을 당기고 있던 사내들의 시선이 늘어진 유성추를 따라 움직이고 있었다. 사슬을 쥐고 있던 사내, 한을 향해 음담패설을 늘어놓던 그 사내의 미간에 붉은 혈선이 그어지고 있었다.

"어… 어……."

푸확!

입을 벌려 무어라 말을 하려던 사내가 거친 피분수와 함께 좌우로 갈라지고 있었다. 일도양단. 열 개의 유성추가 날아들던 거검은 봉쇄했지만, 그 검에서 쏘아진 검기가 유성추보다 먼저 당도해 사내의 중심에 긴 혈선을 그었던 것이다. 사내들은 그 섬뜩한 광경에 놀라 하마터면 유성추를 거두어들일 뻔했다. 하지만 핏빛 무지개를 뚫고 날아들던 인영의 기합성에 놀라 금세 유성추를 움켜잡았다.

"허어업!!"

방홍강의 검이 허공을 격하며 한에게 날아들었다. 한의 시선이 방홍강의 움직임을 쫓고 있었다. 하나 검을 움켜잡던 한의 눈에 당혹감이 어렸다.

'검이……?!'

아홉 사내가 뿌린 유성추가 단단히 한의 검을 붙잡고 있었다. 이미 방홍강의 검은 한의 지척까지 다다라 있었건만, 한의 검은 유성추의 사슬에 묶여 쉽게 움직이질 못하고 있었다.

'자승자박! 네놈의 거대한 검이 두려운 무기일지는 모르나, 너무나 큰 외형 탓에 이런 옥쇄가 가능한 것이다! 나의 검을 원망치 말고 너의 검을 원망하거랏!'

방홍강의 눈엔 득의의 미소가 가득했다. 이제 손끝으로 전해질 쾌감에 몸부림칠 일만 남았고, 유성추를 잡고 있던 이들의 눈빛에도 그 기운이 전염되고 있었다.

그때 평원의 한곳에 숨어 그것을 지켜보고 있던 이들의 눈엔 절망의 빛이 어리고 있었다.

'이런?!'

전장을 바라보던 한 사내가 달려 나가려 몸을 움찔거렸다. 하나 곁에 있던 사내의 강한 손이 그의 어깨를 짓눌렀다. 눈을 동그랗게 뜨고 따지던 사내에게 조광호는 가만히 고개를 저어 보였다.

"경거망동하지 마."

"하지만 저대로 저 사람이 죽게 된다면……."

조광호는 그런 사내의 전음에 미소마저 보이며 고개를 돌렸다.

"저런 얕은 수에 당한다면… 우리의 생각이 틀린 것이겠지."

조광호의 목소리엔 어떤 믿음 같은 것이 있었다. 그리고 그의 믿음이 틀리지 않았음을 말해 주는 소리가 들려왔다.

챙!!

놀란 사내가 고개를 돌렸다. 살을 찢는 파육음이 아닌 병기가 부딪치는 굉음이 너른 평원으로 퍼져 나가고 있었다.

'헛?!'

방홍강은 손끝으로 느껴진 충격에 놀라 몸을 뒤집었다. 살귀의 검은 유성추들에 묶여 움직이지 못했고, 자신의 검과 살귀와의 간격은 지척이었다. 방홍강은 바닥에 착지하고서도 믿을 수 없다는 시선으로 살귀를 바라보았다.

'저게 도대체……?'

방홍강의 시선을 따라 이어진 열 개의 은빛 사슬. 그 끝에는 유성추에 묶인 살귀의 검이 떨어져 있었다. 두터운 검신에 눌린 유성추들이 바닥을 파고들고 있었지만, 그 어디에도 검의 손잡이는 보이지 않았다. 하지만 사라진 검의 손잡이를 찾는 것은 어렵지 않았다.

'검 안에… 검이 있었단 말인가?'

살귀의 손엔 삼 척의 장검이 들려 있었다. 눈부신 광채를 발하는 검신, 사 척 반의 검날 속에 숨겨져 있던 삼 척 길이의 장검. 그 숨겨진 검이 원래의 검신을 이탈해 빠져나오며 자신의 검을 쳐냈던 것이었다.

'벽을 허물기 전에 꺼내어 미안하구나.'

본색을 드러낸 검의 새하얀 나신을 바라보는 한의 눈은 미안하다는 감정이 가득했다. 하지만 그의 손에 들린 장검은 괜찮다는 듯 부르르 떨며 한의 내공에 공명하고 있었다. 한의 입가에 작은 미소가 지어지고 있었다.

"놈! 그런 얕은 수로 살귀라 불렸던 것이냐?!"

노한 기색이 역력한 방홍강이 검을 휘두르며 재차 달려들었다. 그를 바라보던 한의 미소는 씻은 듯 사라져 있었다.

'날 살귀로 만든 건… 너희들이야!'

방홍강의 노기 띤 검과 한의 살기 어린 검이 휘감기며 맑은 검명을 울리고 있었다.

챙, 채채챙!

한을 몰아치는 방홍강의 검은 패도적이고 날카로웠다. 하나 무게를 벗어던진 한의 검은 그것을 충분히 제압하고도 남을 만큼 빨랐다.

'검의 움직임은 손의 움직임을 따르지 못하고, 손의 움직임은 생각의 움직임을 따르지 못한다. 구천무예의 두 번째 벽은 신체와 정신의 일치다.'

한의 마음은 차갑게 가라앉아 있었다. 수적의 도발에 흥분하여 검을 휘두른 것이 이상하다 여겨질 정도로 그의 검은 냉정했고 흔들림이 없었다. 방홍강은 초식을 교환하는 수가 늘어갈수록 질려가고 있었다.

'이런… 괴물 같은……?!'

검에서 느껴지는 충격에 힘이 달릴 정도였다. 초식을 운용하려 해도 살귀의 검은 언제나 한발 앞서 자신의 검로를 차단시켜 버렸다. 검을 흘려 초식을 연결하는 것도 불가능했다. 부딪친 검이 튕겨 나가지 않도록 하는 것에만도 적지 않은 내력이 소모되는 중이었으니…….

실력의 차이가 너무나 확연해, 어찌 손을 써야 할지 감도 잡히지 않았다. 방홍강은 연신 뒤로 밀리며 그의 검을 막기에 급급해했다. 탈백검이란 명호로 동정수로채 최고 고수라 추앙받던 방홍강이었지만, 눈앞의 살귀는 그러한 명호를 일수에 뒤덮어 버릴 만큼 강했다.

쉬이익!

살귀의 검이 목을 노리며 파고들었지만, 방홍강의 힘 빠진 검은 그 움직임을 쫓지 못했다. 그 절체절명의 순간에 그의 목숨을 구한 것은 살귀를 향해 유성추를 날린 수하들이었다.

탱! 태탱!

한은 아쉬운 듯한 시선으로 검을 회수하며, 등 뒤로 날아드는 유성

추를 상대했다. 방홍강은 감히 살귀의 뒤를 쫓지 못하며 두어 걸음이
나 물러서 버렸다. 숨을 가다듬던 방홍강은 노기 가득한 눈으로 한의
움직임을 좇고 있었다.

한은 등 뒤로 날아들던 유성추를 검끝으로 때려 되돌려 보냈다. 그
중 운이 없던 두 사내는 날아간 속도보다도 빠르게 되돌아오던 유성추
를 피하지 못하고 가슴과 목이 꿰뚫려 버렸다. 살아남은 사내들 중 몇
이 유성추를 버리고 도를 뽑아 들었지만, 한의 삼 초를 받아내는 이가
없었다. 방홍강의 얼굴에 노기와 절망감이 복잡하게 떠오르고 있었다.
하나 결정은 찰나였고, 행동은 그보다 더 빨랐다.

"채주?!"

몇몇 놀란 수적들이 등을 보이며 달아나는 방홍강을 불렀지만, 이미
십여 장 이상 달아나 있던 방홍강은 그들의 부름에 답하지 않았다. 살
아남은 수적은 모두 셋. 그들은 방홍강이 사라진 자리와 한의 모습을
번갈아 보다가 이내 달아나 버리고 말았다. 하지만 한은 그들을 뒤쫓
지 않았다. 아니, 그들에겐 시선조차 주지 않고 있었다. 한은 자신의
손에 들린 피 묻은 장검을 안쓰럽게 바라보고 있었다.

'미안하구나, 때를 채우지 못하고 너를 꺼내어⋯⋯.'

한은 스스로를 책망하고 있었다. 아직은 강호의 경험이 일천한 한이
었다. 기형병기와의 싸움이나 이러한 함정들에는 능숙하게 대처하는
법을 배우지 못했다. 자신의 무지 탓에 그녀의 검을 꺼내어 들고 말았
고, 결국 뜨거운 피를 맛보게 하였다. 모든 것이 자신의 탓이었다.

'아직은 네가 필요한 때가 아니다. 주인어른의 말씀처럼⋯ 너를 꺼
내어 피를 봐야 한다면⋯ 내 벽은 깨어지지 않은 것이다. 조금 더⋯ 잠

들어 있거라.'

한은 바닥을 나뒹굴던 두터운 검신의 홈으로 새하얀 검신을 밀어 넣었다. 어둠 속으로 들어가기 싫은 듯 하얀 검신이 발버둥을 쳤지만, 한의 고집을 꺾을 수는 없었기에 '찰칵' 하는 소음을 끝으로 침묵하고 말았다. 한은 다시금 예전의 모습으로 돌아온 거검을 허리춤에 매었다. 자리에서 일어선 한은 그제야 피로 물든 평야를 바라볼 수 있었다. 일곱 명의 시신에서 흘러내린 피가 초록의 논으로 흘러들고 있었다. 목 없는 시신도 있었고, 가슴에 유성추를 매달고 있는 시신도 있었다. 그들의 원망에 찬 시선이 한을 바라보며 울부짖는 듯했지만, 한은 그들의 시선을 외면한 채 걸음을 옮기기 시작했다.

'나를 살귀로 만든 것은 너희들이다……'

한의 모습이 사라지자 평원은 예전의 평화를 되찾은 듯 보였다. 그의 뒤를 따르는 몇 개의 그림자들과 그 그림자들의 뒤를 쫓는 마오의 바람 소리만 아니었다면…….

＊　　　＊　　　＊

관도를 달리는 말발굽 소리가 지축을 울리고 있었다. 길을 걷던 사람들은 관군의 행차인가 싶어 서둘러 관도 변으로 피했지만, 그들의 옆을 스쳐 가던 이들은 무장도 아니었고 관병도 아니었다.

"…저게 뭐라고 쓴 거야?"

"아니? 자네 저것도 못 읽나? 모용(慕容)이라고 써 있잖아? 하북 모용세가의 행찬가 보지……."

"니미, 그래, 나 무식해서 못 배웠다. 글자 몇 개 더 안다고 유세는……."

등짐장수들의 목소리를 뒤로한 채, 모용세가의 인마 오십여 기는 먼지바람을 일으키며 관도 위를 달려 나가고 있었다. 이 열로 줄지어 내달리는 대열의 중간엔 네 마리 말이 끄는 고급 마차가 무사들의 호위를 받으며 길을 재촉하고 있었다.

"흠… 사람들 참, 그새를 못 기다리고……."

"마음이 급했던 게지요."

"그렇다고 이렇게 전서 한 장 달랑 남겨두고 길을 재촉하는 건 무슨 경우란 말인가?"

모용고한의 표정은 심통이 가득해 있었다. 그런 모용고한을 바라보던 모용중경이 맞은편에 앉아 있던 용호에게 말을 건넸다.

"굳이 함께 가지 않아도 되는데, 무리한 것 아니시오?"

"아닙니다. 그자의 뒤를 쫓은 지 벌써 다섯 달이 다 되어갑니다. 그간의 고생이 괘씸해서라도 따라나서야지요."

용호의 말에 모용중경이 작게 미소 지으며 고개를 끄덕였다. 그 모습을 바라보던 모용고한이 살갑지 못한 목소리로 말했다.

"어찌 되었든 이것으로 태호에서 살인을 저지른 자가 그자라는 것은 분명해졌구려."

모용고한의 말에 용호는 미소로 응대할 뿐이었다. 하나 그의 내심까지 웃고 있던 것은 아니었다.

'나를 경계하는 이유가 늙은이의 자리보전 때문이라면 상대를 잘못

골랐다. 나의 정체를 의심하는 것 때문이라도 마찬가지지. 나를 상대하기엔 모용세가의 지모 정도로는 어림도 없는 일.'

모용고한의 퉁명스러움이 무엇에 기인한 것인지는 확실치 않았지만, 적어도 자신을 경계하고 있다는 것도 알아차리지 못할 용호가 아니었다.

"그자의 종적을 발견한 것은 참으로 다행한 일입니다만, 제가 직접 겪어본 바로는 무창살귀 역시 결코 만만히 볼 상대는 아닙니다."

"괜한 걱정이시오. 먼저 출발한 흑백쌍괴가 비록 정사 중간의 인물들이라지만, 천하가 인정하는 고수들이고, 본 가에서 데려온 무사들 역시 허수아비들은 아니라오."

모용고한은 용호의 말에 코웃음을 쳤다. 그도 그럴 것이 흑백쌍괴는 논외로 치더라도, 자신이 직접 가르친 내율원의 무사 삼십 모두 모용의 성을 이어받은 혈족들로, 그 한 사람 한 사람이 어디에 내놓아도 뒤지지 않을 만큼 수련이 잘된 무인들이었다. 비록 모용세가의 무공 중 절기라 칭해질 만한 것이 없다 하지만, 그렇다고 하류로 치부될 만큼 녹록하지도 않았다.

내율원 무사 다섯이면 죽은 장안호와도 평수를 이룰 수 있다 생각하는 모용고한이었고, 그런 이가 자그마치 서른 명이었으니, 무창살귀를 제압하는 데 부족함이 없으리라 확신할 수 있는 것이었다.

"그렇게 말씀해 주시니 제 마음이 다 놓이는군요. 저는 아직도 그자 생각만 하면 자다가도 벌떡벌떡 깨어나는지라……."

용호는 씁쓸한 미소를 지으며 자신의 왼쪽 어깨를 어루만졌다. 무창살귀에게 얻은 상처. 아니, 모든 사람들 그렇게 알고 있는 네 치 깊이의 상처는 아직도 완전히 아물지 않아 있었다. 모용고한은 자신의 언행이 심했다 여겼는지, 헛기침을 하며 시선을 돌렸다.

"잠시 후면 단양입니다."

내율원 무사의 전언과 함께 달리던 마차의 속도가 줄기 시작했다. 단양으로 들어서는 길은 평야가 넓게 펼쳐진 외길을 따라 움직여야만 했다. 평야를 가로지른다고는 하지만, 마차 두 대는 족히 마주 지나갈 수 있을 만큼 넓은 길이었다. 하나 곧게 닦여진 관도와는 그 사정이 달라, 함부로 마차를 급히 몰다간 바퀴가 부러져 나가기 십상이었다. 마차는 바퀴가 부러지지 않을 정도로, 지금까지와의 속도보다는 터무니없이 느린 속도로 길을 달리고 있었다. 그렇게 달리던 마차가 멈추어 선 것은 이각 정도 지난 후였다.

"무슨 일이냐?"

모용고한이 차양을 걷고 수하를 불렀다. 그러자 한 수하가 달려와 그의 부름에 답을 하였다.

"설 공자가 진행을 멈추라 명했습니다."

"기룡이가?"

"예."

모용고한과 모용중경이 서로의 얼굴을 바라보다 결국 궁금증을 참지 못하고 마차에서 내렸다. 내달리던 길과 종횡으로 이어져 있던 길 위로 달려가는 세 필의 말이 보였다. 옷을 보니 설기룡과 두 명의 사제인 것 같았다.

"심상치 않군."

모용중경의 말에 모용고한이 고개를 끄덕였다. 설기룡의 말이 다가

간 순간, 수십 마리의 까마귀들이 하늘로 날아오르며 불길한 울음소리를 토해내고 있었다.

설기룡은 거침없는 발걸음으로 시신들 틈을 누비고 있었고, 그의 뒤를 따라온 반사영과 유방현은 인상을 잔뜩 찌푸린 채 내키지 않는 걸음으로 사형의 뒤를 따르고 있었다.

"사형……."

강호 경험이 부족한 둘째 유방현이 조심스레 설기룡을 불렀다. 하나 대답 대신 조용히 하라는 듯 손을 들어올린 설기룡이었다. 용기를 내어 조금 더 가까이 다가선 유방현은 욕지기가 치밀어 오르려는 것을 겨우 참아내고 있었다. 사람이 죽은 모습을 처음 본 것은 아니다. 하지만 눈알이 파 먹히고 피와 내장이 흥건히 흘러내린 시신을 본 것은 맹세코 이번이 처음이었다. 머리 없는 시신은 까마귀가 쪼았는지 깊숙한 곳까지 파 먹혀 있었다. 그런 시신이 자그마치 일곱 구였다.

"강호인이군요. 싸움이 있었나 봅니다."

유방현을 스쳐 앞으로 걸어 나간 반사영이 입을 열었다. 무릎을 꿇고 시신들을 살피던 설기룡이 자리에서 일어나며 고개를 끄덕였다.

"확실해. 동정수로채다."

"그것이 사실이냐?"

설기룡의 말에 반문한 것은 어느새 다가온 모용중경이었다. 설기룡은 사부의 목소리에 한 걸음 물러서며 고개를 숙여 보였다. 그리고 시신을 가리키며 그것을 증명하기 시작했다.

"이들의 품에서 나온 단검입니다. 이렇게 면이 넓고 끝이 뾰족한 검을 쓰는 것은 수적들뿐입니다. 그리고 몸에 문신을 새겨 동지임을 확인하는 것도 녹림도들뿐이고요. 이들의 몸엔 하나같이 이와 같은 문신이 새겨져 있습니다.”

설기룡이 한 시신의 앞섶을 펼쳤다. 검에 잘린 앞섶이 뒤집어지자 가슴뼈가 드러나 보이는 상처 위로 동전만한 크기의 두꺼비 문신이 모습을 드러냈다.

“동정수로채의 수채 중 두꺼비를 문양으로 하는 수채가 있다 들었습니다.”

“두꺼비라… 구염채라는 낯익은 이름이 떠오르는군요.”

모용중경의 뒤에 서 있던 용호가 고개를 끄덕이며 설기룡의 말에 힘을 실었다. 설기룡은 작게 고개를 숙여 호의에 답했고, 용호 역시 마주 고개를 끄덕여 보였다.

“피가 마른 상태로 봐선 불과 반 시진 내외입니다.”

용호는 시신의 상처를 직접 손가락으로 매만지며 말했다. 그의 손끝에선 말라비틀어진 피가 가루가 되어 떨어지고 있었다.

“하지만 환부의 크기로 봐선 병기의 모습이 좀 다른 것 같군. 그자는 폭만 네 치에 이르는 거검을 사용한다 하지 않았는가? 하나 환부를 보면 일반의 장검으로 찌른 정도의 자상뿐이네.”

모용고한의 말에 설기룡은 대답하지 못했다. 하지만 우연이라 하기엔 너무나 공교로운 것들뿐이었다, 반론을 제기한 모용고한조차 이것이 누구의 소행인지는 짐작하고 있었으니.

“무사 둘을 뽑아 단양으로 갔을 흑백쌍괴를 불러오라 해라. 마차를 호위할 무사 여덟을 뺀 나머지는 먼저 출발해 그를 쫓아라.”

모용중경의 명으로 방향이 결정되었다. 명을 받은 내율원의 무사 삼십이 먼지 바람을 일으키며 평야를 가로질렀고, 외당 무사 십여 명이 그 뒤를 쫓아 말을 달렸다.

모용중경을 태운 마차 역시 평야를 달리고 있었다. 앞서 간 말들보다 터무니없이 느린 속도로…….

＊　　　＊　　　＊

"그런데… 언제까지 저 사람의 뒤를 이렇게 뒤쫓아야만 하는 거지?"

"글쎄…….."

청옥(靑鈺)의 물음에 조광호는 쓴웃음을 지으며 대답을 회피했다. 그 물음은 자신이 묻고 싶은 질문이기도 하였다. 무창살귀의 모습을 확인한 것이 이틀 전. 태호에서 또 한 번의 살인을 확인한 후에야 그의 정체를 확신하게 되었다. 죽은 자는 뇌공량. 조광호도 안면이 있던 소림의 제자였다. 조광호는 같은 항렬의 동문인 청옥과 함께 가까스로 한의 행적을 뒤쫓을 수 있었다.

지난 삼 년간의 추적은 이미 그들을 유능한 추적꾼으로 만들어놓았으니 하루 거리의 추적은 그리 어려운 일이 아니었다. 하나 그의 존재를 확인할 때까지도 어떻게 해야 한다라는 결정은 내리지 못했었다, 바로 지금처럼.

"저 사람은 사문의 반도들과 은원이 있다. 우리의 삼 년이 바로 저 사람의 행보지. 그를 적으로 볼 수는 없다."

"하지만 저자는 이미 악명이 천하에 퍼진 살귀야. 혹여 사문과 연계되어 있다는 소문이라도 난다면…….."

청옥의 말도 일리가 있었다. 아니, 살귀와 소림의 관계 따위가 중요한 것이 아니었다. 구천무예와 소림의 관계가 중요한 것이었다. 만에 하나 무창살귀를 소림이 비호하고, 그 무창살귀가 구천무예의 전인이라는 소문이라도 퍼지는 날엔 그 모든 의심의 화살이 어디로 돌아갈지는 생각하고 싶지도 않았다.

"다른 친구들은 어디쯤 오고 있을까?"

"아마 지금쯤 배를 타고 있을 거야. 어쩌면 벌써 근처에 다다라 있을지도 모르고."

대화를 나누던 그들은 기척을 숨긴 채 웅크리고 있었다. 무창살귀는 과연 명불허전이었다. 일곱의 무인을 베고 나서도 서두르는 기색도 없이 진강으로 향하고 있었다. 마치 누구든 따라와도 좋지만, 막으면 베겠다고 말하는 듯한 움직임이었다. 덕분에 그가 지나갈 길목에 미리와 은신하여 휴식을 취할 수도 있었지만, 그다지 유쾌한 마음으로 기다릴 순 없었다.

"지난 삼 년간은 보이지도 않는 꼬리를 찾아 헤맸는데, 이제는 찾아놓고서도 나서질 못하니… 우리 신세는 왜 이 모양이지?"

청옥의 푸념에 조광호는 피식 웃음을 터뜨렸다. 하지만 그의 눈빛 어디에서도 스스로의 처지를 가여워하거나 억울해하는 기색은 찾을 수가 없었다. 한데 청옥의 얼굴에 떠올랐던 훈풍을 밀어내며 조광호의 낮은 목소리가 주위를 긴장시켰다.

"저건?"

조광호의 말에 청옥은 그가 바라보던 방향으로 고개를 돌렸다. 무창살귀가 걸어온 길을 따라 이어지던 먼지구름, 그리고 그들의 등장을 인지하고 걸음을 멈추어선 무창살귀. 평화로웠던 평원 위로 옅은 피 냄새가 스치고 있었다.

"…모용세가다."

조광호의 나지막한 속삭임에 청옥의 미간이 찌푸려지고 있었다. 동정수로채 수적들의 죽음은 모른 척할 수 있었지만, 명문정파인 모용세가는 그들과 달랐다. 이미 모용세가의 총호법인 장안호의 목을 벤 것만 해도 쉽게 수습하기 어려운 난제였다. 만약 모용세가의 다른 인물들마저 살귀의 손에 희생당한다면, 무창살귀의 악명에 쐐기를 박는 꼴이 되고 만다. 그것은 자신들이 바라는 결과가 아니었다. 그는 결코 살귀란 이름으로 최후를 맞이해서는 안 됐다.

그는 자신들이 삼 년간 헤매어도 찾지 못했던 사문의 반도들을 귀신같은 솜씨로 하나씩 처리해 나가고 있었다. 반도들의 연이은 죽음과 구양세가란 이름이 결코 무관할 수 없었기에, 조광호는 무창살귀가 구양세가의 혈족이거나, 혹은 그 진전을 이었을지 모른다 추측하고 있었다.

'손바닥으로 하늘을 가릴 수는 없는 법. 당장 내일 소림과 무당의 제자들 손에 구양세가가 멸문당했다는 소문이 퍼진다 하여도 이상하지 않을 것이다. 그것이 사실이니까. 하지만… 저 사람이 만약 구양세가의 혈족이라면, 구양세가의 진전만이라도 이었다면, 소림과 무당에게 돌아갈 비난의 화살을 어느 정도 막아줄 수 있을 것이다. 아니, 비난은 얼마든지 감수할 수 있다. 구천무예의 행방에 대한 의심의 눈초리만이라도 거두어질 수 있다면…….'

구양세가의 멸문은 사문의 업이다. 그것은 벗어날 수 없는 짐이며,

소림은 그 가시밭길을 마다하지 않을 것이다. 하나 사라진 구천무예의 행방을 따르던 사람들의 시선이 소림으로 모아지는 것만은 결코 용납할 수가 없었다. 천년소림이 한낱 무공을 탐하여 한 가문을 멸문시켰다는 누명은 결코 감내할 수 없는 일이었기에. 그래서였을까? 사문을 염려하던 조광호에게 있어 무창살귀는 살귀가 아니라 희망처럼 보였다. 그는 소림에 드리운 암운을 걷어내줄 거친 바람이었다.

'하나 본산에서는 경거망동하지 말라는 전서만을 보내왔다. 방장께서는 그와의 접촉을 허락하지 않으셨다. 그저 그의 뒤를 따르고 경과만을 보고하라 하셨을 뿐이다.'

한편으론 답답했다. 조광호는 전서를 보낸 후 당장 소림의 본산에서 사람이 내려올 것을 기대했었다. 하지만 본산에서는 아무도 내려오지 않았고, 일우 대사는 그와의 접촉을 불허한다는 전서만을 보내왔다. 그가 악명을 더해가는 살귀이기 때문이었을까? 아니면 아직은 그를 만날 때가 아니라 판단한 것일까? 조광호는 본산의 명을 이해할 수가 없었다. 하나 명은 내려왔고, 그는 따라야 했다.

조광호의 생각이 이어지는 동안에도 무창살귀와 모용세가의 무사들 사이의 거리는 좁혀지고만 있었다.

"어떻게 할 거야?"

"일단… 지켜보자."

조광호의 말에 청옥은 답답한 표정을 지으며 시선을 돌렸다. 이미 모용세가의 인마는 무창살귀의 면전에 다다라 있었다.

"젠장……."

*   *   *

진강은 작은 마을이다. 장강을 오가는 배가 있지만 마을이 워낙 작다 보니 하루 백 명이나 실어 나르면 운이 좋은, 그런 곳이었다. 하루 두 번의 노질이 전부였기에, 포구 어귀의 다루는 제법 짭짤한 수입을 올릴 수 있었다. 오늘도 오전 배를 놓친 손님들이 제법 다루를 채우고 있었기에 다루를 운영하는 황(黃)씨는 기분 좋은 하루를 보낼 수 있었다. 방금 전에 다루를 찾아 들어온 저 두 명의 강호인만 아니었다면 말이다.

"젠장, 홍아 그놈, 우리를 엿먹이려고 이상한 곳을 가르쳐 준 거 아냐? 살귀는커녕 쓸 만한 놈 하나도 안 보이잖아?!"

"목소리가 너무 크다."

다루에 들어서자마자 투덜거리던 섭위문을 향해 황옥산이 딱딱 끊어지는 말투로 차갑게 대꾸했다. 하나 섭위문은 다루 주인이 내어온 차를 마시면서도 투덜거림을 멈추지 않았다.

"아니, 차가 왜 이렇게 떫어? 다 썩은 찻잎으로 우렸나? 이런 쌍……."

"차 맛 좋다. 그냥 마셔."

차와 물의 차이를 떫다와 안 떫다로 구분하는 섭위문이었기에 황옥산은 그런 섭위문의 발작을 무시해 버렸다. 섭위문도 황옥산의 말에 고개를 갸우뚱거리며 찻물을 홀짝댔다. 그의 말을 들으니 괜찮은 것 같기도 했다.

"그나저나 여기는 없는 것 같은데, 돌아가는 게 낫지 않을까?"

“이쪽으로 올 거다.”

황옥산의 말엔 어떤 믿음이 담겨 있었다. 무엇에 기인한 것인지는 몰랐지만, 섭위문은 그의 말에 토를 달지 않았다. 적어도 강호의 일에 대해선 자신보다는 황옥산의 판단이 대부분 옳았으니.

흑백쌍괴가 단양을 거쳐 진강에 다다른 것은 이각 정도 전이었다. 단양은 진강보다는 큰 마을이었지만, 고작 삼백여 호가 모인 작은 고을이다. 그곳에 무창살귀가 오지 않았음을 확인하는 데에는 반 시진도 채 걸리지 않았다. 흑백쌍괴는 선택을 해야 했다. 단양에 남을 것인가, 장강으로 갈 것인가.

허저의 전갈에는 분명 장강을 향해 북상 중이라고 적혀 있었다. 황옥산은 장강으로 가는 길을 택했고, 그 결과로 다다른 곳이 바로 진강이었다.

“모용 가주는 지금쯤 단양에 도착했겠지?”

“음.”

“그 점소이 놈한테 단단히 일렀으니 우리가 이곳으로 왔다고 잘 전했을 거야. 그치?”

“음.”

황옥산은 섭위문의 말에 고개를 젓는 것마저 포기했다. 세상 어떤 점소이가 멱살이 붙잡혀 허공에 떠올려지는 것을 좋아하겠는가? 그리고 그렇게 멱살을 붙잡고 흔드는 자가 웃으며 전하는 전언을 전달하지 않을 수 있겠는가? 황옥산은 그리 좋지 않은 차향을 음미하며 무창살귀가 나타나기를 기다리고 있었다.

“그놈이 정말 그렇게 강할까?”

“음?”

“안호가 죽었어야 할 만큼… 강한 녀석일까?”

“…….”

황옥산은 가뜩이나 맛이 없던 차 맛이 완전히 떨어져 나감을 느꼈다.

“그놈을 만나면 어떻게 죽일까? 사지를 모두 분지르고 장강에 던져버릴까? 아니면 말 뒤에 묶어서 온몸의 살이 뜯겨 나갈 때까지 달릴까? 어떻게 하는 게 좋으려나?”

조용히 이야기를 듣던 주인 황씨의 몸이 조용히 회계대 밑으로 가라앉았고, 다루에 있던 여남은 명의 시선 역시 찻잔의 물결만 바라보고 있었다. 다루의 정적이 찾아들자 섭위문이 이상하다는 듯 말했다.

“음? 왜 이렇게 조용하지? 무슨 일 있었냐?”

황옥산은 섭위문의 말에 답해줄 필요를 느끼지 못했다. 그때 다루의 문을 열고 들어서는 사내들이 있었다. 그들은 잠시 다루를 살피더니 다급한 발걸음으로 황옥산을 향해 달려왔다.

“황 대협! 가주의 전언입니다. 속히 가셔야겠습니다.”

“무슨 일이야?”

섭위문이 황옥산을 대신해 물었고, 모용세가의 외당 무사는 고개를 숙이며 목소리를 낮췄다.

“무창살귀의 흔적을 발견했습니다.”

황옥산은 외당 무사의 말이 떨어지기 무섭게 자리를 박차고 일어섰다. 그의 갑작스런 행동에 다루에 있던 사람들 모두가 놀라 어깨를 움찔거렸다.

“가자.”

흑백쌍괴는 외당 무사의 뒤를 따라 다루를 빠져나가고 있었다. 사람들은 그들의 모습이 사라지고 난 이후에야 고개를 들고 한숨을 내쉴 수 있었다. 저마다 난생처음 보는 강호인의 모습에 한마디씩 수군거리기 시작했다. 다루의 구석진 곳에 있던 그들도 머리를 숙인 채 이야기를 나누고 있었다.

“살귀라면… 그 녀석이겠지?”

“아니라면 그게 더 이상하겠지.”

예향의 말에 손 노인이 고개를 끄덕였다. 가패는 자리에 놓아두었던 도를 집어 들고 일어서려 했지만, 손 노인이 다급히 손을 내밀어 그를 다시 앉혔다.

“그를… 도울 생각이신가?”

“위험하니 나 혼자 가겠소. 두 사람 먼저 장강을 건너시오.”

“자네 생각보다 훨씬 더 위험해.”

손 노인은 주변을 한번 살피곤 긴장한 것인 역력한 목소리로 가패에게 속삭였다.

“저 자리에 앉아 있던 두 사람. 하얀 무복을 입고 있던 뚱뚱한 중년인이 섭위문이고, 검은 옷의 키 큰 중년인이 황옥산일세.”

“흑백쌍괴?”

기대했던 그대로의 반응이었다. 가패는 적잖이 놀란 표정으로 손 노인을 바라보고 있었다. 항산의 흑백쌍괴는 위험하다라는 말을 충분히 충족시키고도 남았다.

“게다가 모용세가의 인물들까지 함께 있어. 자네가 나서 어찌할 수 있는 일이 아니야."

"그렇게 위험한 사람이야?"

강호 지식에 전무한 예향이 걱정스러운 눈초리로 손 노인에게 물었다. 손 노인은 작게 한숨을 내쉬며 말했다.

"적어도 장안호보다는 윗줄의 고수지. 명성으로나 실력으로나……."

예향의 눈은 놀람과 절망으로 흔들리고 있었다. 가패조차 상대가 되지 않았던 장안호였다. 그런 장안호보다 강한 이가 하나도 아니고 둘이나 나타났다, 모용세가라는 감당키 힘든 무리와 함께.

세 사람은 약속이라도 한 듯 굳게 입을 다물어 버렸다. 하지만…

"이보게?"

자리에서 일어선 가패를 손 노인이 다급히 불렀다. 하나 도를 쥔 가패의 손엔 굵은 힘줄이 돋아나 있었다.

"먼저 가시오, 기다리지 말고……."

가패는 그 말을 끝으로 등을 돌렸다. 가패가 다루에서 완전히 사라질 때까지 예향과 손 노인은 아무 말도 할 수가 없었다.

이화검진에 갇히다

말 잔등을 박차고 오른 서른 개의 인영이 허공을 격하고 날아와 한의 주위로 포위하듯 내려서고 있었다. 일제히 뽑혀진 검이 양광을 받아 서늘한 빛무리를 뿌리고 있었지만, 한은 그들의 모습을 바라보기만 할 뿐 아무런 행동도 하지 않고 있었다. 그를 포위하고 있던 내율원 무사 중 하나가 앞으로 나오며 입을 열었다.

"그대가 무창살귀가 맞는가?"

한은 무사의 물음에 답하는 대신 고개를 돌려 주위를 둘러보았다. 얼핏 보아도 서른 명은 되어 보이고, 그들의 뒤로 다가서는 이들도 열 명은 넘어 보였다. 빼어 든 검들은 날카롭게 벼려져 있었고, 검 주인의 눈동자는 그보다 더 날카롭게 번뜩이고 있었다. 한 발 나섰던 무사가 그 검의 이름을 말해 주고 있었다.

"우리는 모용세가에서 왔다."

오랜만에 한숨이 흘러나왔다. 사내가 뒤에 이을 말도 짐작이 갔다.

'장안호는 내가 죽이지 않았어.'

무사를 바라보는 한의 눈은 그렇게 말하고 있었다. 하지만 그것을 읽어낼 만큼 가까운 사이도, 한가로운 상황도 아니었다.

"그대가 해친 분은 본 가의 총호법. 가주의 명에 따라 그대를 구속하니, 죄인은 무기를 버리고 무릎을 꿇어라!"

무사는 노련한 배우처럼 한을 향해 준엄한 꾸짖음을 내리고 있었다. 한을 향해 검을 빼어 들고 있던 무사들의 눈동자에도 그와 비슷한 열류가 소용돌이치고 있었다. 물론 그러한 시선에 익숙해진 한이었기에 가벼운 비웃음으로 그들의 눈빛을 무시할 수도 있었다. 하나 한은 그러지 못했다.

'또 너로구나. 모용……'

한은 왜 갑자기 그녀의 모습이 떠올랐는지 이해할 수 없었다. 정작 자신에게 검을 향하게 만든 장안호의 모습은 떠오르지 않는데, 장강의 빗속으로 사라지던 그녀의 모습이 선명하게 떠오르고 있었다. 한의 입가엔 흐릿한 과거를 회상할 때 나타나는 보편적인 반응이 떠오르고 있었다.

'너와 난… 정말 악연이야.'

의도했던 것은 아니었지만, 한의 미소는 내율원 무사들의 분기를 폭발시키기에 충분했다.

"놈! 감히 죄를 뉘우치지는 못할망정 본 가를 무시하다니!"

한 발 나섰던 무사가 원래의 위치로 되돌아가고 나서야 한은 그가 왜 그리 화를 내는지를 이해할 수 있었다. 오해는 말을 못함에서만 비롯되지는 않는 모양이다.

'이들을 베어버리면… 너와 난 정말로 원수가 되는 건가? 아니지, 너 역시 내가 네 숙부를 죽였다 믿고 있을 테니… 이미 우린 철천지원수인가?'

한의 입가에 떠오르던 미소가 더욱 짙어졌다. 하나 처음의 미소와는 달리 뒤이어 떠오른 미소는 자조적인 씁쓸함이 담겨 있었고, 그를 노려보던 무사들에게 그 차이를 느끼길 바라는 것은 무리였다.

"이화검진(梨花劍陣)을 펼쳐라!"

무사의 일갈이 떨어짐과 동시에 한을 둘러싸고 있던 무사들이 좌우로 움직이기 시작했다. 일사불란한 동작으로 갈라선 무사들은 두 개의 원이 되어 서로 다른 방향으로 회전하기 시작했다. 그들의 움직임을 바라보는 한의 눈에 옅은 긴장의 빛이 어렸다.

'이것은……'

내율원 무사들의 필승을 장담한 모용고한의 내심에는 바로 이화검진이라는 차륜검진이 숨어 있었다. 다수가 소수를, 하수가 고수를 핍박하는 데 있어 검진만큼 유용한 것이 없다. 제아무리 상대가 고수라도 한 손으로 열 손을 감당할 수는 없는 법. 음양의 궤를 따라 상호 공수를 보조하고, 일 검을 삼 검으로 막고, 사방을 십이 검으로 차단하니, 내력이 고강한 자는 내력이 고갈되고, 검공이 뛰어난 자는 검공을 부릴 수 없게 만드는 것이 바로 이화검진의 묘미였다.

'나를 가두겠다는 것인가?'

한은 그들의 현란한 움직임에 적잖이 긴장하며 허리의 검을 끌러냈다. 사 척 반의 거검이 모습을 드러내자, 검진을 이루던 이들의 눈에 놀람이 일기도 했다. 하나 그것뿐이었다. 자신들은 무엇으로도 끊을 수 없는 덫이었고, 그는 조금 날카로운 이빨을 가진 사냥감일 뿐이었다. 검진을 지휘하던 무사는 그렇게 생각하고 있었다.

"위험해."
"그래, 검진의 기세가 예사롭지 않아. 이거, 모용세가를 다시 봐야겠는걸?"

은밀히 자리를 옮긴 조광호와 청옥이 모용세가의 검진을 보며 한마디씩 했다. 조광호와 청옥이 비록 속가제자라고는 하나 소림의 진전을 십수 년간 연마한 이들. 소림에서 그들에게 반도의 추적이라는 막중한 임무를 맡겼다는 것만으로도 그들의 능력은 이미 검증된 것이나 마찬가지였다. 그런 두 사람이 보기에도 모용세가의 검진은 견고하기 이를 데 없었다. 무사들은 수련이 잘되어 있었고, 개개인의 무위도 얕아 보이지 않았다.

'검진의 파훼는 진의 묘리를 역산해 축을 무너뜨리는 것과 외부에서 힘을 가해 내부의 균열을 가져와 붕괴시키는 방법이 있다. 저 사람이 그것을 알고 있을지……'

본래의 진은 무공이 아닌 전술이다. 촉(蜀)의 승상(丞相)이었던 제갈무후(諸葛武侯)가 사마의(司馬懿)를 격퇴시켰다던 팔진도(八陣圖) 역시 군사의 배치를 진의 묘리에 접목시켜 만든 유명한 군진이다. 지리와 방위를 선점하여 적을 격퇴하는 진의 묘리는 배수진(背水陣)처럼 소수로 다수를 상대하는 데 있어 가장 탁월한 효과를 가져올 수 있었다. 하나 이러한 진법은 강호로 유입되며 변화하기 시작하였다.

한데 강호에서 발전한 진은 소수로 다수를 상대하는 것이 아니라 다수로 소수를 상대하는 모습이 대부분이었는데, 이는 무공이 약한 군소 방파들 위주로 일어난 변화로, 무공이 낮은 다수의 하수로 차륜진(車輪陣)이나 옥쇄진(玉碎陣)을 펼쳐 고수를 상대하기 위함이었다. 물론 무당파의 칠성검진처럼 다수가 다수를 상대하는 검진도 있었지만, 대부분의 진법은 하수가 고수를 상대하기 위해 사용하는 것이라 인식되고 있었다.

모용세가의 진법 역시 다수의 무사로 단신의 고수를 상대하기 위해 만들어진 진법이었다. 비록 무공이 낮은 무사들이라고는 하나, 묘리를 따라 운용되는 다수의 힘은 진에 익숙하지 못한 고수를 상대하기에 부족치 않았다.

조광호의 눈빛은 초조해지는 것은 그 때문이었다. 진세 속에 서 있던 한 역시 그들의 움직임을 예의주시하고만 있을 뿐, 어찌 상대해야 할지 당황하는 모습이 역력했다.

'진을 상대해 보지 않은 모습이다. 방장께선 접촉을 불허하셨지만, 이대로 모용세가의 손에 살귀가 붙잡히게 둘 수도 없다. 그가 죽기라도 한다면, 구양세가와의 인연은 영영 끝나게 될 터.'

조광호의 미간은 좁혀질 대로 좁혀져 있었다. 이대로 놓아둘 수도 없었지만, 그렇다고 모용세가의 손에 잡히는 것을 모른 척할 수도 없었다. 조광호는 사문의 명을 따르라는 이성의 목소리와 사문의 미래를 위해 나서라는 가슴의 목소리 사이에서 쉽게 갈피를 잡지 못하고 있었다.

낡은 조각배 하나에 몸을 싣고 태풍의 중심에 자리하고 있다면 이럴까? 하늘을 향해 끝도 없이 말려 오르는 사막의 용권풍 속에 서 있다면 이런 기분일까? 바다와 사막 두 곳 모두 가본 적이 없는 한이었지만, 지금 그를 압박하는 압력은 어린 시절 이야기 속에서 들어봤음 직한 상황을 떠올리게 만들고 있었다.

서른 명의 검수가 뿜어내는 기세의 압박은 상상을 초월하고 있었다. 자신을 중심으로 회전하는 검수들의 현란한 움직임에 시선을 고정할 수가 없었고, 그들이 내뿜는 살기 가득한 기운에 살갗이 따끔거릴 지경이었다.

'이것이 검진이란 것인가?!'

한은 눈을 가늘게 뜨고 그들의 움직임을 주시하고 있었다. 다수를 상대할 때는 하나를 상대하듯 하라 배웠다. 두 개의 검이 날아들면 먼저 오는 검을 쳐내고, 동시에 날아들면 하나의 검을 쳐내듯 상대하라 배웠다. 다수와의 싸움은 그것의 연장.

결국 내 앞에 있는 적은 하나일 뿐이었다. 하지만 눈앞의 검진은 배운 바를 적용하기엔 곤란한 점이 많았다. 눈앞을 스치는 검수는 열다섯이 아니라 무한히 스치는 풍경 같았고, 그들이 내뿜는 기세는 열다섯의 줄기가 아니라, 열다섯이 하나로 뭉친 거대한 기운이었다.

'몸을 피할 방위가 없다. 눈을 피할 사각도 없다. 열다섯의 뒤엔 또 다른 열다섯이 나를 노려보고 있으니 허공으로 몸을 띄우는 것은 자살행위.'

이러한 기분은 실로 오랜만에 느껴보는 것이었다. 끝도 없이 밀려드는 수적들을 상대할 때도 이런 느낌은 느껴보질 못했다. 한의 머리 속엔 도무지 상대할 방법이 생각나질 않았고, 당연하게도 그들은 방법을 생각해 낼 때까지 기다려 주지 않았다.

"이화함엽(梨花含葉)!"

진을 주관하던 무사가 외치자, 마치 손끝에 놀란 함수초 봉오리처럼 한을 휘감아 돌던 검수들의 공백이 조금씩 좁혀지기 시작했다. 검진의 압박이 다가올수록, 한의 눈에도 긴장감이 맴돌았다. 반경 삼 장이었던 원의 크기가 이 장 정도로 줄어들었을 때, 공격을 명하는 성난 일갈이 들려왔다.

"이화분봉(梨花粉蜂)!!"

한은 직감적으로 그것이 공격을 명하는 것임을 알 수 있었고, 사방을 점하며 날아드는 검의 기세에 자신의 느낌이 맞았음을 확신했다. 한은 가장 성급히 날아들던 전방의 검을 향해 검을 휘둘렀고, 검을 튕겨내자마자 다급히 검을 회수하여 등을 노리던 검을 멀찍이 쳐낼 수 있었다. 하나 그 순간 좌우를 노린 검은 지척까지 다다라 있었다.

휘이잉!

한은 생각할 겨를도 없이 검을 세워 몸을 보호하며 몸을 회전시켰다. 거대한 검이 풍차처럼 회전하자 날아들던 두 개의 검은 감히 태만치 못하고 급히 회수되었다. 하나 싸움은 이제 시작이었다.

"이화교슬(梨花絞蝨)!!"

네 명의 검수가 물러난 자리로 여덟 명의 검수가 검을 찌르며 쇄도했다. 한은 이를 악물고 전신의 진기를 검에 모았다.

쉬이익!!

한의 검이 새하얗게 빛나기 시작했고, 그 검에서 발출된 검기가 전면으로 날아들던 다섯 자루의 검을 향해 날아갔다. 새하얀 검기가 뿌려지자 다섯 자루의 검이 다급히 곧추서며 검기에 맞섰고, 다섯 무사의 사이에 있던 다른 검수가 검을 뻗어 방비를 도왔다.

태태태태탱!

후방의 세 자루 검을 물린 한의 등 뒤에서 다섯 개의 굉음이 들려왔다. 신형을 가다듬고 주위를 둘러보았지만 쓰러진 이는 없었다.

'공격은 각자가 동시에, 수비는 여럿이 함께… 피곤하군.'

무사들 개개인의 실력은 죽은 동정수로채의 수적들보다 조금 나은 정도였다. 하지만 그들은 자신의 검기를 막지 못했고, 이들은 막았다. 미약한 열 손이 강한 한 손을 감당한 결과였다.

놀라기는 내율원의 무사들도 마찬가지. 직접 검기를 막아섰던 무사들의 눈엔 은은한 두려움마저 어려 있었다. 강호에선 검기를 구사하는 무인을 만나기도 어렵다. 모용세가 안에서도 열 손가락으로 꼽기 힘들었고, 다섯 자루의 검을 상대할 만큼 강한 검기를 발출하는 무인은 두말할 필요도 없었다. 하지만 모용세가의 이화검진은 그보다 더한 고수들을 상대하기 위해 만들어진 검진이었다.

"이화만천(梨花萬天)!!"

한은 귀전으로 들린 또 한 번의 외침에 긴장하며 몸을 숙였다. 첫 번째 공세는 한의 등 뒤에서 시작되었다.

쐐애액!

날카로운 파공성이 들리자 한은 지체없이 몸을 돌려 그 검을 쳐냈다. 그러자 그 공세를 이어 뒤따르던 무사의 검이 한을 노리며 날아들었다. 열다섯 번의 부딪침이 지나고 나서야 한은 이화만천의 뜻을 깨달을 수 있었다.

'말려 죽일 심산이군.'

공세는 열다섯 번으로 끝나지 않았다. 무사들은 원을 그리고 있었고, 원은 무한히 반복됨을 뜻했다. 검기를 발출하여도 그 뒤에 대기하던 무사들이 파고들며 공세를 함께 막았고, 방위를 벗어나 보려 해도 한이 돌아선 그 자리가 공세의 시작점으로 바뀌어 있었다. 쉬지 않고 반복되는 공격. 내력과 체력을 고갈시켜 스스로 자멸하게 만드는 차륜전의 백미였다.

세 번째 회전이 끝날 무렵, 한의 뺨을 흐른 땀방울이 떨어져 바닥을 적시기 시작했다.

"제법이야."

"그럭저럭……."

황옥산의 말에 섭위문이 심드렁한 목소리로 말했다. 싸움이 일어나고 있던 곳과 삼십여 장 정도 거리를 두고 있던 언덕에 그들이 있었다.

"노력을 많이 했군."

"그렇게 쓸 만한 검진은 아니지만, 애들이 애를 쓰니 쓸 만하네."

섭위문의 말에 뒤에 서 있던 외당 무사들의 미간이 좁혀졌지만, 감히 흑백쌍괴의 말에 토를 달 담은 없었다. 싸움은 흥미진진했다. 끝없이 이어지는 이화검진의 공세는 마치 한 편의 잘 짜여진 군무를 보는 것 같았고, 그 안에서 발버둥 치는 무창살귀는 한 마리 성난 맹수처럼 사납게 달려들고 있었다.

"실력은 있으나 경험이 부족하다."

"서른 명이나 되는 놈들이 검진을 구성할 때까지 기다린 저놈이 멍청한 거지."

섭위문은 황옥산의 말끝마다 토를 달고 있었다. 아마도 당장 뛰쳐나가 자신의 손으로 직접 무창살귀의 목을 비틀고 싶어 저러는 것이겠지.

"어쩌면 내 생각이 틀렸는지도 모르겠다."

"음?"

황옥산의 말에 섭위문이 눈을 크게 뜨며 바라보았다. 광도의 입에서 틀렸다라는 말을 듣는 것이 얼마나 어려운 일인지 잘 아는 섭위문이었기에 그 놀람은 더했다.

"그게 무슨 뜻이야? 네가 틀렸다니?"

섭위문의 물음에 황옥산은 싸움이 한창인 분지를 내려다보며 말했다.

"저 정도 검진도 파훼하지 못할 놈이었다면… 안호의 죽음은 개죽음일 뿐이다."

황옥산의 말에 섭위문과 외당 무사들의 인상이 구겨졌지만, 황옥산은 그들의 반응 따위에 관심없다는 듯 무표정한 얼굴로 전장을 굽어볼 뿐이었다.

'시작을 찾아야 한다. 그 하나를 베어내면…….'

한은 검을 휘두르면서도 끊임없이 방법을 생각하고 있었다. 끊임없이 맞물려 돌아가는 원형의 검진. 하지만 분명 그곳에도 시작이 있고 끝이 있을 것이다. 그 점을 찾아 베어낼 수만 있다면 움직임을 멈추게

할 수 있을 것이라 생각했다.

'시작이 없다면… 만들어줘야지.'

한의 두 눈이 무언가를 결심한 듯 빛나고 있었다. 전신의 내력을 극으로 끌어올리고 있었다. 두 개의 단전이 맹렬히 소용돌이치기 시작했고, 그 가공할 파괴력은 전신혈도를 타고 돌아 검을 맞잡은 그의 두 손으로 쇄도했다. 검을 잡은 그의 두 손에 굵은 힘줄이 튀어나왔고, 그의 눈은 달려들던 무사의 눈을 향해 포효했다.

'뭐, 뭐야?!'

그와 눈이 마주친 내율원의 무사는 한의 두 눈에서 뿜어져 나오는 한기에 오싹함을 느꼈다. 그리고…

카강!

한의 검에 실린 육중한 무게에 밀려 한 걸음 물러서고 말았다. 그것이 시작이었다. 한은 공세의 흐름을 거스르기 시작했다.

캉! 캉! 카캉!

한을 향해 끊임없이 퍼부어지던 공세가 조금씩 흔들리기 시작했다. 이전까지의 흐름이 무창살귀라는 한 점을 노린 집중이었다면, 지금의 흐름은 이어지던 공세의 흐름을 한의 거검이 치고 올라가는 모습이었다.

거검의 위력은 그 무게만으로도 위협적이었다. 다급히 후열에 있던 무사들이 공조하려 나섰지만, 한은 그들의 움직임보다도 빨리 전열의 흐름을 역행하고 있었다. 한을 향해 좁혀져 있던 원이 조금씩 밀려나고 있었다.

"이화만개(梨花滿開)!!"

전열의 흐트러짐을 인지한 지휘 무사가 다급히 소리쳤고, 한을 향해 좁혀져 있던 원이 꽃잎을 활짝 펴듯 뒤로 물러났다. 하지만 나름의 선기를 잡은 듯 보였던 한은 그들의 물러섬을 따라 공세를 잇지 않았다.

'역시 경험이 부족한 자다. 좋아!'

지휘 무사는 속으로 쾌재를 불렀다. 후열이 전열의 안위를 보호한다고는 하지만, 전열이 흐트러진 상태의 후퇴는 자칫하면 위험할 수도 있는 순간이었다. 하나 무창살귀는 그러한 기회를 흘려보내고 말았다. 무사는 다시금 목청을 높여 무사들을 지휘했다. 하지만 그것은 고수를 상대해 보지 못한 지휘 무사의 경험 부족이었다.

한의 전신은 두 개의 단전에서 생성된 응축된 기운이 폭발할 순간만을 기다리고 있었다.

"이화함엽(梨花含葉)! 이화교슬(梨花絞蝨)!!"

물러섰던 검진이 전열을 가다듬고 다시금 거리를 좁히고 있었다. 그리고 여덟 명의 검수가 전방으로 나서며 한의 팔방을 향해 검을 뿌렸다. 처음과 같은 상황 살귀의 움직임도 그래 보였다. 하지만 전면으로 달려들던 다섯 무사의 눈빛은 그렇지 않았다.

'위, 위험해!!'

쉬이잉!

카카카카카캉!

검기에 뒤덮여 새하얗게 변한 검에 놀란 것이 아니었다. 이미 한차례 겪어보았으니 그 위력은 충분히 대비할 수 있었다. 하지만 살귀의 검에서 섬광이 터져 나왔을 때는 무언가 잘못되었다는 것을 느낄 수 있었다.

전열의 다섯 무사는 물론 그들을 보조하기 위해 나섰던 다섯 무사들마저도, 눈앞에 번적인 섬광에 눈을 뜰 수가 없었다. 자신들이 검이 머리를 스쳐 오 장여나 날아가는 것도 볼 수 없었고, 손아귀가 찢어져 흐르던 피가 바닥에 뿌려지는 것도 볼 수 없었다. 열 명의 검수가 일시에 바닥을 나뒹굴었고, 원을 그리던 무사들의 움직임도 멈춰져 있었다.

'아무도 날 막지 못한다. 가두려 한다면… 부숴 버릴 것이다!'

놀란 눈으로 자신을 바라보던 내율원의 무사들을 향해, 한의 차가운 두 눈은 그렇게 말하고 있었다. 이화검진은 무창살귀의 단 일 수에 파훼되고 말았다.

황옥산의 눈은 더 이상 커질 수 없을 만큼 커져 있었다. 그의 그런 모습을 보며 놀라움을 표시해야 하는 섭위문이었지만, 전장에서 터진 섬광은 섭위문의 눈마저도 얼어붙게 만들고 있었다.

"저게… 대체……."

섭위문은 제대로 말도 잇지 못하고 있었다. 검진을, 그것도 서른 명의 검수가 이루는 대형 검진을 힘으로 붕괴시켜 버렸다. 살귀의 검에서 뿜어진 섬광의 정체는 알 수가 없었지만, 열 자루의 검을 튕겨낼 정도의 위력은 강호 경험이 풍부한 섭위문으로서도 쉽게 계산해 낼 수가 없었다.

"저런 무식한… 아니, 무식한 건 둘째치고 저런 식으로 검진을 파훼하는 게 가능은 한 거야?"

섭위문의 목소리엔 긴장의 빛이 역력했다. 그는 자신이 본 광경을 믿을 수 없었기에 황옥산의 확인을 바라고 있었다. 하지만 황옥산의 신형은 이미 언덕 아래로 내달리고 있었다.

　바닥에 쓰러진 내율원 무사들은 꼴이 말이 아니었다. 손바닥이 찢어진 자는 말할 것도 없고, 팔이 빠지거나 손목이 뒤틀려 고통을 호소하는 이도 있었다. 그들의 눈엔 두려움이라는 감정이 떠올라 있었다. 검진이 와해되자 내율원의 무사들은 부상당한 무사들을 뒤로 물리며 다시금 한을 포위했다. 그의 무위에 질린 표정이었지만, 등을 돌린 자는 없었다.

　한은 검을 들고 몸을 일으키며 자신을 둘러싼 무사들을 바라보았다. 등 뒤로 흐르는 피가 그의 신경을 거슬리게 만들고 있었다.

　'깊게 베이진 않은 것 같군.'

　배후의 공세를 무시한 공격이었다. 오직 눈앞의 적만을 염두에 둔 공격이었기에, 피하지 못한 두 개의 발톱이 그의 등을 할퀴고 지나갔다. 한의 발밑으로 등을 타고 내린 피가 점점이 떨어져 내리고 있었지만, 상처 입은 맹수에게 다가서는 이는 없었다.

　"물러서지 마라! 가주님이 오고 계신다! 이대로 못난 모습을 보일 것이냐?!"

　검진을 지휘하던 무사가 힘껏 소리쳤다. 무사의 말에 정신을 차린 내율원 무사들이 하나둘 검을 고쳐 잡으며 한에게 다가서고 있었다. 스무 명의 무사가 이를 악문 채 다가서고 있었지만, 그들을 바라보는 한의 눈빛은 그리 달갑지 않아 보였다.

　'너희들도 죽어야 끝나는 족속들인가?'

　한이 손속에 사정을 두었다는 생각은 꿈에도 할 수 없을 것이다. 그가 거두어들인 삼 푼의 공력이 아니었다면, 저들의 입에서 신음 소리 따위는 결코 들을 수 없었을 것이다.

'당신 탓이오, 장안호.'

한이 그들의 목숨을 거두지 않은 것은 다른 이유가 있어서가 아니었다. 그가 죽이지 않았던, 하지만 모든 사람이 그가 죽였다 믿고 있는 장안호 때문이었다. 그는 자신과 이어져 있던 모용세가의 은원을 잊겠다 했었다. 적어도 그와 헤어지던 그 순간, 두 사람은 더 이상 적이 아니었다. 이들은 잘못된 은원을 갚으려는 것이었다. 이들을 베어버린다면… 자신은 장안호의 죽음을 인정해 버리는 것이었다.

'하지만 이미 그는 죽어 말할 수 없고, 이들에게 그것을 설명해 줄 이조차 없으니…….'

자신을 향해 다가오는 무사들의 눈엔 어느새 두려움 대신 살기가 자리하고 있었다. 결국 악연은 악연으로 매듭지을 수밖에 없는 것이란 생각이 들었다.

'그것 봐라. 너와의 인연은 악연이지 않느냐…….'

지겨운 얼굴. 지겹도록 생각나는 얼굴이 있었다. 잊을 만하면, 잊었다 싶으면 떠올라 귀찮게 만드는 건방진 계집. 이들을 베지 못한 것은 장안호 탓이었고, 장안호를 베지 못한 것은 바로…….

"모두 물러서라!"

등 뒤로 날아드는 범상치 않은 예기. 한의 상념은 그 거친 고함 소리에 놀라 한순간 흩어져 버렸다. 한은 자신을 부르는 날카로운 기운을 따라 고개를 돌렸다.

"흠……."

흑의중년인의 시선이 한의 전신을 훑고 있었다. 하지만 단지 자신을 바라보는 눈빛만으로도 그의 존재감을 충분히 느낄 수 있었다. 자신을 막아선 흑의중년인은 고수였다.

"난 황옥산이라 한다. 장안호의 의형이지."

황옥산의 짧은 한마디엔 많은 의미가 내포되어 있었다. 그리고 그 수많은 의미 중 지금의 상황과 가장 어울리는 단어는 바로 혈채였다. 급히 뒤쫓아온 비아 섭위문이 황옥산의 곁으로 날아 내리며 외쳤다.

"이 육시랄 놈의 자식아! 난 섭위문이란 분이다! 나도 네놈 손에 죽은 장안호의 의형이니, 살아 돌아갈 생각은 꿈도 꾸지 말아라!!"

섭위문의 분기탱천한 목소리에 한의 눈썹 끝이 까딱였지만, 그의 시선은 황옥산의 시선과 얽힌 채 떨어질 줄을 몰랐다.

'역시 뭔가가 있어……'

황옥산의 두 눈에 떠오른 감정은 분명한 갈등이었다. 광도라는 별호는 그가 젊었을 적 얻었던 이름이다. 그때는 정녕 도에 미친 자라는 이름에 부끄럽지 않을 정도로 무수히 많은 싸움을 하고 다녔었다. 하나 이제 그의 나이 육십이 넘은 지 오래, 감정과 혈기로 도를 뽑을 때는 이미 오래전에 지나쳐 왔다. 의제를 살해한 원수가 눈앞에 있음에도 그는 뛰쳐나오려 발버둥 치는 애도를 달래고 있었다. 그의 경륜은 눈앞의 사내가 피에 굶주린 살인마가 아니라 이야기하고 있었다.

'네가 보여준 마지막 한 수. 하늘은 속일 수 있을지언정 내 눈은 못 속인다. 저들은 살아남은 것이 아니라, 네가 검을 거두었기에 살아 있는 것이다.'

황옥산은 내뿜어지던 기운의 균열을 알아보았다. 그것은 분명 출수했던 기운을 거두어들일 때 느껴지는 현상. 살귀가 펼친 섬광의 일수는 그들의 목숨을 원하지 않았다. 그 결과가 신음하며 물러선 열 명의 검수다.

물론 그것을 알아챈 자가 황옥산만은 아니었다.

"너도 봤지?"

"…내가 잘못 본 건 아닌 것 같군."

청옥의 전음에 조광호는 놀란 눈을 감추지 않으며 고개를 끄덕였다. 그들은 평원을 돌아 전장의 십 장 앞까지 다가와 몸을 낮춘 채 전음을 나누고 있었다.

"왜 그랬을까?"

"…글쎄."

"죽이기 싫었을까?"

"내가 맞장구쳐 주길 바라나?"

조광호의 전음에 청옥은 어깨를 으쓱거릴 뿐이었다. 지금은 죽이기 싫어도 죽여야 할 상황이다. 그의 앞길을 막아선 자가 자그마치 서른 명이 넘었으니, 제아무리 사람의 목숨을 귀히 여기는 호한대협이라 하더라도 살아남기 위해 베었어야만 했다. 하물며 불과 반 시진 전 일곱의 수적을 눈 하나 깜짝하지 않고 베어낸 자라면…….

"지금 들었냐?"

"음? 뭘?"

"저기 저 검은 옷을 입은 사내가 자기 이름이 황옥산이라고 하네?"

청옥의 전음에 생각에 잠겨 있던 조광호의 시선이 다시금 전장으로 향했다. 청옥의 말대로 폭이 좁은 도를 들고선 흑의중년인이 보였고, 당연하다는 듯이 옆에 서 있던 백의중년인 역시 알아볼 수 있었다.

"혹시 저 백의중년인이 자기 이름을 섭위문이라 안 하든?"

"농담할 때는 아니지만… 그랬던 것 같다."

"…갈수록 태산이군."

흑백쌍괴의 외호조차 모르며 어찌 강호천하를 누볐다 말할 수 있을까. 조광호의 인상은 사정없이 구겨지고 있었다. 사십 년을 독보강호한 노고수들이 왜 이 자리에 나타났는지가 중요한 것이 아니었다. 그들이 한의 앞길을 가로막음으로 인해 자신들이 나설 기회가 사라졌다는 사실이 훨씬 더 중요했다.

조광호와 청옥은 복면으로 얼굴을 가리고서라도 한의 도주를 돕고자 마음먹고 있었지만, 이제는 소용없는 일이 되어버렸다. 모용세가의 무사들을 떨치고 달아나는 것은 어렵지 않았지만, 흑백쌍괴의 이목에서마저 자유로울 자신은 없었으니.

"다 끝났군. 구양세가의 마지막 인연을 이렇게 보내야 하다니……."

"아직 싸움은 시작도 안 했다. 조금만 더 지켜보자. 그리고… 아직 승패를 점치기엔 이르다."

청옥의 물음에 답하며 고개를 들던 조광호의 눈엔 버리지 못한 희망의 잔재가 꿈틀거리고 있었다.

"그가 정말 구양세가의 인연이라면……."

조광호의 전음에 청옥은 스스로도 망각하고 있던 이름을 떠올리며 눈을 빛냈다. 너무나 오래전에 사라진 이름이었기에, 구양세가라는 이름에 묻혀 버린 모양이었다. 구천무예, 천하제일인의 무공을……

'왜 그랬을까?'

조금씩 살귀와 거리를 좁히는 와중에도 황옥산은 풀리지 않는 의문을 풀기 위해 머리를 굴리고 있었다.

전장은 이미 방원 오 장 가까이 넓혀져 있었다. 거의 언덕 마루의 양 끝으로 몰려나다시피 한 내율원의 무사들이었지만, 그래도 맡은 바 소임을 잊지 않은 듯 길의 앞뒤로 포진하며 살귀의 퇴로를 막아섰다.

황옥산과 한의 거리는 삼 장 남짓. 팔을 뻗어 검으로 맞닿기엔 먼 거리였지만, 두 사람의 고수에겐 한 호흡이면 메우고 남을 짧은 거리이기도 했다. 한과 황옥산은 답답해 보일 정도로 천천히 거리를 좁히고 있었다.

'누구라도 그 상황은 무사들을 베어냈어야 했다. 검진을 단숨에 와해시킨다 하여 서른이란 무사가 당장 허수아비가 되는 것은 아니니, 승부를 끝내기 위해선 최대한 잔혹하게 상대를 몰아쳤어야 한다. 그 정도도 모르는 바보 같아 보이지도 않고, 그 정도도 베어내지 못할 만큼 심약한 자도 아니다.'

지금 이 자리에 심약하다라는 말과 가장 어울리지 않는 자가 있다면 단연코 손꼽힐 자가 바로 무창살귀였다. 그가 베어낸 수적들로 무창의 장강 물이 붉게 변했을 정도라 했다. 그런 포악한 자가 목숨을 취하는 것을 저어한다는 것은 지나가던 개가 웃을 소리였다.

'네 손속의 자비는 누구를 위한 것이냐. 너를 위한 것이냐 아니면……'

사고를 이어가던 황옥산은 한순간 어처구니없는 가정을 세워 버리고 말았다. 검의 거리를 불과 이 장여를 남겨두고 떠오른 말도 안 되는 생각. 황옥산은 황급히 그 생각을 털어내곤 허리춤의 도를 굳게 쥐었다. 하지만 도를 쥔 손엔 좀처럼 힘이 들어가지 않았다.

'…안호를 벤 것은 저자가 아닐 수도 있다!'

황옥산의 투지에 찬물을 끼얹은 그 가정이 좀처럼 머리 속을 떠나지 않고 있었다. 거리가 가까워질수록 자신을 바라보고 있던 살귀의 얼굴이 또렷해지고 있었다. 이대로라면 투지도 일지 않는 상대와 싸워야 할 판이었다. 그때 황옥산의 다른 마음이 그를 다그쳤다.

'성급한 생각. 그저 싸움을 피하고픈 욕심이었는지도 모른다. 누가 뭐래도 저자는 무창살귀. 내 의제의 원수일 뿐이다.'

두 개의 마음이 엇갈리고 있었다. 진실을 알고자 하는 마음과 원한을 갚고자 하는 마음이, 서로의 영역을 잠식하기 위해 엎치락뒤치락하고 있었다. 그러는 사이에도 두 사람의 거리는 가까워지고 있었다. 마음의 갈등을 쉽게 정리하지 못하던 황옥산이 눈을 크게 떴다.

'정신 차려! 눈앞의 상대가 너를 노리고 있다!'

황옥산의 눈이 점점 핏빛으로 물들고 있었다. 도에 미친 도객의 눈에 불이 당겨진 것은 그때였다.

광도 황옥산

한은 폭발할 듯 뿜어지는 황옥산의 투기에 놀라 몸을 낮췄다.

'위험?!'

황옥산의 기세가 다다르기도 전, 어느새 날아온 도가 한의 코끝까지 다다라 있었다. 하지만 머리가 위험을 느낀 그 순간, 머리보다 한발 앞서 위험을 느낀 그의 몸이 반사적으로 몸을 뒤틀며 황옥산의 도를 피하고 있었다.

"타핫!"

다급히 몸을 날려 거리를 벌리는 한이었지만, 황옥산의 도는 수십 개의 반원을 연달아 그리며 그의 뒤를 바짝 쫓았다. 연이어 뒷걸음질을 치던 한 역시 공세의 틈으로 거검을 휘두르며 그의 도기에 맞서기 시작했다.

채채채채챙!

눈으로 좇기 힘들 정도로 빠른 공방이 이어지고 있었다. 그들이 지나간 자리로 흙먼지가 피어올라, 삼십여 합이 지나자 그들의 모습은 안개 속의 음영처럼 변해가기 시작했다.

'뭐, 뭐야? 저 자식이 미쳤나?'

전장의 격돌을 제대로 확인할 수 있는 사람은 섭위문 하나뿐이었지만, 전장을 바라보는 그의 표정은 여느 무사들의 그것과 다를 바 없었다. 물론 섭위문이 놀라는 이유는 단순히 그들의 거센 접전 때문만은 아니었다.

'초반부터 광풍도법(狂風刀法)의 후삼식을 펼치다니……'

여타의 사람들이 고수들의 접전에 놀라고 있었다면, 섭위문은 황옥산이 펼치는 무공에 경악하고 있었다.

광풍도법은 황옥산의 독문무공이었다. 그와 함께한 삼십 년 동안 지겹게 보아왔던 무공이었기에 칼만 쥐어준다면 비슷하게 흉내 정도는 낼 수 있었다. 하지만 지금 황옥산이 펼치는 후반 삼초식은 섭위문도 기억이 가물거리는 초식이었다.

그만큼 황옥산이 펼쳐 보인 적이 없다는 뜻이었고, 지금껏 후삼식을 펼쳤어야 할 만큼 강한 상대를 만나지 못했었다는 말도 된다. 그런 황옥산이 초반부터 강맹한 후삼식을 연달아 쳐내고 있었던 것이다. 황옥산은 무창살귀를 자신의 호적수로 인정하고 있었다.

"카아압!"

도기의 잔영이 사라지기도 전, 황옥산의 도가 머리 위에서 떨어져 내렸다. 한은 공기를 가르는 파공성에 놀라 다급히 검을 머리 위로 들어올렸다.

카강!!

'우욱!!'

한은 엄청난 무게로 내려쳐진 도의 여력에 두어 걸음이나 밀려나고 말았다. 하지만 황옥산의 제이, 제삼의 공세가 그 뒤를 이어 한을 몰아치고 있었다.

'내가… 힘에서 밀리고 있다.'

한은 어깨로 전해지는 충격에 놀랄 틈도 없이, 연달아 세 번의 공격을 막아야 했다. 그때 막아선 검과 도 사이로 황옥산의 얼굴을 보았다.

'제정신이 아니군……'

황옥산의 눈은 붉게 충혈되어 있었고, 그의 얼굴은 사찰의 나한상에서나 볼 수 있을 일그러짐으로 변해 있었다. 황옥산의 도와 한의 검이 힘 겨루기를 하고 있었다. 황옥산의 비쩍 마른 몸에서 어떻게 저런 힘이 나오는지는 알 수 없었지만, 반쯤 무릎을 꿇고 있던 한을 무섭게 내리누르고 있었다. 하지만 타고난 신력만으로 두 관 반의 거검을 수수깡처럼 휘두르는 한이었다.

"크아앙!"

한은 야수와 같은 포효를 내지르며, 자신을 짓누르던 압박을 사정없이 밀어 올렸다. 한의 신력에 밀려난 황옥산은 재빨리 몸을 날려 뒤로 물러섰다. 그리고 땅에 발을 딛기 무섭게 다시 달려들며 한의 하체와 복부를 향해 반월형의 도기를 쏘아 보냈다.

하지만 이번엔 한도 가만히 서서 당하지만은 않았다. 이미 그의 공세에 준비하고 있던 한이었기에, 들고 있던 거검을 위로 올려치며 검기로 맞섰다.

콰아앙!

검기와 도기가 부딪치며 허공에서 폭발했고, 그 잠시의 소란을 참지 못한 두 사람이 허공에 뿌려진 빛무리를 뚫고 다시금 격돌했다.

내율원의 무사들은 거의 넋이 나간 채로 그들의 싸움을 바라보고 있었다. 진정한 고수들의 싸움. 그들은 고수라는 호칭이 가지는 의미를 새롭게 깨닫고 있었다.

"대단하군."

마차에서 내린 모용중경의 첫마디였다. 모용고한과 용호, 설기룡과 그의 사형제들까지도 전장의 싸움에서 눈을 떼지 못하고 있었다.

"결코 만만한 상대가 아니라 말씀드렸었지요."

용호의 말에 모용고한의 얼굴이 조금 붉어졌다. 바닥에 앉아 부상을 치료하는 내율원의 무사들이 보였다. 이화검진이면 충분할 것이라 여겼건만, 심혈을 기울여 준비했던 비장의 한 수는 무창살귀의 손에 보기 좋게 깨어진 것이다.

"사형, 사형은 저런 자의 뒤를 쫓았던 겁니까?"

놀란 듯한 유방현의 물음에 설기룡은 부정도 긍정도 하지 않았다. 그의 무위에 대해 가장 잘 파악하고 있다 생각했던 그였지만, 한은 그의 예측을 비웃기라도 하는 듯 엄청난 무위를 과시하고 있었다.

"과연 흑백쌍괴의 무공은 명불허전이군요."

"적어도 산서에선 적수를 찾을 수 없다 알려진 이들이니까."

그들의 눈엔 두 사람의 치열한 공방이 어느 한쪽으로 치우치지 않은 것 같아 보였다. 실제로도 두 사람은 일진일퇴를 거듭하며 쉽게 승기를 잡지 못하고 있었다. 한의 검이 거검이라고는 하지만, 황옥산의 도 역시 중병기였다.

한에게 팔 척 장신에서 뿜어지는 신력이 있다면, 황옥산에겐 그것을 압도하고도 남을 경험이 있었다. 한이 두 개의 단전으로 내력을 운용한다곤 하지만, 육십 년간 다져진 황옥산의 내력도 그에 뒤지지 않았다. 누구의 승리도 쉽게 점칠 수 없는 상황이었지만, 두 사람의 대결에 무승부란 있을 수 없었다.

'재미있군. 흑백쌍괴라… 예상 밖의 선전이군.'

전장을 바라보던 용호의 눈에 이채가 떠오르고 있었다.

'이렇게 되면 계획의 전과 후가 뒤바뀌게 되는 건가? 뭐, 아무래도 상관없긴 하지만…….'

용호상박의 혈투를 바라보는 자의 시선치곤 담담하다 못해 무감각해 보이는 느낌이었다. 실제로도 용호는 전장의 결과를 궁금해하지 않고 있었다.

'그나저나, 정말 재미있어. 오성 정도의 성취라 여겼는데…….'

용호는 뜻 모를 단어들을 떠올리며 홀로 사색에 잠겨 있었다. 다행히 그에게 관심을 가지는 이는 없었기에 그의 사색은 오래 지속될 수 있었다.

"차아앗!!"

도기가 스친 자리로 두 치도 더 되어 보이는 골이 파이고 있었다. 마치 날이 선 바람이 스쳐 가는 듯, 듣기에도 섬뜩한 파공성들이 전장 안에 메아리치고 있었다.

'도는 선에서 시작하는 병기. 베고 가르는 동작이 우선하기에 그 힘과 빠르기가 검을 능가한다. 운신의 폭이 넓고, 공세의 여파가 크며, 들고나는 움직임이 명확히 구분된다.'

한은 구양문에게 배운 지식을 토대로 황옥산의 도법을 바라보고 있었다. 한에게 전수된 구천무예는 중원의 무리와 그 이해와 운용이 달랐다. 점과 선, 그리고 면을 기초로 하여 모든 동작을 구분하였고, 모호한 글귀나 종교적 참의보다는 현실을 바탕으로 한 이상의 실현을 목표로 하고 있었다.

구천무예의 가르침에 따르면 도법은 철저한 선의 무공. 점에서 시작해 선으로 이어지는 검과 달리, 도는 선에서 시작해 면을 다루기에 그 진전이 빠르고 능숙해지기가 쉬웠다. 중원의 무공도 그 표현은 다르나 맥락은 같았다. 백일도(百日刀), 천일창(千日槍), 만일검(萬一劍)이라 했다. 베는 것은 익히기 쉽고 찌르는 것은 익히기 어려우니, 백 일만 수련해도 운용할 수 있는 도를 수십 년간 수련한 자가 자신을 핍박하고 있었고, 자신은 천 일도 채우지 못한 검으로 그것을 막아야만 했다.

'저자는 도의 묘리를 깨우쳐 이미 손과 병기가 구분되지 않는 경지다. 저런 유려한 동작과 변화를 같은 변화로 상대하는 것은 승산이 없다.'

한은 황옥산과의 공방에서 변화의 묘를 깨우쳐 가고 있었다. 지금까지 자신이 상대했던 자들은 자신이 터득한 점의 묘리와 쾌의 운용만으로도 감당할 수 있었다. 하지만 선과 면의 묘리를 깨우친 자는 쾌와 중만으로는 상대할 수가 없었다.

황옥산의 도는 이미 그 자체로 중을 내포하고 있었고, 자신의 검을 압도하는 쾌도로 시종일관 몰아붙이고 있었다.

'힘으로 부술 수 없다면…….'

한은 자신이 내세울 만한 것들 중 황옥산이 가지지 못한 것을 찾아 내었다. 그것이 상대에게 통할는지는 장담할 수 없었지만, 상대를 압도하지 못하는 힘과 쾌로 승부를 걸기엔 상대의 경험이 너무나 풍부했다. 한은 자신이 할 수 있는 최선의 방법을 선택했다. 그리고 그 기회는 예상보다 빨리 찾아왔다.

"차하압!"

황옥산의 발끝이 무겁게 땅을 내딛었다. 진각이라도 밟는 듯한 묵직한 진동과 함께, 그의 손에 들린 도가 푸른빛을 띠기 시작했다. 그의 전신에선 강렬한 투기가 뻗어 나오고 있어, 이어질 공세가 평범치 않음을 말해 주고 있었다. 한의 신형이 황옥산을 향해 움직인 것은 바로 그때였다.

'지금이다!'

'어리석은!!'

한과 황옥산의 거리가 순식간에 좁혀들고 있었다. 먹이를 향해 달려드는 맹수의 사나움이 한의 전신에서 뿜어지고 있었고, 사냥감의 미간을 노리는 엽사의 화살처럼 황옥산의 두 눈은 날카롭게 빛나고 있었다.

"타핫!!"

황옥산은 일갈과 함께 수중의 도를 사선으로 연이어 올려쳤고, 새파란 빛의 도기가 서로 엇갈려 만(卍) 자의 형태로 쏘아져 나갔다. 광풍도법의 마지막 초식인 '공간참(空間斬)'이었다.

‘공간참은 만 근의 거석도 부수는 광풍도법 최강의 절초다. 그런 공간참의 면전으로 날아들다니……’

전장에서 눈을 떼지 않던 섭위문이었지만, 맞물려 날아가는 두 개의 도기 앞에선 고개를 돌릴 수밖에 없었다. 주변을 포위하고 있던 내율원의 무사들 역시 차마 그 모습을 바라볼 수 없다는 듯 고개를 돌리거나 눈을 감았다. 고수든 하수든, 생사람의 사지가 절단되는 모습은 사양하고 싶은 강호 경험일 테니.

그때 뒷골을 당기는 섬뜩한 파육음이 들려왔다.

푸욱!

섭위문은 미간을 찌푸리며 그 소리를 흘려보냈다. 그리고 옅게 맡아지는 피 내음에 한숨을 내쉬며 고개를 돌렸다. 하지만 그를 기다리고 있던 건 사지가 절단된 참혹한 모습의 살귀가 아니었다.

“…과… 광도야?!”

귀신에라도 홀린 듯, 섭위문은 아래턱까지 덜덜 떨며 친구의 외호를 읊조렸다. 눈앞에 벌어진 광경을 믿을 수 없었지만, 힘이 빠져 굳어진 다리로는 검에 꿰뚫린 친구에게 다가갈 수조차 없었다. 한참을 말없이 바라보던 섭위문의 입에서 비명과 같은 외침이 터져 나왔다.

“옥산아!!”

피로 얼룩진 전장의 정적 위로 피보다 진한 슬픔이 메아리치고 있었다.

“…빼지…… 마.”

한은 검을 쥔 손에서 힘을 뺐다. 빠져나가려던 검의 움직임이 사라지자 황옥산의 고개가 힘겹게 들렸다. 자신의 배를 꿰뚫고 있는 검을 바라볼 수가 없었던 듯, 애써 고개를 지탱하며 한을 바라보는 황옥산이었다.

"…어떻게…… 한 거지?"

한은 그의 눈을 바라만 볼 뿐 아무 말이 없었다. 당신의 도가 너무나 빨라 틈을 찾을 수가 없었다. 당신의 도가 너무나 강해 공격할 여유를 가질 수 없었다. 그래서 막는 것을 포기하고 뚫을 수 있는 한 점을 찾았다. 당신이 발출한 도기는 분명히 강했다. 하지만 나는 볼 수 있었다. 당신이 발출한 두 개의 도기가 서로 엇갈리며 스스로 공백을 만들고 있었다. 두 개의 도기가 마주친 그곳. 나는 내가 가진 모든 힘을 그 한 점에 쏟아 부었다. 당신의 도기는 무척이나 강했다. 다만 당신은 힘을 모으지 않았고, 나는 힘을 한 점으로 모은 것뿐이다. 그래서 내가 이겼다. 나는 검으로 점을 찔렀고, 점으로 점을 베었다… 라고 이야기해 주고 싶었다.

'…미안하군.'

장안호와의 감정은 없었다. 비록 한동안 자신을 쫓으며 힘들게 하였지만, 마지막 순간에 그는 그 모든 은원을 자신이 가져가겠노라 약속했었다. 그와의 관계는 그것으로 끝이었다. 비록 그가 죽었지만 자신이 죽인 것은 아니니 아직 이들과 은원이 있다 말하긴 힘들었다. 무사들을 죽이지 않은 것도 그것 때문이었다. 죽은… 어쩌면 자신 때문에 죽은 것일지도 모르는 장안호에 대한 미안함의 표현이었다. 하지만 악연은 악연일 뿐이던가? 결국 그의 검은 장안호의 의형을 꿰뚫고 말았다. 그때 그의 목소리가 들렸다.

“난…… 괜찮아…….”

한은 고개를 들며 황옥산을 바라보았다. 황옥산의 눈은 웃고 있었다.

“……알고…… 있었다. 네가…… 안호를…… 죽이지…… 않았다는 걸…….”

한의 놀란 눈이 대답을 바라는 듯 황옥산을 바라보고 있었다. 황옥산은 그의 생각을 알아듣기라도 한 듯 힘겹게 말을 이었다.

“확신은…… 아니었지만…… 확신만큼…… 강한…… 느낌…… 쿨럭!”

말을 잇던 황옥산이 각혈을 했다. 그의 입에서 뿌려진 피가 한의 얼굴을 적시고 있었지만, 놀란 눈의 한도, 피를 뿌린 황옥산도 그것에 개의치 않았다.

“……네가 안호를 죽이지 않았다는 것을 느꼈지만…… 칼을 뽑지 않을 수 없었다……. 내…… 고집이었다……. 비겁하게도…… 난 의제의 복수를 위해 싸운 것이 아니라…… 한 사람의…… 무인으로 싸운 거다……. 네 잘못이…… 아니다…….”

황옥산은 미안하다는 듯 말하고 있었고, 한은 그런 황옥산을 무심히 바라보고 있었다. 입 안이 씁쓸해지고 있었지만, 애써 그것을 숨기고 있었다.

“누가… 안호를 죽였는지… 아는가?”

황옥산의 말에 한은 고개를 저었다. 황옥산은 그럴 줄 알았다는 표정으로 쓴웃음을 지었다. 그는 한이 장안호를 죽이지 않았다 확신하고 있었다.

“역시… 그랬군. 친구에게… 전할 말이 있다… 하지만… 검을 빼면… 전할 수가… 없겠지…….”

황옥산의 입가에 미소가 지어지고 있었다. 그의 눈에선 붉은 기운을 찾아볼 수가 없었다. 한은 그의 미소를 바라보다 입술을 깨물었다. 그리고 검 어딘가에 있던 작은 조각을 손가락으로 눌렀다.

철컥!

황옥산의 고개가 소리를 따라 숙여졌다. 그리고 죽음을 앞둔 사람과는 어울리지 않는 미소를 지으며 한을 바라보았다.

“…재미있는… 칼이군… 고맙게도…….”

무언가를 말하려는 듯 황옥산의 고개가 한에게 다가왔고, 한은 무의식적으로 고개를 밀어 그의 입가로 귀를 가져갔다.

“…부탁이 있다. 어렵겠지만… 싸우지 말고… 무조건… 달아나다오… 이들은… 죄가 없다… 너처럼…….”

한은 황옥산의 말에 긍정도 부정도 하지 않았다. 자신에게 죄가 없다 단정하는 그의 마음을 쉽게 받아들일 수가 없었기 때문이다. 황옥산의 복부에선 지금도 스멀스멀 피가 배어 나오고 있었다. 죽음으로 이어지는 고통의 진저리가 검을 타고 전해지고 있었고, 그런 고통에 사지가 뒤틀리고 있음에도 그는 자신을 탓하지 않았다. 한은 그런 황옥산을 이해할 수 없다는 눈빛으로 바라보고 있었다.

‘…나에게… 죄가 없다고?

인간이기를 포기했었다. 수많은 피를 보아야 할 운명이었기에, 그 길이 순탄치 않을 것임을 짐작할 수 있었기에 인간의 굴레는 벗어던져야만 했다. 인간이기를 포기한다는 것은, 가슴 안의 감정을 도려냄이라 했었다. 삶과 죽음을 대함에 감흥과 동요가 있어선 안 된다 했었다. 원수를 베어냄에 그는 한 자루 검일 따름이었다. 그 이상도 그 이하의 의미도 없었다. 그녀를 대신한 한 자루의 검. 그는 감정없는 무생물임을 자처했었다. 황옥산이 던진 비수가 그 단단한 껍질에 꽂혀 균열을 만들고 있었다.

한의 일그러진 표정이 황옥산의 눈동자에 가득 담겨 있었다.

황옥산은 그런 한을 보며 미소 짓고 있었다. 후회도, 미움도, 원망도… 단 한 올의 감정도 그의 입가엔 담겨 있지 않았다. 그는 무인으로서의 최후를 맞이하고 있었다.

내율원 무사들은 물론 섭위문조차 그들의 곁으로 다가서지 못하고 있었다. 아직 황옥산은 살아 있었고, 그의 배엔 살귀의 거대한 검이 꽂힌 채 피를 빨아먹고 있었다. 그들은 그렇게 얽혀진 채, 타인의 접근을 허락하지 않고 있었다.

"…어서… 가…….."

황옥산의 눈이 그를 재촉했다. 한은 그런 황옥산을 바라보며 한참을 서 있었다. 결국 한은 가만히 고개를 끄덕여 보였고, 숙였던 고개를 차마 들지 못한 채 황옥산의 몸에서 검을 뽑아냈다. 사람들은 그 모습에 놀라 검을 움켜쥐었지만, 허공으로 뿌려지는 붉은 선혈 따윈 없었다.

"어? 검이……?!"

내율원 무사 하나가 황당하다는 듯한 표정으로 손가락을 들었다. 살귀는 분명 검을 빼어 들었지만, 황옥산의 복부엔 검파 잃은 검신이 그대로 남아 있었다. 사람들이 당황하던 그 짧은 순간, 이미 한의 신형은 길을 가로막고 있던 내율원 무사들의 머리를 타 넘고 있었다.

"살귀가 달아난다!!"

한 내율원 무사가 다급한 목소리로 외쳤다. 그 소리에 정신을 차린 무사들이 황급히 검을 들고 한의 뒤를 쫓기 시작했다.

황옥산은 그들이 일으킨 소란을 귓가로 흘리며 서 있었다. 장내에 있던 사람 모두가 그의 뒤를 쫓은 것 같았다, 단 한 사람을 제외하고.

"이 병신새끼⋯ 이 등신새끼⋯⋯."

바람처럼 날아든 섭위문이 황옥산의 앞에서 어쩔 줄 몰라 하며 발을 구르고 있었다. 배를 뚫고 나온 검신을 타고 흐른 피가 한 말은 될 듯 했지만, 황옥산은 자신의 두 다리로 땅을 버티고 서 있었다.

"이 미친놈아! 이 후레자식아! 어쩌자고⋯ 어쩌자고⋯⋯."

"이리⋯ 와라⋯⋯."

황옥산은 말을 잇기도 힘들다는 듯한 목소리로 섭위문을 불렀다. 섭위문은 다급히 그에게 다가가 외쳤다.

"일단 지혈부터 하자! 그리고 의원에게 가자. 아니야, 넌 힘드니까 그냥 여기 있어라. 내가 빨리 가서⋯⋯."

"내 말⋯ 잘 들어⋯⋯."

"듣긴 뭘 들어! 이 미친놈아! 너 이러다 뒈져! 뒈진다고!!"

섭위문은 황옥산을 바라보며 소리를 질렀다. 그의 하얀 얼굴 위로 흐른 눈물이 황옥산이 만들어놓은 피의 냇물 위로 떨어지며 파문을 일으켰다. 하지만 황옥산은 고개를 저으며 섭위문을 바라보았다.

"난⋯ 죽는다⋯ 그냥⋯ 내 이야기 들어⋯⋯."

"흑. 하지만⋯⋯ 하지만⋯⋯ 흐흐흑⋯⋯."

섭위문도 알고 있다. 황옥산의 복부를 관통한 검이 아직도 아귀처럼 달라붙어 그의 피를 빨아 마시고 있었다. 대라신선이 온다 해도 소용없다는 것을 두 사람 모두 알고 있었기에 섭위문은 눈물을 흘리며 말을 잇지 못했다. 황옥산의 힘겨운 목소리가 섭위문을 찾았다.

"……그동안…… 고마웠다……. 넌…… 좋은…… 친구였다……."

"흐흑…… 너도 좋은 친구였다. 그러니까……."

"마지막으로…… 부탁하마……."

"흐흑… 엉? 부탁? 그래, 말해라. 뭐든지, 내가 뭐든지……."

섭위문은 소매로 눈물을 훔치며 황옥산을 바라보았다. 세상에 하나밖에 없는 친구, 그 친구의 마지막 부탁을 눈물 때문에 흘려보낼 수는 없었다. 황옥산은 꺼져 가던 생명의 불씨를 마지막 부탁을 전달하는 데 태워가고 있었다.

얼마나 지났을까. 섭위문의 고개가 천천히 황옥산의 입가에서 멀어졌다. 차갑게 식어버린 황옥산의 두 눈은 이미 감겨 있었지만, 입가엔 흐릿한 미소가 남아 섭위문에게 작별을 고하고 있었다. 섭위문의 눈동자에서 초점이 사라지고 있었다. 그리고 세상을 뒤흔들어 버릴 듯한 거친 고함이 터져 나왔다.

"으흐흑…… 흐흐흑…… 으아아악!!"

섭위문의 입에서 터져 나온 그것은, 친구를 잃은 분노의 외침이 아니었다. 형제를 떠나보낸 핏줄의 절규였다.

"달아난다?!"

"기다려. 서두르다간 우리도 들키고 말아."

청옥과 조광호는 주위의 움직임을 살피며 조심스럽게 걸음을 옮기고 있었다. 십여 필의 말이 다급히 살귀의 뒤를 쫓고 있었고, 남은 사람들도 서둘러 장내를 정리하고 있었다. 모용중경과 모용고한도 마차에서 내려 말로 갈아타고 있었다. 황옥산을 끌어안고 오열하던 섭위문은 아무래도 쉽게 자리를 벗어나지 않을 듯싶었다.

결국 부상당한 열 명의 무사와 마차가 자리에 남아 뒷수습을 하기 시작했다. 고수라 불릴 만한 자들이 모두 떠났으니 자신들의 움직임을 찾아낼 자는 없었다. 조광호와 청옥은 조금 빠른 움직임으로 장내를 벗어나고 있었다. 한데 논을 헤치고 움직이던 청옥이 멈춰 선 조광호와 부딪치며 걸음을 멈추고 말았다.

"왜 그래? 무슨 일이야?"

"쉿!"

청옥의 물음에 조광호는 긴장된 시선과 함께 그를 주의시켰다. 조광호의 눈동자가 좌우로 움직이며 무언가를 찾는 눈치였다. 잠시 후 조광호의 고개가 돌아가며 한곳을 향했고, 청옥 역시 반사적으로 그의 시선을 따라 고개를 돌렸다.

그들의 시선이 향한 곳은 본래 그들이 자리하고 있던 언덕의 위였고, 그들의 시선이 멈춘 곳은 언덕 위에 뿌리내리고 있던 한 그루 잡목이었다. 잡목에 가려진 어두움 속엔 분명 사람의 형체가 어른거리고 있었다.

"누구야?"

청옥은 어찌 된 영문인지를 몰라 조광호에게 물었다. 하나 조광호의 굳은 얼굴은 한참 동안이나 언덕 위를 바라보며 움직일 줄을 몰랐다.

한참의 시간이 지난 후, 조광호는 작은 한숨을 내쉬며 청옥을 바라보았다.

"왜, 왜 그래?"

조광호의 표정에서 좋지 않은 일이 벌어졌음을 직감할 수 있었다. 청옥은 다시 한 번 언덕 위로 시선을 보냈다. 하지만 그 자리에 있었어야 할 음영은 어디에도 보이지 않았다. 청옥의 시선이 다시 조광호에게 되돌아왔을 때, 조광호가 청옥을 바라보며 전음을 보냈다.

"…그를 쫓지 말라는 경고를 했다."

"뭐? 누가? 저 위에 있던 자가?"

청옥은 기가 막힌다는 표정으로 조광호를 바라보았다. 비록 신분을 숨기고 살귀의 뒤를 쫓곤 있었지만, 그들은 엄연한 소림의 속가제자였고 명망있는 가문의 자손들이었다. 청옥은 이내 코웃음을 치며 조광호의 어깨를 툭 쳤다.

"뭐야? 겨우 그런 거에 당황했던 거야? 저놈이 누군지는 모르지만, 우리가 누군지 몰라서 그런 걸 테니 너무 신경 쓰지 말라구. 만약 우리가 누군지 알았다면……."

"알고 있었어."

"음?"

미소로 전음을 보내던 청옥의 표정이 굳어져 갔다. 이어진 조광호의 전음은 굳어진 미소마저도 걷어가 버렸다.

"…소림은 그의 행사를 참견하지 마라. 구양세가의 원한은…… 부처의 자비를 알지 못하고……."

전음을 잇던 조광호의 시선이 다시 한 번 언덕 위로 향하고 있었다.

'…오십 년 전의 치욕 또한 잊지 않고 있나니……'

조광호의 눈은 그가 남긴 마지막 말을 좇고 있었다. 그는 자신의 불경한 생각을 털어내기 위해 고개를 저었다, 그가 말한 오십 년 전의 치욕이 구천무예를 뜻함이 아니기만을 빌며…….

＊　　　　＊　　　　＊

'나는…… 또 한 번의 빚을 진 것인가?'

땅을 박차던 한의 뇌리엔 황옥산의 마지막 말이 떠나질 않고 있었다. 그의 말이 남긴 파문은 한의 가슴에 깊은 울림을 만들었지만, 우습게도 한 자신은 지금껏 한 번도 죄를 짓는다 생각해 본 적이 없었다.

'아니다. 검을 든 자는 이미 자신의 목숨 역시 검에 맡긴 것. 남을 죽이기 위해 든 검이니, 내가 죽는다 하여 누구를 탓할 수 있을까.'

그것은 구양문이 내린 첫 번째 가르침이었고, 한은 그의 가르침을 지표로 삼으며 혈로를 따라왔다. 그들의 손에 뿌려진 그녀의 붉은 피는 아직도 한의 가슴속에 남아 마르지 않는 내를 이루고 있었다. 그들이 그녀의 가슴에 검을 꽂은 그 순간, 그들의 운명 역시 함께 정해진 것이다. 한은 그들의 가슴에 검을 꽂아야 하는 숙명을 받아들였을 뿐이다. 그리고 그 길을 막아서는 모든 것들과 싸워야 할 운명 역시.

'꼭 죽여야만 했냐고?'

들리지 않는 모용상아의 목소리가 그에게 물었다. 한은 그녀에게 들리지 않는 목소리로 대답했다.

'그들이 원하는 대로 죽어줄 수 없었을 뿐이야. 그뿐이야.'

인상을 쓰며 시비를 걸었다면, 마주 인상 쓰며 자리를 피했을지 모른다. 자신을 향해 주먹을 휘둘렀다면 마주 주먹을 휘둘러 주었을지도 모른다. 검을 휘둘렀기에 마주 검을 휘둘렀고, 자신의 목을 원했기에 그들의 목을 베었을 뿐이다. 단지 그뿐이었다.

'황옥산… 당신에겐 미안하군. 하지만… 같은 자리에 같은 이유로 다시 마주하게 되더라도… 결과는 달라지지 않을 거야.'

한은 애써 스스로를 다독였다. 네 잘못이 아니라고, 그럴 수밖에 없었다고. 하지만 이성이 내린 명령을 납득하지 못한 마음은 달리는 내내 그의 가슴을 답답하게 짓누르고 있었다. 한은 그런 마음의 변화를 못마땅해하며 인상을 찡그렸다.

'어쩔 수 없었어! 나로서도 어쩔 수 없었다고! 죽이지 않으면 내가 죽었어! 그를 찌르지 않았다면 내가 베어졌다고! 누군가는 죽었어야 끝났을 싸움이야! 내가 원한 싸움도 아니었고, 내가 시작한 싸움도 아니야!'

한은 빈정거리며 귀를 닫아버린 마음을 향해 소리쳤다. 그의 다그침에 더 화가 났는지, 말문을 닫아버린 마음은 그의 목울대를 부여잡으며 반항했다. 울컥한 마음에 목이 메어왔다.

'내 탓이 아니야…… 그도 말했잖아…… 내 죄가 아니라고…….'

한은 이를 악물며 마음의 성화에 맞섰다. 마음의 투덜거림이 들려왔지만 한은 입을 다문 채 모른 척했다. 등 뒤로 들려오는 말발굽 소리가 조금씩 커지고 있었다.

'그래… 네 말이 맞을지도 몰라. 언젠가는… 누군가 찾아와 내 검 위에 올려논 목숨을 가져가겠지…….'

　구양문의 가르침은 자신에게도 해당되는 말이었다. 원수들을 제외하고도 자신의 손으로 거두어들인 목숨만 기백이 넘는다. 언젠가는 그 원한의 무게를 감당치 못하고 쓰러질지도 모른다. 아니, 분명 그렇게 될 것이다.

　'하지만…… 복수를 끝내기 전까진 아니야. 내가 죽는 것은…… 그녀의 복수가 끝난 다음이다.'

　한은 다시 한 번 이를 악물며 바닥을 찼다. 길게 이어진 길의 끝에는 흐릿하게만 보이던 마을의 윤곽이 어느새 뚜렷한 형체를 잡고 한을 기다리고 있었다. 하지만 마을과 가까워질수록 등 뒤로 들려오는 말발굽 소리 역시 점점 또렷이 귓가로 들려오고 있었다. 한 번 바닥을 찰 때마다 이 장여를 밀려 나가고 있었지만, 입에 거품을 물고 달리는 건마를 떨쳐 내기란 쉬운 일이 아니었다.

　'당신도 보고 있겠지? 나는 분명 이들과의 싸움을 피하고자 전력을 다해 달아났다. 난…… 최선을 다했어.'

　한은 고개를 들어 보이지도 않는 황옥산을 향해 눈을 부라리고 있었다. 마을과의 거리는 백여 장. 어찌나 작은 마을인지, 몇 채 되지도 않는 가옥 너머로 넘실대는 장강의 물결이 은빛으로 반짝이고 있었다. 하지만 마을과 가까워진 만큼 모용세가의 건마들과도 가까워져 있었다. 이젠 기껏 십 장여나 떨어져 있을까? 이미 한과의 거리를 좁힌 모용세가의 건마들 위엔 살기를 머금은 내율원 무사들의 검이 기회만 엿보고 있었다.

　'더는…….'

　한은 마음을 굳히며 뒤따르던 모용세가의 무사들을 맞이하기 위해 품 안의 검을 떨쳤다. 만약 발아래로 스친 동아줄을 보지 못했다면 그대로 몸을 날려 건마들을 맞이했을지도 모른다.

'이건?

한은 반사적으로 시선을 돌려 동아줄이 시작된 곳을 찾았다. 붉은 적송의 아래로 이어진 동아줄을 잡고 있던 그림자. 한과 시선이 마주친 그 그림자는 동아줄 위로 모용세가의 건마들이 넘어서기 직전 몸을 틀며 일어섰다. 그림자가 잡아당긴 동아가 팽팽하게 당겨지며 건마들의 발목을 붙잡았다.

히히힝!!

동아줄에 걸린 말들이 연이어 고꾸라지기 시작했고, 미처 그것을 발견치 못한 무사들 역시 말과 함께 바닥을 굴러야만 했다. 거품까지 물며 전속력으로 달려오던 모용세가의 말들이었다. 미리 알았다 하더라도 피하기 쉽지 않을 상황. 선두의 말이 넘어지자 뒤를 이어 십여 마리의 말이 넘어지거나 다급히 물러서며 모용세가의 무사들을 바닥으로 떨구고 있었다.

"서둘러!"

한은 한순간 아수라장이 되어버린 길 위를 바라보다, 다급한 사내의 외침에 정신을 차리곤 고개를 돌렸다. 적송 아래에서 달려나온 그림자는 다름 아닌 가패였다.

"빨리 따라와!"

가패는 한에게 다가오기 무섭게 그의 팔을 잡아끌며 내달리기 시작했다. 낙마한 무사들 중 제정신을 차린 이는 없어 보였다. 대여섯 필의 말이 다리가 부러진 듯 바닥을 구르고 있었고, 그 아래 깔린 너댓 명의 무사가 고통스러운 비명을 지르고 있었다. 그들이 다시 일어나 달리기 시작한 것은 살귀가 마을 안으로 사라진 직후 다른 무사들과 함께 도착한 모용고한의 호통이 떨어진 뒤였다.

"어떻게 된 거야? 저놈들 모용세가의 무사들 아니야? 흑백쌍괴와는 벌써 싸운 거야? 그래서 크게 다친 거야?"

한을 잡아끌고 달리던 가패는 사람들이 붐비던 저자의 한편으로 몸을 숨기며 다그쳐 물었다. 그가 말을 하지 못한다는 것을 잘 알면서도, 대답할 틈조차 없을 만큼 연이어 묻고 있었다.

"뭐야? 멀쩡하잖아?"

가패는 한의 앞뒤를 마구잡이로 들춰 살핀 후에야 숨을 몰아쉴 수 있었다. 등 뒤에 긴 자상이 나 있긴 하지만, 벌써 피딱지가 들러 앉았을 정도로 얕은 상처였다. 도무지 그가 무사들에게 쫓겨온 상황을 이해할 수가 없었다.

"혹시 내상이라도 입은 거냐?"

가패는 혹시나 싶어 한의 완맥을 잡으려 손을 내밀었지만, 한은 가만히 손을 빼내며 고개를 저었다. 표정을 보니 내상을 입은 것 같지도 않았기에 가패의 궁금증은 더해만 갔다.

"휴우…… 어쨌든 별 탈 없는 것 같아 보이니 다행이다."

가패는 가타부타 말도 없이 한숨을 내쉬었다. 사실 놀라기로 치면 한도 가패에 못지않았다. 태호에서 헤어진 지 나흘이 지났다. 다시는 만날 일이 없을 거라 여겼건만, 가패는 보란 듯이 나타나 자신을 도와주었다.

"일단 장강을 건너자. 지금쯤 장강을 건너는 배가 와 있을 거다."

가패는 또다시 그의 팔을 붙잡으려 손을 내밀었다. 하나 이번에는 한이 그의 손목을 잡았다.

"왜?"

가패는 자신의 손목을 붙잡은 한을 바라보며 이유를 물었다. 한은 말없이 손을 뒤집으며 가패의 손바닥을 바라보았다. 살갗이 벗겨져 벌건 생살이 올라와 있는 가패의 손. 아마도 말 다리에 건 동아가 당겨지며 그의 살을 벗겨먹은 것일 거다. 가패는 그의 시선을 바라보다 겸연쩍은 표정으로 손을 빼냈다.

"됐어. 별거 아니니 서두르기나 하자."

가패는 서둘러 포구로 향했다. 그의 뒷모습을 말없이 바라보던 한도 이내 그 뒤를 따라 걸음을 옮겼다. 한과 가패가 사라진 후, 그들이 몸을 숨겼던 저자의 그늘 사이로 모용세가의 무사들이 어렴풋이 보이고 있었다.

"포구다! 놈들이 달아났다면 포구뿐이다!"

모용고한의 명에 내율원과 외당의 무사 삼십여 명이 진강포구로 달려 나갔다. 작은 동산만 있어도 한눈에 전경이 다 보일 만큼 작은 마을이었기에, 서른 명의 무사를 피해 숨을 곳 따윈 없어 보였다. 비록 광도 황옥산이 죽고 무사 십여 명이 부상을 당했지만, 아직도 삼십여 명의 무사와 모용중경의 세 제자, 그리고 비아 섭위문이 남아 있었다. 추적을 포기하기엔 너무 많은 사람들이 남아 있었다.

"저기다!"

마을의 안쪽에서 한 무사의 외침이 들렸다. 마을 안에 침입했던 무사들 모두 그 목소리를 향해 달려 나갔다. 갑작스런 외지인들의 출현에 당황한 사람들이 그들을 바라보고 있었지만, 감히 칼을 차고 마을을 누비는 수십 명의 장정에게 말 한마디 쏘아붙이는 이가 없었다. 마을은 한순간 아수라장이 되어가고 있었지만, 겉으로 보기엔 평온해만 보였다.

"뭐? 벌써 떠나?!"

가패는 피로 범벅이 된 두 손으로 뱃삯을 받던 사내의 멱살을 움켜쥐었다. 가패의 손에 들린 사내는 허공에서 발을 버둥거리며 켁켁거리고 있었지만, 그 사내를 족친다 하여 떠나간 배를 되돌릴 수는 없을 것 같았다.

"이런 염병할!"

가패는 사내를 바닥에 내동댕이치며 욕지거리를 뱉었다. 눈을 가늘게 뜨면 점으로 변해가는 배가 보일지도 모르지만, 그 배가 돌아오는 것보다는 모용세가의 무사들이 먼저 들이닥칠 것 같았다.

"저기 있다!"

저자와 이어진 거리의 초입에 나타난 한 무사가 한과 가패를 알아보곤 소리쳤다. 포구에 몰려 있던 사람들은 갑작스레 나타난 강호인들의 모습에 놀라 소리를 지르며 포구에서 멀어지고 있었다. 사람들이 썰물처럼 빠진 포구에 남아 있던 사람은 가패와 한뿐이었다.

"젠장, 여기까진가 보다."

가패는 허리춤의 도로 손을 가져가다 인상을 구겼다. 완전히 벗겨진 손바닥으로 도를 잡다가 데인 것이었다. 가패는 잠시 인상을 구긴 후 다시금 도를 잡아갔지만, 두툼한 손 하나가 다가와 그의 손을 막았다.

"난 괜찮아."

투덜거리는 가패를 바라보던 한의 입가에 미소가 지어지고 있었다. 가패는 그가 지어 보인 미소에 놀라 잠시 말을 잊어버리고 말았다. 한은 가패를 바라보며 고마움을 전했고, 그것이 가패에게 제대로 전달되었는지 확인할 새도 없이, 차갑게 변한 시선을 돌리며 모용세가의 무사들을 바라보았다.

'황옥산. 이 정도면 당신도 이해하겠지?'

한은 작아져 버린, 하지만 더욱 예리한 날을 품고 있은 검을 들며 그들을 노려보았다. 아직 누구의 앞에서도 달아나 본 적이 없는 한이었다. 마주쳐 부서질지언정, 단 한 번도 상대를 피해본 적이 없던 그가 황옥산에게 진 빚을 갚는다 생각하며 그들에게 등을 내보인 것이었다. 하나 그들은 싸우길 원하고 있었다. 자신의 목숨을 원하고 있었다. 아무리 마음의 빚이라 해도 목숨을 내어줄 수는 없는 일이었다.

'이 싸움도 너희들이 원한 거야, 내가 원한 것이 아니라……'

한은 달려오는 무사들을 바라보며 참아왔던 살기를 서서히 피워 올리기 시작했다. 포구를 향해 달려오던 무사들의 수는 서른 명이나 되었다. 그들과의 거리는 고작해야 이십여 장. 나무로 다리를 놓아 만들어진 포구의 선착장까지 친다 해도 삼십여 장이 채 안 되는 거리였다.

"진퇴양난이군."

앞에선 새파란 검을 든 무사가 삼십 명이나 달려오고 있었고, 등 뒤로는 푸른 장강이 어서 오라는 듯 너울대며 손짓하고 있었다. 가패는 다시 한 번 이를 악물고 자신의 도를 잡아갔다. 그때 그의 등 뒤로 아련히 들리는 여인의 목소리가 있었다.

"엉?"

가패는 혹시나 하는 마음에 고개를 돌렸다. 멀리서 다가오는 한 척의 배에서 깨알만한 점 하나가 힘차게 손을 흔들고 있었다. 가패는 눈앞의 무사들도 잊은 채 놀란 목소리로 한을 불렀다.

"저거…… 예향이 아냐?"

가패의 목소리에 한의 시선도 장강 위의 배로 향했다. 잠시 배를 바라보던 한이 검을 허리에 다시 차고 다짜고짜 가패의 목덜미와 허리채를 힘껏 잡았다.

"아, 아니? 이게 무슨 짓…… 우아아악!!"

가패는 갑작스런 한의 행동에 놀라 무어라 소리치려 했지만, 이후에 벌어진 행동에는 그런 생각마저도 완전히 사라지고 말았다. 한은 가패를 짐짝 들 듯이 들어 한 바퀴 돌린 후 배가 떠가던 장강 위로 힘껏 날려 버린 것이었다.

풍덩!

그 모습에 놀란 것은 새처럼 날아간 가패뿐이 아니었다. 한을 향해 달려오던 모용세가의 무사들도 갑작스런 한의 움직임에 놀라 주춤거리다 멈춰 서버렸다. 그것을 본 사람 모두 가패를 잡아 돌리는 모습에 황당하다는 표정을 지을 수밖에 없었고, 그렇게 날려진 가패가 근 칠 장가까이나 날아가는 모습을 보곤 한의 경이로운 신력에 경악하지 않을 수 없었다.

'세상에… 저게 사람이야?'

무사들의 머리에 공통적으로 떠오른 생각이었다. 이건 검기를 뿜어대던 모습과는 또 다른 느낌의 경악이었다. 일정 이상의 내공만 있다면야 사람을 드는 것쯤은 충분히 가능한 일이었다. 하지만 일견하기에도 체구가 당당한 가패를 한두 걸음도 아닌 칠 장 가까이나 던져 버리는 모습엔 제아무리 철담거력을 지녔다 해도 놀라지 않을 수 없었다. 게다가 그가 서 있던 곳은 나무판자로 만들어진 낡은 선착장. 만약 순수한 내공의 힘이었다면, 힘을 줄 때 반사적으로 이는 천근추 탓에 선착장이 무너져 내리고 말았을 것이다. 하나 선착장 위의 낡은 나무판자의 허리 부러지는 비명만 요란할 뿐, 물속에 잠긴 나무 기둥은 굳건히 버티고 서 있었다. 이는 내공보다 신력이 더욱 큰 비중을 차지했음을 반증하는 것이었다. 물론 신력이 아닌 내공만이었다 하더라도 기겁을 할 경지임에는 틀림이 없었지만.

그런 한이 걸음을 옮기며 다가오자 무사들은 자신도 모르게 뒷걸음질치고 있었다. 수십 명이 몰려갈 때는 기억나지 않던 것들이 살귀를 마주하자 불현듯 떠오르고 있었다. 상대는 광도 황옥산을 죽인 고수 중의 고수였다.

"무엇들 하는 것이냐! 어서 저자를 잡아라!"

뒤늦게 전장으로 달려오던 모용고한의 호통에 무사들은 내키지 않는 걸음을 떼며 한에게 다가섰다. 모용고한의 뒤로는 설기룡과 그 사제들의 모습도 보이고 있었다.

'이것으로…… 약속은 지켰다.'

그들의 등장을 잠시 지켜보던 한이 두어 걸음 물러서며 선착장의 후미로 옮겨갔다. 모용고한과 무사들이 그 뒤를 쫓아 빠르게 걸음을 옮졌지만, 한의 검에 모이는 하얀 빛무리에 놀라 다급히 뒤로 물러섰다.
선착장에 오르기 직전 그들이 물러서자, 한은 주저없이 선착장의 판자
위로 검기를 뿌렸다.

콰과광!!

한이 뿌린 검기에 선착장은 흔적도 남기지 못한 채 박살이 나버렸
다. 모용고한과 무사들은 다급히 팔을 들어 폭발의 여파로 튕겨진 나
무 파편들을 막아야 했다. 일진광풍이 휩쓸고 지나간 듯한 소란이 가
시자 사람들은 그제야 고개를 들어 눈앞의 광경을 바라볼 수 있었다.

"세상에……!"

무사들의 얼굴엔 너나 할 것 없는 경악의 표정이 지어져 있었다. 근
오 장여에 달하던 선착장이 살귀의 일검에 완전히 파괴되어 버렸고, 여
남은 개의 나무 기둥만이 남아 그곳이 선착장이 있던 자리였음을 말해
줄 뿐이었다.

"살귀는?"

모용고한의 물음에, 입술을 꼭 다문 설기룡이 검을 들어 한곳을 가
리켰다. 강변과 십여 장 이상 떨어져 있던 장강 위, 살귀는 무창에서처
럼 유유히 장강을 헤엄쳐 그들의 손을 벗어나고 있었다. 살귀가 헤엄
치던 방향을 따라가자 웅장한 크기의 민선 한 척이 보였고, 그 위로 올
려지는 가패의 모습도 확인할 수 있었다.

모용고한과 설기룡, 모용세가의 무사들은 망연자실한 표정으로 장
강 위를 바라보고 있었다. 장강의 은빛 주렴을 걷어내고 있던 한 척의
거선과 그 거선 위로 사라진 살귀의 흔적이 장강의 물결에 휩쓸려 자
취를 감추고 있었다. 천하의 지자 가문이라 손꼽히던 모용가였지만,

낙조를 병풍 삼아 홀연히 사라지던 거선을 막아설 방도 따윈 찾을 수
가 없었다.

살귀는 그들의 손아귀에서 완전히 벗어나 있었다.

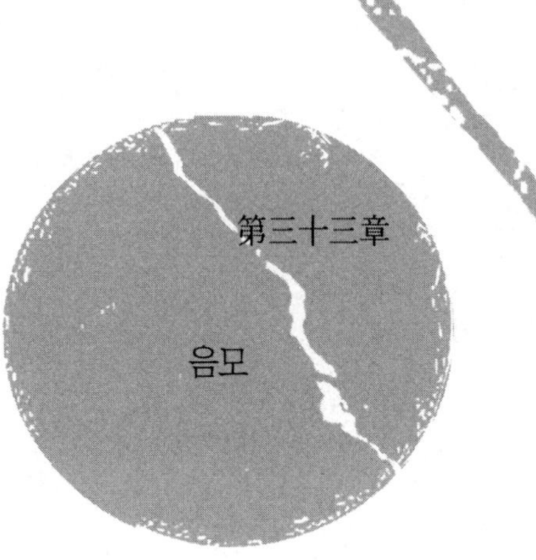

第三十三章

음모

청명한 하늘 위로 몰려들던 먹장구름은, 흡사 새하얀 종이 위로 떨어진 먹물처럼 빠르게 번져 나가고 있었다. 차곡차곡 그 겹을 더해가던 구름의 장막은 결국 태양이 사라진 틈으로 억수 같은 소나기를 퍼부어대기 시작했다. 엄지손가락만한 빗방울들을 피해 사람들은 서둘러 저자를 벗어나기 시작했고, 어둠의 장막을 찢고 나오려는 태양의 울부짖음이 들릴 때쯤 인파의 물결로 가득했던 남경의 대로는 텅 빈 공간이 되어버리고 말았다.

후두두둑.

고막을 찢을 것처럼 요란을 떨던 뇌성벽력은 잠시 멎어 있었다. 불볕에 달궈질 대로 달궈졌던 남경은 한 시진이 넘게 내린 엄청난 소낙비를 견디지 못하고 차갑게 식어가고 있었다.

"다시…… 말해 봐라."

"광도 황옥산, 당신의 사부가 죽었습니다."

우르릉!

잠잠했던 하늘에 다시금 섬광이 작렬했다. 그리고 그 섬광 아래로 드러난 허저의 일그러진 표정이, 차갑게 식어가던 내실의 공기를 더욱 무겁게 침잠시키고 있었다.

"…누구인가?"

고개를 돌린 허저의 물음에 백의문사가 눈을 내리깔며 답했다.

"무창살귀예요."

"그가……."

허저는 말을 잇지 못하고 침묵했다. 백의문사. 장원에선 그저 양 선생(陽先生)이라 불리는 이가 한 걸음 다가서며 허저에게 말했다.

"시신은 모용세가가 수습하였고, 비아 섭위문이 형산까지 직접 운구한다 하더이다."

양 선생의 붉은 미소가 허저의 주위를 맴돌았다.

"이제 당신 앞의 모든 장애는 사라진 것입니다."

한 걸음 더 다가선 양 선생의 하얀 손이 허저의 어깨 위로 얹혀졌다.

"이제 더 이상 당신을 구속할 것은 없습니다."

여염집 규수처럼 조심스럽게 다가선 양 선생은 고개를 숙여 허저의 어깨에 기대어갔다. 마치 낭군의 품에 안기고 싶은 여인의 몸짓 같았지만, 그의 어깨에서 전해진 차가운 느낌에 양 선생의 미소는 빠르게 지워져 갔다.

"그는 어디 있나?"

"…모릅니다."

양 선생은 허저의 어깨에서 고개를 떼며 한 걸음 물러섰다. 하지만 허저의 차가운 시선은 물러서던 양 선생을 놓아주지 않았다.

"무창살귀는 어디 있는가?"

"오 방주가 허락하지 않을 것입니다."

"…그의 목을 대신 베어야겠다."

허저의 짧은 대답에, 소매로 입을 가린 양 선생의 눈이 놀람으로 크게 떠졌다.

"사부의 목숨은 내 것이었다. 반드시 내 손으로 거두어야만 했었다. 그것을 살귀가 가로채 버렸다. 그 대가는 결코 가볍지 않다."

"죽어야 할 사람이 죽은 것뿐입니다. 죽고 사는 것은 하늘에 달린 것. 하늘이 그의 죄악을 용서치 않은 것뿐입니다."

허저의 차가운 시선에 양 선생도 지지 않고 마주 노려보았다. 소낙비 내리는 소리가 매섭게 들려오고 있었지만, 허저와 양 선생 사이의 공간은 침묵만이 이어지고 있었다.

"하늘의 뜻이 무엇인지는 궁금하지 않다. 내 뜻이 중요할 뿐."

"무창살귀를 죽인다 하여 달라질 것도 없습니다."

"사부가 살귀의 손에 죽은 것만으로도 너무 많은 것이 달라진 것이다!"

허저의 호통에 양 선생은 다시 한 걸음 물러서고 말았다. 허저는 그런 양 선생을 바라보며 차갑게 말했다.

"무창살귀를 찾아라."

"그는 당신 사부를 죽인 사람입니다."

“내가 그의 목숨을 거둘 것이다.”

“오 방주는 어떻게 하실 겁니까? 남경을 비우는 것을 묵과하지 않을 겁니다.”

양 선생이 오 방주까지 들먹이자 허저는 시선을 더욱 차갑게 굳히며 말했다.

“오 방주는 나를 막지 않을 것이다.”

“그게 무슨……?”

“십 년 지약을 이십 년 지약으로 바꿀 것이다. 그 정도라면 오 방주도 내 뜻을 꺾지 못할 것이다.”

양 선생은 허저의 입을 바라보며 말을 잇지 못하고 있었다. 입을 가렸던 소매가 아래로 처지며 당황함에 반쯤 벌어진 입술이 드러나고 있었다.

“정녕…… 그렇게까지…….”

“…이해해 다오.”

양 선생은 허저의 목소리에 입술을 깨물었다. 허저의 음색에서 한기는 사라져 있었다. 양 선생은 자신의 어깨를 감싸는 허저의 손길을 거부하지 못한 채 그의 가슴속으로 무너져 내렸다.

“이십 년을 사부로 모셨던 사람이었다. 다섯 살 난 천애고아를 자식처럼 아끼며 가르쳐 준 사람이었다. 그와 나는 사제지간이 아닌 부자지간이나 마찬가지였다. 오 년 전 그가 저지른 만행에 치를 떨며 그의 곁을 떠났을 때…… 나는 사부를 버린 것이 아니라 아비를 버린 것이다. 그 몹쓸 아비가 천륜을 끊어준다 하였을 때 나는 기뻐해야 할지, 슬퍼해야 할지 알 수가 없었다.”

"슬퍼하지 않으셔도 됩니다."

"그가 죽었다는 이야기를 들었을 때…… 나는 슬프지 않았다. 이미 내 마음속에 그의 자리는 없었으니. 하지만…… 그와의 천륜을 끊을 수 있는 사람은 오직 나뿐이었다. 이십 년의 세월을 잘라내는 것도 나의 몫이었고, 오 년간의 지옥과 같은 번뇌를 끊어버리는 것도 나의 몫이었다. 난…… 내 몫을 되찾으련다."

허저의 목소리에서 감정의 잔재를 찾기란 어려웠다. 슬픔이 너무 깊어 끝을 알 수 없었고, 분노의 끝은 너무 높아 보이질 않았다. 양 선생은 그의 마음속을 재는 것을 포기해야 했다.

"당신의 웅지가 십 년을 더 웅크려야 한다는 것이 서글플 뿐입니다."

양 선생은 눈물을 훔치며 허저의 품에서 떨어져 나왔다. 그 눈가에 맺힌 눈물을 닦아주며 허저가 말했다.

"군자의 복수는 십 년도 늦지 않다[君子復讐十年不晩] 했지만, 나는 복수를 위해 십 년을 허비하는 것도 아니니, 너는 너무 노여워하지 마라."

허저의 손이 양 선생의 하얀 볼을 쓰다듬고 있었다. 참으로 고운 얼굴이었다. 사내로 태어난 것이 저주라 느껴질 정도로 곱고 아름다운 미색이었다. 허저는 양 선생의 얼굴을 바라보며 다짐하고 있었다.

'천륜의 마지막 고리를 잘라낸 후 너에게 돌아오겠다. 너는…… 누가 뭐래도 나의 여자다.'

양 선생은 허저의 눈길이 부끄러운 듯 고개를 숙이며 시선을 피했다. 허저는 그런 양 선생을 품에 안으며 어깨를 다독였다. 허저의 품에 안긴 양 선생은 곱게 미소를 짓고 있었다. 하지만 그 미소 속에 숨겨진 한숨은 허저의 가슴까지 가 닿지 못했다.

'당신과의 인연도 여기까진가 봅니다. 저는 십 년이란 시간을 기약할 자신이 없군요……'

창밖으로 들리는 빗줄기 소리가 점점 거세어지고 있었다. 아무래도 지나가는 소낙비가 아니라 긴 장마의 시작인 듯싶었다.

*　　　　*　　　　*

빗소리를 듣고 있던 설기룡이 고개를 저으며 창가에서 멀어졌다. 아무래도 하루 이틀에 그칠 비가 아닌 듯싶었다.

"배를 구할 수가 없습니다. 포구의 선주들은 거의 전부 배를 뭍으로 올려놓은 상태입니다. 비바람도 비바람이지만, 자칫 비가 장마로 이어지면 장강이 불어 수해가 나, 오도 가도 못하는 신세가 될지 모른다고……"

배편을 구하기 위해 나섰던 외당 무사들은 한결같은 대답만을 가지고 돌아왔다. 모용고한의 미간이 찌푸려졌지만, 그라고 뾰족한 수가 있는 것은 아니었기에 손을 들어 무사를 객실 밖으로 내보냈다.

"용 대인은 소식이 없습니까? 관부의 관선이라면……"

"이런 폭우에 관부라고 뾰족한 수가 있을 것인가? 게다가 무소불위의 권력자라면 모를까, 이곳은 남경일세. 아직 황도의 영향력이 상당 부분 남아 있는 곳이야. 너무 기대하지 않는 게 좋아."

설기룡의 물음에 모용고한이 고개를 저으며 말했다. 비록 용호를 탐

탁지 않아함이 여실히 느껴지는 말투였지만 그리 틀린 말은 아니었다.

"어디로 갔을 것 같습니까?"

"배를 몰고 갈 수 있는 곳은 운하와 장강뿐이네. 그 정도 크기의 거선이라면 운하를 오가기도 벅찰 터이니, 장강의 지류로 빠지는 것은 불가능할 거고."

"운하를 탔을 거란 뜻이군요."

모용고한의 말에 모용중경이 고개를 끄덕였다. 십중팔구 그들이 향한 곳은 대운하일 것이다. 만약 장강 이북으로 향하는 길이 아니었다면, 태호에서 서진해 남경을 우회하는 것이 훨씬 빨랐을 것이니, 구태여 진강까지 올라와 배를 타지 않았을 것이다.

"힘들게 되었어. 그나저나 그 친구는 잘 갔는지 모르겠구먼. 이렇게 비가 쏟아지는데……."

"마차를 몰고 육로로 갔으니 별일이야 있겠습니까. 비가 너무 거세면 쉬어라도 가겠지요."

비아 섭위문은 황옥산의 시신을 마차에 싣고 남경을 떠났다. 평소 그렇게 말이 많던 섭위문이었건만, 마차를 몰아 떠나는 그 순간까지도 그는 침묵으로 일관했다.

"이제 어떻게 하시겠소, 가주?"

모용고한의 물음에 모용중경은 미간을 찌푸리며 의자에 몸을 파묻었다. 살귀의 무공은 충분히 확인했다. 그의 일수에 수련 잘된 무인 열 명이 팔 병신이 되었고, 산서에서 적수가 없다 일컬어지던 광도 황옥산마저 목숨을 잃고 말았다. 현재 남아 있는 사람은 내율원 무사 스물에 외당 무사 스물, 설기룡을 비롯한 모용중경의 제자들과 무공이라곤 눈곱만큼도 없는 모용준, 그리고 그런 모용준과 별 차이가 없어 보이는 용호가 전부였다. 추적대로 파견되었던 외당 무사 스무 명이 있긴 했지만, 그들은 또 다른 임무를 수행하기 위해 자리를 비운 상태였다. 물론 그들이 있다 하더라도 큰 도움이 될지는 미지수였지만.

"그자의 행적을 놓친 것은 둘째 문제, 우리 중 그자의 무공을 당해낼 자가 없다는 것이 가장 큰 문제일세."

모용고한의 말에 모용중경은 입을 굳게 다문 채 탁자 위를 응시할 뿐이었다. 모용세가를 나설 때만 해도 자신감에 가득 차 있었다. 오십 명의 무사와 흑백쌍괴라는 고수가 자신들과 함께하니, 무창살귀란 이름은 그저 잡아들이기만 하면 되는 사냥감처럼 여겨졌었다. 하나, 현실은 냉혹했고 무자비했다. 그는 그들의 예상쯤은 가볍게 뒤엎어 버릴 만큼 높은 경지의 고수였다.

'어찌해야 하는가…….'

모용중경의 고민은 쉽게 끝나지 못하고 있었다. 아무리 무가로서의 자질이 부족한 모용세가라 하지만, 이토록 허무하게 무너지게 될 줄은 꿈에도 생각지 못했다. 모용중경의 손이 힘없이 이마를 짚었다.

"너무 상심하지 마시게. 우리가 약한 것이 아니라, 그자가 턱없이 강한 것일세. 나 역시 이화검진이 그렇게 맥없이 파훼되게 될 줄은……."

말을 잇던 모용고한 역시 고개를 저으며 시선을 돌렸다. 서른 명의 내율원 무사면 충분하다 장담했던 그였기에, 이제 와 살귀의 무공을 논하는 것은 자신의 실책을 인정하는 꼴이었다. 하나 수십 명이 목도한 사실을 부정할 수도 없는 것. 인정할 것은 인정해야만 했다.

'허어, 본 가의 무력 중 절반 가까이를 이끌고 나섰으면서도, 단 일인의 고수를 어쩌지 못해 이렇듯 고민을 해야 하다니. 강호동도들의 비웃음소리가 벌써부터 들리는 것만 같구나…….'

모용중경의 한숨 속에 담긴 참담함을 어찌 모를 수가 있을까. 하나 사부의 근심을 바라보는 제자의 바른 예의는 침묵해 주는 것이었다.

"그나저나 용 대인 이 사람은 어찌 이리 늦는 것인가?"

긴 침묵이 껄끄러웠던 듯, 자리에서 일어서던 모용고한이 자리에 없는 용호를 찾으며 투덜거렸다. 객실을 서성거리는 모용고한의 걸음에 바닥을 부유하던 침묵들이 채이며 이리저리 흩날리고 있었지만, 한번 무거워진 공기는 쉽게 근심을 털지 못하고 바닥 위로 흐를 뿐이었다.

그 시각 용호는 모용고한이 서성이던 객실만큼이나 조용한 밀실에 앉아 그들의 근심을 털어주어야 할지, 방관해야 할지를 고민하고 있었다.

*　　　*　　　*

"그러니까, 그들을 버려라?"

"그렇습니다."

용호는 사내가 건넨 책자를 품으로 갈무리하며 물었다.

"거참. 그래, 내가 어찌하길 바라시더냐?"

"모용세가는 세가 약하고 일을 처리하는 데 잡음이 많으니, 그들과의 인연을 끊으시고 조금 더 강성한 문파와 어울리라 하셨습니다."

고개 숙이고 있던 사내의 말에 용호는 고개를 저으며 말했다.

"거참, 과연 앉아서 천 리를 내다보시는구먼. 마치 내 뒤에서 직접 보신 듯하지 않은가?"

용호는 은근한 시선으로 눈앞의 사내를 내려다보았다. 사내는 용호가 무엇을 바라는지 알고 있었다.

"…주인어른께선 두 개의 비선을 더 움직이고 계십니다."

한 자 두께 외벽 사이에 두 치의 강철 벽이 들어가 있던 밀실이었건만, 사내는 무엇을 두려워하는지 목소리마저 한껏 낮추며 속삭이듯 말했다.

"보나마나 금의위(錦衣衛) 아이들이겠지."

용호는 안 봐도 뻔하다는 듯한 표정으로 시큰둥하게 대답했다. 고개를 조아리고 있던 사내가 말을 이었다.

"이번 일을 속히 처리하고 돌아오시길 바라는 눈치셨습니다."

"아버님도 참, 일이 끝나면 어련히 알아서 돌아갈 것을."

"조정의 분위기도 심상치 않습니다. 이럴 때 대인께서 곁을 지켜주신다면……."

"괜찮아. 머리에 먹물만 가득한 놈들이 떠들어봐야 결국 탁상 밖으로 벗어날 수 없는 법. 이번 일의 처리도 그에 못지않게 중요한 일이니, 자네는 돌아가 아버님께 걱정하지 마시라 전하게."

용호의 명에 사내가 반쯤 고개를 들며 되물었다.

"하면, 모용세가의 일은……."

"아직은 버리기 아까운 곳이야. 무공도 보잘것없고 그 세도 미약하긴 하지만…… 그곳엔 다른 곳이 갖지 못한 재미난 패가 숨겨져 있거든."

"…패라 하오시면?"

"그런 게 있다네. 자네는 돌아가 아버님 건강이나 잘 챙겨 드리게."

"알겠습니다. 그럼……."

"아! 잠깐만."

무릎을 펴려던 사내가 다시 자리에 주저앉았다. 용호는 버릇처럼 턱을 쓰다듬으며 생각에 잠겨 있었다. 그리고 잠시의 고민 후 사내에게 물었다.

"당금 황실제일고수가 누구지?"

사내는 용호의 물음에 잠시도 뜸을 들이지 않았다.

"대외적으로는 금의위 좌영반인 담영(淡英)과 좌군도독부 도독첨사인 소상춘(蘇常春)이 손에 꼽히고, 내부적으로는 동창의 최고 고수라 불리는 임생(林牲) 당두와 병부(兵部)의 무선낭중(武選郞中) 진계호(陳鷄虎) 정도가 이름이 나 있습니다."

사내의 답에 용호는 고개를 끄덕였다. 하나 그가 바란 답은 아니었다.

"아니, 그런 이들 말고. 내가 직접 부릴 수 있을 만한 자들 중 실력은 출중하나 대외적으로 잘 알려지지 않은 이는 없는가?"

"실력이 출중하나 얼굴이 알려지지 않은 자는 드무옵니다. 어느 정도의 고수를 말씀하시는 것인지……."

"흠…… 나와 백 초를 겨룰 정도라면?"

"없습니다."

사내는 단호히 고개를 저었다. 용호는 그의 대답이 흡족한 듯 껄껄 웃었다.

"허허, 농이었다네. 내가 부릴 수 있는 자로 실력이 쓸 만한 자를 구해주게."

"은신이 뛰어난 자로 다섯 정도면 되겠습니까?"

사내는 용호가 사람을 구하는 듯한 느낌을 풍길 때부터 어떤 의도로 물었는지를 짐작했다. 용호는 은밀히 수행해 줄 보표(保布)를 원하고 있었다.

"항시 백 장 안에 대기할 수 있도록 준비해 주게."

"알겠습니다. 사흘 안에 준비시키겠습니다. 한데……."

사내가 용호의 눈치를 살피며 말꼬릴 늘였다.

"말해 보게."

"언제까지 그의 뒤를 쫓으실 것입니까?"

"왜? 궁금한가?"

"벌써 반년이 다 되어가고 있습니다. 차라리……."

"내게 다 생각이 있다."

"주인어른께선 대인이 속히 중앙 정계에 진출하시길 바라고 계십니다."

사내의 말에 용호는 씁쓸한 미소를 지었다.

'후후, 아직도 아버님의 내심을 짐작치 못하니 너는 수하는 될 수 있을지언정 심복은 될 수가 없는 것이다.'

용호의 조소가 사내에게 향한 것인지, 아니면 그 스스로에게 보내는 것인지는 분명치 않았다.

밀실을 빠져나온 용호는 천천히 걸음을 옮기며 모용세가의 사람들이 머물고 있는 객잔으로 향했다.

'불혹을 넘긴 내가 이제 와 정계에 진출하여 무엇을 할 수 있단 말인가? 그것이 누구에게도 도움이 되지 않음은 아버님이 가장 잘 알고 계실 것이다. 하나 짐이 되고픈 마음은 없다. 그러하기에 이렇게 먼길을 돌아가는 것이 아니던가?

빗물에 잠긴 남경의 대로는 을씨년스럽기까지 했다. 항시 인파로 북적이던 남경이었건만, 지금은 빗줄기 사이로 다니는 이의 수를 한 손으로 꼽을 수 있을 지경이었다. 용호는 어두운 하늘 아래로 뻗은 황량한 길을 따라 걸음을 옮기고 있었다.

'그를 죽이는 것은 하책이요, 그의 길을 뒤따르는 것이 상책이다. 그를 이끄는 이들이 누구인지는 몰라도, 결국 그것이 나를 돕는 일임은 결코 알지 못할 것이다. 한의 혈로가 끝나는 날…… 세상은 내가 있음을 알게 될 것이다.'

용호의 입가에 미소가 번지고 있었다. 그것은 스스로에게 보냈던 조소가 아닌 행복한 꿈을 꾸는 자의 몽롱한 미소였다.

*　　　　*　　　　*

용호가 빗줄기 속을 걸어가고 있을 무렵, 가패는 맑은 하늘을 바라보며 선상 위의 바람을 맞고 있었다. 그가 누워 있던 배는 말과 마차를 실어 나르는 운마도강선에 필적할 만큼 거대했다. 강물과 선체 사이의 높이만 사 장에 달했고, 폭이 육 장에 십오 장이 넘는 전고를 가진 거선. 물론 가패야 무창에서 흑룡왕이라 불리며 오 년간이나 수적질을 해왔으니 이 정도 크기의 배는 새삼스러울 것도 없었지만, 난간에 기대어 선 예향과 손 노인은 배의 웅장한 위용에 질려 버린 듯했다.

배 위의 생활은 불편한 것이 없었다. 열대여섯 명의 수부가 바삐 돌아다니고 있었지만, 가패 일행에게는 눈길조차 주지 않았다. 처음 배 위로 올라왔을 때, 낯익은 중년의 문사 하나가 찾아와 안부를 물은 것을 빼곤 배 위의 사람들과 이야기 한 번 제대로 나누어본 적이 없었다. 급기야 예향까지 나서며 눈웃음을 쳐봤지만 거칠어 보이는 수부들은 얼굴을 조금 상기시켜 준 것으로 여인의 추파에 대한 예의를 다했다.

"이 배 이상해. 전부 고자들인가 봐."

가패는 예향의 말도 안 되는 투덜거림을 귓전으로 흘리며 생각에 잠겨 있었다.

'이 배의 주인은 누구일까? 그 흑의장삼을 입은 중년문사일까?'

가패는 강진의 포구에서 만났던 중년문사를 떠올렸다. 스치듯 가벼운 인연이었지만, 그 짧은 인연이 그들의 목숨을 구했다. 손 노인과 예향은 모용세가의 말들이 보이자마자 배를 찾아 동쪽으로 달렸다고 했고, 그곳엔 그들을 기다리는 소선 한 척이 있었다고 했다. 소선에 타고 있던 중년문사는 그들이 무어라 설명하기도 전 그들을 소선에 태워 거선으로 향했다고 했다. 그들이 배에 오르자 중년문사는 지체없이 배를 몰아 강진포구로 향했다고 했다. 손 노인과 예향은 혹시나 그냥 지나칠까 싶은 다급한 마음에 중년문사를 찾았지만, 중년문사는 가벼운 미소로 그들을 안심시켰다 했다.

"걱정하지 마십시오. 모두 무사할 겁니다."

그리고 중년문사의 말처럼 그들은 모용세가의 추격을 떨쳐 내고 무사히 강진을 벗어날 수 있었다.

'그 중년문사는 누굴까? 이들이 우리를 구한 이유가 한 때문이라는 것은 알겠는데…….'

가패의 시선이 객실로 내려가는 계단으로 향했다.

한이 배 위로 오르자 중년문사가 그를 맞이했다. 한의 표정을 보아하니 그도 처음 보는 인물인 듯했지만, 중년문사의 몇 마디 말에 한은 고개를 끄덕이며 객실로 향했다. 가패 일행이 그의 뒤를 쫓으려 했지만, 중년문사는 가벼운 미소로 고개를 저었고, 한 역시 중년문사와 비슷한 표정을 남기고 사라졌기에 기다릴 수밖에 없었다.

배에는 열 개가 넘는 객실이 있었고, 간소하게나마 조리를 할 수 있는 공간도 있는 모양이었다. 뜨거운 김이 나는 음식으로 요기를 한 가패 일행은 잠시 모습을 드러낸 중년문사가 안내해 준 객실에서 잠을 청해야 했다. 중년문사에게 한의 행방을 물었지만, 중년문사는 조금만 기다리라는 말을 남기고 사라졌다.

중년문사의 말처럼 가패 일행은 기다리는 수밖에 없었다.

"별일없겠지?"

가패의 옆에 주저앉은 손 노인이 걱정스럽다는 듯한 표정으로 물었다.

"저 괴물에게 무슨 일이 생기겠소?"

가패의 투덜거림에 손 노인이 피식 웃었다. 아무래도 장강으로 던져진 빚을 잊지 않은 모양이었다. 하지만 가패를 불편하게 했던 것은 그런 잠깐의 민망스러움이 아니었다. 강물 위에서 보았던 섬광. 오 장에 달하는 선착장을 가루 내버린 한의 무공에 배신감을 느꼈기 때문이다.

'그런 실력을 숨기고 있었다 이거지. 아니, 실력을 펼칠 필요도 없었다는 건가?'

그가 강하다는 것은 알고 있었다. 무창에서 자신과 싸웠을 때 전력을 다한 것이 아님도 알고 있었다. 뗏목 위에서의 싸움이야 그의 상태가 온전치 못했기에 겨우 목숨을 부지했다 여겼고, 무명산에서의 싸움 역시 한의 몸이 온전하다 말하기 어려웠다. 그럼에도 모용세가의 총호법인 장안호를 이겼으니, 그의 본실력이 자신의 예상보다 높을 것이라는 것은 충분히 짐작할 수 있었다. 하나 진강포구에서 보여주었던 그 한 수는 강하다 강하지 않다의 문제가 아니었다.

'절정의 고수란 저런 걸 두고 하는 말이겠지.'

가패는 한의 모습에서 넘을 수 없는 거대한 벽을 보고 말았다. 과거 만승문을 무너뜨린 가패의 원수조차 이 정도의 신위는 보이질 못했다.

'팽가(彭家)의 오호단문도(五虎斷門刀)도 그의 적수가 아니다.'

가패가 몸담았던 만승문은 팽가의 벽을 넘지 못했다. 만승문의 문주이자 자신의 사부였던 철검추혼(鐵劍追魂) 노자량(路子良)도, 팽가의 장로인 노호(怒號) 팽보윤(彭寶潤)과 백 초를 다투지 못했다. 그날의 기억이 너무나 선명해 지금도 가끔씩 가패의 꿈자리를 어지럽히곤 했다. 가패에게는 팽보윤이야말로 넘어서야 할 벽이었지만, 그런 팽보윤조차 한의 검을 막아서지는 못할 것 같았다. 칼은 마주해 보아야 날카로움을 알 수 있다. 팽가의 도와 직접 겨루어본 가패였으니 그의 예상은 크게 빗나가지 않을 것이다.

'후우…… 그리고 나는 저런 괴물을 돕겠다고 그 난리를 쳤단 것

이고.'

가패는 두 손을 펼쳐 보았다. 손을 감고 있던 하얀 붕대 위로 불긋한 반점들이 올라와 있었다. 살갗이 벗겨진 정도라 도를 놓을 일은 없겠지만, 한을 돕겠다 설친 자신의 모습이 그리 괜찮아 보이진 않았다.

'사십 넘어 이렇게 쪽팔려 보긴 또 처음이구먼…….'

가패는 자신도 모르게 손으로 이마를 짚다가 따끔거리는 통증에 놀라 손을 떼었다. 하나 어느새 다가온 예향이 손으로 입을 가린 채 웃고 있었기에 가패의 표정은 더욱 못마땅하게 구겨지고 있었다. 참 여러 가지로 민망한 가패였다.

"어찌 만나야 할지 고민했었는데, 모용세가가 그 고민을 덜어주었군요."

찻물을 붓는 손동작이 자연스러웠다. 그들이 자리하고 있던 곳은 분명 배의 아래에 마련된 선실이었지만, 찻잔을 채운 찻물의 출렁임은 물위라는 것이 느껴지지 않을 정도로 미미했다. 다기를 정리한 중년문사가 자리에 앉았다. 그의 앞엔 깨끗한 흑의경장으로 갈아입은 한이 자리하고 있었다.

"꼭 한 번 양 무사를 보고 싶었소. 아, 내가 양 무사라 하는 것이 혹언짢진 않으시오? 달리 부를 만한 호칭이 떠오르지 않아서……."

중년문사가 차와 함께 말을 건넸다. 한은 찻잔을 받으며 작게 고개를 가로저었다. 이들이 누구인지는 배에 오른 순간 알 수 있었다. 자신을 철가라 소개한 중년문사는 처음 본 그에게 양 무사란 호칭을 썼다.

자신을 양가라 칭하는 사람은 천하에 오직 한곳뿐이었다. 일견하기에도 눈앞의 중년문사는 자신보다 열대여섯 살은 많아 보였다. 그런 이에게 형장의 호칭을 듣는 것은 한으로서도 거북스러웠기에 양 무사란 호칭이 딱히 기분 나쁠 것도 없었다.

흑의의 중년문사. 은밀히 개방 총단을 빠져나온 법개 철중산이 한에게 물었다.

"양 무사가 알고 있는 단 어른과 나는 평소 잘 알고 지내는 사이라오. 그분께서 양 무사를 하도 높이 평하시기에 궁금함을 참을 수가 없었소. 한데, 막상 양 무사를 보니 단 어른이 너무 박하게 말씀하신 것 같소. 허허."

웃음과 함께 찻잔을 입으로 가져가는 철중산. 한은 그의 그런 칭찬이 내내 어색했지만, 철중산의 말은 진심이었다.

'단 장로께서는 이자를 본 방의 오결제자와 비견할 만하다 하였다. 하나 포구에서 보여준 신위는 능히 본 방 제자들을 압도하고도 남으니, 단 장로의 식견이 부족한 것이 아니라면 단 장로가 보지 못한 여덟 달 동안 이런 성취를 얻었다는 뜻이다.'

철중산의 놀람은 그 깊고 투명한 눈 속에 조용히 숨겨져 있었다. 철중산은 개방의 법개. 비록 절정이라 할 수는 없었지만, 그의 허리에 묶인 여섯 개의 매듭에 부끄럽지 않은 무공을 지니고 있었다. 물론 같은 오결제자라 하더라도 반드시 무공이 기준이 되는 것은 아니기에 개방 총단의 당주들 중에서도 철중산에 버금가는 고수들이 있는 것도 사실이었지만, 어찌 되었든 무공을 배운 지 삼 년 만에 자신의 삼십 년 노력과 비견될 만한 성취를 보인 자가 있다는 말은 쉽게 믿을 수가 없었다. 언젠가 한 번쯤 자신의 눈으로 확인해 보리라 다짐했던 철중산이었고, 마침 좋은 기회가 그에게 찾아왔다.

한의 뒤를 암행하라 시켰던 제자들에게서 더 이상의 암행은 불가능하다는 전서가 날아든 것이었다. 소식은 더 있었다. 소림의 추적대가 한의 궤적을 따라 이동하고 있다는 첩보가 속속 도착하고 있었던 것이다. 철중산은 임무를 위한다는 마음 반, 구천무예의 성취를 직접 확인하겠다는 마음 반으로 이번 임무를 자청했고, 결국 그를 만날 수 있었다.

'이자가 보여준 한 수는 가히 절정에 이른 검기였다. 이대로 주저앉을 수도 있지만, 이대로 계속 성장한다면…….'

철중산은 한의 무위를 인정했다. 물론 지금 그와 겨루어본다면 필승만큼이나 필패 또한 점칠 수 없다. 싸움에 검기만이 능사는 아니었고, 자신이 연성한 파옥신장(破玉神掌)이라면 충분히 승부를 걸어볼 수도 있었다. 하나 문제는 그 다음이었다. 자신은 이미 불혹을 넘긴 상태였고, 한은 고작 약관을 넘겼을 뿐이다. 성장하는 속도 또한 불가사의할 정도였다. 스물셋의 젊은 나이, 고작 삼 년여의 수련 만에 절정에 이른 검기를 사용하는 한이었다. 그의 십 년 후를 감히 장담할 수가 없었다.

'어쩌면 전설 속의 검강(劍罡)을 실현시킬 수 있을지도 모르는 일.'

검강이라 함은 이기어검술(以氣馭劍術)과 함께 전설 속에서나 나올 법한 경지였다. 일검으로 태산을 쪼개고, 일수로 대해를 가른다는 극강의 경지. 물론 그런 허무맹랑한 이야기를 실제로 믿는 이는 없었지만, 딱히 부정하는 이도 없었다. 무도의 끝은 누구도 알 수 없었고, 더구나 검강과 이기어검 모두 과거 실존했던 경지였다 전해지기 때문이었다. 그러니 과거 이백 년 전의 천하제일인이었던 구양수가 검강의 경지에 올라서지 못했다 단언할 수도 없었고, 그 진전을 이은 한이 그 경지를 다시 넘보지 못하리라 말할 수도 없었다.

잠시 생각에 잠겼던 철중산이 고개를 들며 입을 열었다. 그의 목소리엔 제법 넉넉한 호감이 담겨 있었다.

"단 어른께 들었겠지만, 양 무사의 다음 목표는 태산에 있소."

찻잔을 잡고 있던 한의 손끝이 정지했다.

"지금까지는 구양가주와의 약조 때문에 은밀한 지원만을 해왔었지만, 지금은 그렇게 편히 생각할 수만은 없는 상황이오."

철중산은 자못 심각한 표정을 지어 보였고, 뒤이은 이야기는 그 표정에 어울리는 심각한 이야기였다.

"지금 양 무사는 장안호의 흉수로 누명을 쓴 상태요. 우리 쪽에서 백방으로 진범을 수소문하고는 있지만, 아무래도 쉽지 않을 것 같소."

한의 표정이 어두워졌다. 죽은 장안호의 얼굴이 떠올랐고, 황옥산의 얼굴도 함께 떠올랐다. 잘못된 은원이건만 벗어나기가 쉽지 않았다.

"그리고 양 무사를 쫓는 또 다른 무리들이 있소."

철중산의 말에 한이 고개를 들었다. 모용세가 이외에 자신을 쫓는 이가 있다면 동정수로채뿐이었다. 하나 철중산은 분명 무리들이라 했다.

"하나는 아시다시피 동정수로채의 무리요. 물론 그들이 직접 나서 양 무사의 뒤를 쫓는 것은 아니고, 하오문도의 손을 빌고 있는 것 같소."

하오문이 무엇을 하는 곳인지는 얼핏 들은 것도 같았다. 하지만 한이 궁금한 것은 이미 알고 있는 동정수로채의 움직임이 아니었다. 철중산도 그가 무엇을 궁금해하는지 알고 있었다.

"다른 한 곳은…… 무당과 소림이오."

말을 잇던 철중산은 갑작스레 몰아치는 한기에 놀라 몸을 움찔했다. 철중산은 가만히 기운을 전신으로 돌리며 한이 뿜어내는 살기 어린 한기에 대항했다.

'예상했던 대로군.'

구양세가에서 자라온 한이었다. 가솔이라고는 구양문, 구양경 부녀와 늙은 노복 하나, 그리고 자신뿐이었다. 그런 보잘것없는 작은 가문에, 보기에도 귀티나는 문하가 열 명이나 찾아든다면 누구든 의심의 눈길을 보낼 수밖에 없을 것이고, 그들과 매일 얼굴을 마주치는 한이라면 두말할 필요도 없을 것이다. 약관의 나이에 구양문의 문하로 들어왔던 청년들. 그들이 소림과 무당에서 파견된 속가제자들이라는 것을 삼 년이나 지나서야 알게 되었으니, 그들의 행동이 얼마나 조심스러웠는지는 보지 않아도 알 수 있을 정도였다.

그들과 한이 나눈 교분은 많지 않았다. 고작 해야 눈을 치우던 한에게 눈덩이를 던진다거나, 마을 저자에 심부름을 시키고 남은 잔돈을 쥐어주는 정도. 그들과 한 사이에 있었던 일들은 지나면 웃어넘길 수 있을 만큼 작은 사연들뿐이었다. 그 세월이 칠 년이었다, 칠 년.

'내 기억에 그들은 없다. 내 손에 검이 쥐어진 그날, 제일 먼저 베어낸 것이 그들의 잔영임을…… 남은 것은…… 껍질만 남은 원수들의 잔해뿐임을.'

여덟 명의 원수는 이미 그의 마음속에서 수천, 수만 번도 더 죽임을 당했다. 그가 혈로를 따라 베어내던 것은 세상에 남은 원수의 흔적, 진

즉에 썩어 없어져야 했을 가련한 존재였다.

"무당과 소림까지 양 무사를 주목하고 있다면, 더 이상 양 무사 독단의 은밀한 이동은 불가능하다고 판단했소. 그래서 부득불 나서게 된 것이고."

조금 더 솔직히 말한다면 한이 저질러 놓은 소문을 잠재워야 할 필요를 느끼고 있었다. 이미 적지 않은 사람들이 이번 일에 관심을 가지고 있었다. 장안호의 죽음이 몰고 온 파장이 생각보다 크진 않았지만, 진강포구에서의 싸움은 그 여파를 짐작할 수가 없었다.

모용세가가 아무리 강성하지 못한 문파라 하더라도, 당당한 무림의 세가. 한 문파의 수장이 수십의 무사들을 이끌고 직접 나섰음에도 잡지 못했다는 것은 그만큼 무창살귀가 강한 무인이라는 것을 반증하는 셈이었다. 강호는 새로운 강자의 출현에 술렁이게 될 것이고, 그러한 시선의 와중에 구천무예의 이름이 밝혀지지 말란 법은 없다.

개방의 입장에서도 마찬가지였다. 너무 많은 사람들의 이목은 개방의 행사에도 도움이 되지 않았다. 비록 사심없는 일이라 하지만, 만에 하나 살귀의 뒷배를 보아준 것이 개방이고, 살귀의 연원이 구양세가였음이 밝혀진다면 사람들은 개방의 사심을 의심하지 않을 수 없을 것이다. 그것은 개방이 바라는 것이 아니었다.

"물론 이번에는 상황이 여의치 않아 직접 개입했지만, 앞으로도 양 무사의 복수에 직접 개입하는 일은 없을 것이오. 복수는…… 어디까지나 양 무사의 몫이니까."

한은 자신을 돕는 이들이 구파일방의 일방인 개방이라는 것을 모른다. 알았다 하더라도 별 상관은 없었겠지만, 개방의 입장은 그렇게 단순하지 않았다.

개방이 결코 존재를 드러내서는 안 되는 이유가 있었다. 구양문이 복수하려는 자들은 과거 소림과 무당의 속가제자들. 물론 내부적으로야 파문제자로 분류되어 본산의 추적을 받고 있었지만, 대외적으로는 아직 소림의 제자로 남아 있었다.

보이는 것만 따지면 개방은 소림의 제자를 해치는 일을 돕고 있는 셈이었다. 만약 이 사실이 알려지게 된다면 사실 여부와는 상관없이 개방은 소림과 무당이라는 두 거대 문파와 원수지간이 되고 만다. 만약 그들이 악행을 저지르고 파문된 이들이라는 것을 소림과 무당이 밝힌다면 모르지만, 그렇지 않으면 세 문파의 원한은 풀어낼 방법이 없었다.

게다가 사건의 전말이 가진 파괴력은 더욱 심각했다. 구천무예의 이름을 기억하는 이는 많지 않았다. 그것은 구천무예가 이미 절전된 비급이기에 사람들의 뇌리에서 잊혀진 때문이었다.

하나 구천무예가 다시 세상에 등장하게 된다면, 단 일인으로 일문과 싸워 지지 않았을 만큼 상승의 무공임이 알려진다면, 그것이 몰고 올 후폭풍은 제아무리 구파일방이라 하더라도 감당하기가 어려웠다.

게다가 구양세가의 멸문과 복건 금가장의 혈겁이 구천무예 때문에 저질러진 일이라는 것과 그 흉수가 다름 아닌 소림과 무당의 제자들이라는 사실이 밝혀진다면 결코 소림과 무당의 현판에 흠집이 나는 정도로는 끝나지 않을 것이다. 사람들은 분명 비급을 탈취해 간 제자들의 사문인 소림과 무당을 의심할 것이고, 구천무예를 익힌 자를 비호한 개방을 의심하게 될 것이다.

삼인성시호(三人成市虎)라 했다. 세 사람이 모여 저자에 호랑이가 나타났다 말하면, 없던 호랑이도 생긴다는 뜻이다. 사람들의 의심이 깊어진다면 제아무리 구대문파라 해도 당할 재간이 없었다.

'하나 나쁘게만 생각할 일도 아니다. 한편으론 계륵이나, 또 다른 한편으론 계륵이 아니니.'

철중산의 생각처럼 구양세가와의 약조는 계륵이었다. 그것도 너무나 위험천만한 계륵이었다. 잘 되어도 개방에는 쌀 한 톨 얻을 것이 없으며, 심지어 협의지심을 칭송하는 말 한마디 들을 수가 없었다. 하나 철중산은 조심스레 사부인 용두 방주의 내심을 짐작하고 있었다.

'구양세가는 멸문된 것이나 다름없다. 구양문은 칠십이 넘은 노구이니 자손을 남길 수 없고, 무공을 전수받은 한은 벙어리에 문맹인지라 제자를 남길 수 없다. 사부님이야 그럴 마음이 없으시겠지만, 주인 잃은 무공을 탐하는 것은 죄가 아니다. 혹 개방이 얻지 못한다 하더라도, 그 묘리만 파악할 수 있다면 개방의 앞날에 큰 도움이 될 것이다.'

무인이 강한 무공을 탐하지 않는다면 이미 무인이라 불릴 수도 없을 것이다. 예로부터 개방엔 내세울 만한 검공이 없었다. 대대로 방주만이 익힐 수 있는 강룡십팔장(降龍十八掌)이 일세의 절기라 불리고, 개방의 타구봉법 또한 수련 여하에 따라 상승의 무공이 될 수 있으니, 개방에 새로운 무공이 필요하다고 말할 수 없었다.

하나 철중산은 생각이 달랐다. 자고로 검은 만병지왕(萬兵之王)이라 불리는 병기의 제왕이다. 지금으로서도 구파일방이라 불리며 천하대방파의 위엄이 서는 개방이니, 절세의 검공까지 갖추어진다면 명실 공히 천하제일을 논할 수 있는 기틀이 다져질 것이라 생각했다.

구천무예를 얻지 못한다 해도 얻을 것은 있다. 제자들이 저지른 해악을 모른 척 덮어주었다는 것만으로도 소림과 무당에서 적지 않은 부분을 양보받을 수 있을 것이다. 치부를 감싸준 은혜는 결코 작지 않다. 비록 한두 세대만 지나도 그 효용이 떨어지긴 하겠지만, 그동안 벌어질 수 있는 많은 일들에서 개방은 소림과 무당의 지원을 기대할 수 있었다. 아마도 용주 방주의 욕심은 여기까지일 것이다.

'사부님이 구천무예에 연연하실 리는 없다. 하나 얻을 수 있다면 얻는 것이 좋은 것 아니겠는가? 그들의 복수에 들인 본 방의 은혜가 적지 않다. 여기서 조금 더 성의를 보인다면, 언젠가는 그들에게서 온전히 구천무예를 양도받을 수 있을 것이다.'

철중산이 직접 남경을 찾은 이유는 바로 그것이었다. 한과 구양세가와 조금 더 긴밀한 관계를 유지하는 것.

복수가 끝난다 하여 모든 일이 끝나는 것이 아니다. 개방이 돕지 않는다면 구양문과 한의 운명은 불을 보듯 뻔한 것이었다. 구천무예를 노리는 강호의 늑대들과 싸우다 어느 이름 모를 들판에서 최후를 맞이하게 될 것이고, 소림과 무당 또한 그들을 그냥 내버려 둘 리 없었다. 개방은 그들에게 해줄 것이 아직 많이 남아 있었다.

"일단 산동까지는 이 배로 이동하도록 하시오. 보기엔 이래도 물 위에서는 여느 배 못지않게 빠르다오. 아마 소문이란 놈보다 먼저 산동에 다다를 수 있을 것이오. 허허."

철중산의 말에 한은 가만히 고개를 끄덕이며 고마움을 표시했다. 그의 내심에 자리한 욕심을 알지 못한 채.

"한데 위에 있는 일행과 함께 움직일 작정이오?"

철중산의 물음에 한은 잠시 대답을 할 수가 없었다. 자신이 먼저 떠났으나, 자신의 위험을 발견한 가패는 주저하지 않고 자신을 구하기 위해 위험 속으로 뛰어들었다. 손 노인과 예향도 그들을 구하기 위해 위험을 감수하고 이들을 인도했다. 한이 아무리 염불처럼 스스로 인간임을 부정한다 하더라도, 그들이 보여준 의리에 고맙지 않을 수 없었다.

'함께할 수 있는 길은 아니다. 하지만 이대로 헤어지는 것도 내키는 일은 아니니⋯⋯.'

한은 평소와 다르게 고민하고 있었다. 철중산은 그런 그의 고민을 짐작이라도 한 듯 입을 열었다.

"양 무사가 원한다면 그들을 안전한 곳으로 피신시켜 줄 수도 있소."

철중산의 말에 한이 고개를 들었다. 철중산은 그런 한을 바라보며 가볍게 미소 짓고 있었다. 가패와 예향을 곤혹스럽게 만들었던 악의 없던 미소. 하나 한은 그의 그런 미소에서 왠지 모를 이질감을 느끼고 있었다.

"일행과 천천히 상의한 후에 알려주어도 좋소. 산동까지는 며칠의 말미가 있으니⋯⋯."

철중산은 그 말을 끝으로 객실을 빠져나갔다. 홀로 남은 한은 조금 편안한 자세로 침상에 걸터앉았다.

작은 박만하게 나 있던 창으로 짙푸른 강물과 몇 채의 가옥이 스치고 있었다. 모든 일이 잘 해결된 듯하였지만, 기실 그의 마음속은 아무것도 해결된 것이 없었다.

'장안호를 죽인 자는 누구일까? 분명 그곳엔 다른 이의 그림자는 없었다. 냉 의원은 어떻게 되었을까? 분명 적지 않은 사람들이 사인과 흉수를 알아보기 위해 무명산을 찾았을 것이다. 치료해 준 수고에 보답도 못했는데, 세상을 등진 사람이 사는 곳에 사람들이 꼬이게 만든 셈이니, 그에게도 큰 빚을 졌구나. 황옥산이란 사람. 그는 어찌해 그런 말을 하였을까? 어찌 나와 검을 맞대어 본 것만으로 내가 장안호를 죽이지 않았음을 알았을까? 설령 내가 진범이 아니란 것을 알았다 해도, 어찌 나를 위해 달아나라 조언을 했던 것일까? 나는 그를 죽음으로 내몬 원수인데…….'

무창의 객잔에서 벤 수적들의 얼굴에서부터 황옥산의 모습까지, 수십 개의 표정들이 그의 머리 속을 스쳐 가고 있었다.

'그래, 철가 중년인의 말이 맞다. 비록 직접 입을 열어 나를 탓하진 않았지만, 그는 내가 걸어온 길을 책망하고 있었다. 내가 관여하지 않았다면, 지금쯤 나는 조용히 강을 따라 산동으로 향하고 있었을지도 모른다. 이 모든 것이 틀어지기 시작한 것은 무창이었다.'

한은 모든 소란의 시발점인 무창을 떠올리고 있었고, 자연스레 자신을 악연으로 이끈 한 여인의 모습도 함께 떠올리고 있었다.

'모든 악연의 시작은 너였지만, 그날의 일을 후회하진 않는다. 너를 책망하는 것이 아니다.'

은혜를 베풀겠다는 생각은 없었다. 그저 모른 척 지나치지 못했을 뿐이다. 앞으로 그런 일이 일어난다면……

'그랬다가는 당신에게 먼저 혼나겠죠. 걱정 말아요. 난…… 착한 아이니까…….'

한은 무릎 위로 올려놓은 작은 단지를 바라보다 고개를 들었다. 배의 뒤편으로 멀어지던 하늘에서 흐릿한 구름들이 떼를 짓고 있었지만, 강물 위를 가르는 배를 따라잡으려면 한참을 날아와야만 할 듯싶었다.

'이제 거의 다 끝나가요. 조금만 기다려요…… 조금만…….'

한은 온기가 느껴지던 단지를 더욱 깊이 끌어안으며 고개를 파묻었다.

*　　　*　　　*

"예?"

남경 오 방주의 말에 놀란 마오가 고개를 쳐들며 되물었다.

"무창 오 방주에겐 따로 전서를 보냈다. 한동안 내 일을 도와야겠다."

오 방주의 말에 마오는 고개를 숙이며 입을 닫았다. 마오는 진강에서 한이 배를 타고 사라지는 것까지 확인한 후 남경 오가목부로 돌아왔다. 배를 타고 사라지는 한을 쫓기는 무리였고, 아무리 명을 받았다곤 하지만 장강 이북으로의 추적마저 마음대로 결정하기엔 마오의 신분이 너무나 미천했다.

지난 한 달여의 추적에 몸과 마음이 지치기도 하였기에, 마음 한구석엔 무창으로 돌아갈 생각까지 하고 있었던 마오였다. 한데 그를 불러들인 오 방주의 명은 뜻밖의 것이었다.

"네가 가진 추적술이 제법이라 눈여겨보고 있었다. 또 그들을 가장 오랫동안 뒤쫓았던 너이니, 그들에 대해 많은 정보를 알고 있을 것이라 생각했기에 내 특별히 오 방주에게 부탁한 것이다."

이번엔 마오도 되묻지 않았다. 자신이 토를 달아 거두어질 명도 아니었을뿐더러, 때마침 문을 열고 찾아온 한 사람으로 인해 말을 할 기회조차 없었다.

"어서 오게."

문을 열고 들어온 사내가 오 방주의 앞으로 다가왔다. 오 방주는 눈짓으로 마오를 가리키며 입을 열었다.

"저 녀석이야. 무창에서 여기까지 용케도 살귀의 뒤를 쫓아온 녀석이지. 실력이야 그것으로 검증된 것이고……."

오 방주는 마오에게서 시선을 떼며 허저를 바라보았다. 허저의 얼굴엔 평소처럼 아무런 감정이 비춰지질 않았다.

"자네 결정은 정말 의외야. 그렇게까지 살귀를 잡고 싶어 하는 이유가 뭔지 궁금하군."

"개인적인 일입니다."

허저의 짧은 대답에 오 방주는 피식 웃음을 터뜨렸다. 처음 허저를 알게 된 것은 무창의 한 기루에서였다. 허저는 술에 잔뜩 취해 행패를 부리고 있었다. 운신도 못할 정도로 만취한 상태로, 휘하의 수하를 열 명이나 맨손으로 때려눕혔다. 그 재주를 가상히 여긴 오 방주는 사람을 풀어 그의 뒤를 밟게 하였고, 실력도 알아볼 겸 검깨나 쓴다는 수하들을 풀어 괜한 시비를 일게 했었다. 허저가 휘두른 두 자 길이 장작에 은자 백 냥짜리 수하 여섯이 반병신이 되었을 때 그를 거둘 것을 결심했다.

허저는 세상 물정을 모르는 강호 초출이었고, 오 방주는 남경 하오문의 삼분지 일을 장악하고 있는 늙은 생강이었다. 억눌린 분노를 해

소하고자 했던 허저는 십 년을 기약하며 오 방주의 밑으로 들어왔다. 그리고 그가 오가목부에 들어온 삼 년 후인 지금, 남경 하오문의 팔 할이 오가목부의 영향력 아래로 들어오게 되었다.

'이십 년이라…… 무엇이 너를 그리 조급하게 만들었을까?'

오 방주는 당장이라도 그 이유를 캐고 싶었다. 하지만 이미 남경 하오문의 실질적 관리자는 오 방주가 아닌 허저였다. 이십 년 지약을 제안받은 상태에서 괜한 분란을 일으킬 필요는 없었다.

"그래, 어디 이십 년 지약의 대가로 뭐가 필요한지 말해 봐."

오 방주는 이십 년간 부릴 수 있는 고수를 얻었다는 포만감을 마음껏 표현하고 있었다. 그 미소를 바라보던 허저가 대답했다.

"철검조와 하오문 특급비선 사용권입니다. 기한은 백 일."

"철검조를?"

오 방주의 눈이 조금 크게 떠지고 있었다.

철검조는 이십사 인의 낭인으로 구성된 오가목부의 비밀 병기였다. 하오문의 암투 따위엔 그들이 나설 필요조차 없었다. 그들의 주된 임무는 고관대작들의 의뢰 이행, 흔히 말하는 자객들이었다. 비록 황도가 북경으로 옮겨져 이전만치 의뢰가 들어오진 않았지만, 아직까지도 남경의 정치적 영향력은 무시할 수가 없었고, 그들이 펼치는 밤의 정치에 철검조가 사용되었다. 비록 하오문에 몸담고 있긴 하지만, 그들의 무공은 여느 대문파의 제자들과 거루어도 손색이 없을 정도다. 다만 그런 존재를 널리 알려 좋을 것이 없었기에 은밀히 사용하는 것일 뿐. 남경 오가목부의 입장에서 본다면 그들은 보이지 않는 칼이요, 가장 날카로운 이빨이다. 그런 철검조를 허저가 요구하고 나선 것이었다. 물론 그런 철검조를 키워낸 것이 바로 눈앞의 허저이긴 했지만, 막상 그에게 그들을 딸려 보내려니 적지 않게 부담스러웠던 것이다.

"백 일이라……."

"철검조의 임무는 백화단에 잠시 이양시켜 놓았습니다. 어차피 자주 들어오는 의뢰도 아니니 무리한 의뢰만 받지 않는다면 백 일 정도는 충분히 버틸 수 있을 겁니다."

허저의 말대로 원래 오가목부에서 철검조의 일을 했었던 백화단이라면 그 공백을 어느 정도 메울 수는 있을 것이다. 단지 백 일이라는 시간이 문제였을 뿐.

'백 일이라…… 이십 년의 세월에 비하면 아무것도 아니란 건가?'

계산은 쉽게 나왔다. 철검조를 만들어낸 장본인이 이십 년의 약속을 해왔다. 철검조를 달라고 해도 주어야 할 판이었으니, 백 일 정도의 임대는 문제될 것이 없었다.

"좋아. 철검대를 사용하도록 해. 특급비선 사용권도 주지. 그리고……."

오 방주는 자신의 서탁에서 몇 장의 종이를 꺼내어 내놓았다. 누런 종이 위에 쓰여 진 숫자가 제법 길었다.

"만 냥이야."

"……?!"

허저의 눈꼬리가 놀람으로 꿈틀거렸다. 그로서는 오 방주에게 보일 수 있는 최대의 감정을 표현한 것이었다.

"백 일이면 짧은 시간이 아니지. 자넨 나 오 방주를 위해 일하는 사람이야. 은자가 부족해 노숙이라도 하면 내 체면이 말이 아니지."

은자 만 냥이면 준마로 이백 필을 살 수 있고, 쌀을 백 섬이나 살 수 있는 막대한 금액이었다. 오 방주는 오가목부 한 달 수입 중 삼 할에 달하는 막대한 금액을 노숙하지 말라며 건네는 배포로 자랑하고 있었다.

"필요하면 전서를 보내라. 따로 애들 준비시켜 줄 테니 몸 상하지 말고 다녀와라. 넌 몸이 재산이니까. 가봐."

허저의 굳게 다문 입술은 떨어지지 않았다. 전표를 챙겨든 허저는 짧게 고개를 숙여 보인 후 내실을 나섰다. 그 뒤를 따라 마오마저 사라지자 오 방주는 의자에 허리를 기대며 몸을 뉘었다.

'네가 아무리 나를 멀리하려 해도, 나는 네 주인이고 너는 내 수하다. 내가 주인처럼 행동하면 너는 수하처럼 행동하게 되지. 이번 일이 아니더라도 너는 날 떠나지 못해. 내가 너의 주인이니까……'

오 방주는 미소를 지으며 눈을 감았다.

오늘 저녁은 거르는 편이 나을 것 같았다. 오랜만에 느껴진 만족스런 포만감을, 기름진 음식 따위로 흩뜨리고 싶지는 않았으니.

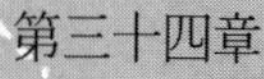

第三十四章

태산으로 향하다

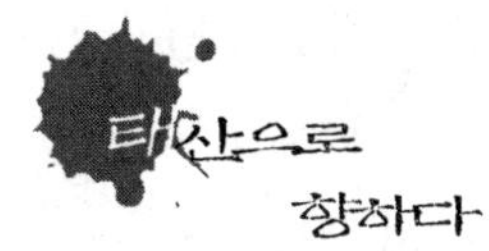

"**예?** 공방을 빌려 달라굽쇼?"

왕이(王二)는 눈을 꿈뻑거리며 되물었다. 이틀째 이어진 장마비 탓에 통 장사를 못하던 터였다. 어차피 손님도 없겠다, 이참에 한 며칠 푹 쉴 궁리를 하던 왕이였기에 공방을 빌려달라는 사내의 말에 귀가 솔깃했다.

"며칠 정도나……?"

"닷새 정도면 되네. 공방은 물론이고 공방과 연결된 안채까지 빌려 주었으면 좋겠네."

"예? 안채를 비워 달라니요? 그럼 저희는 어디서…….”

왕이는 놀란 눈으로 되물었지만, 사내가 내민 전표에 입을 다물었다. 조심스레 받아 든 전표를 본 왕이는 다물었던 입을 다시 열 수밖에 없었다.

"으헥? 이백오십 냥?"

"하루 오십 냥씩 셈했으니 박하진 않을 걸세. 세간을 건드리진 않을 것이니 염려 말게. 그저 며칠 조용히 공방을 쓰고 싶을 뿐이니. 가능하면 서둘러 주게. 정오까지 비워주면 따로 오십 냥을 더 줌세."

정오 무렵 설기룡이 찾아왔을 때, 남경 외곽에 있던 양씨공방은 텅 비어 있었다.

"이건 조금 어렵겠는데요?"

도면을 살피던 장씨가 이맛살을 찌푸렸다. 그에게 도면을 보여준 모용준이 고개를 갸웃거리며 물었다.

"뭐가 어렵다는 거요? 그저 단순한 철편 몇 개와 철시인데."

"두 푼 두께로 두 관 무게를 견딜 철편도 철편이지만, 여기 써놓으신 용수철은 정말 만들기가 어렵습니다. 네 치 닷 푼 길이의 용수철로 한 관 무게를 퉁겨낼 수 있게 만들라니요? 이건 어림도 없습니다."

장씨는 도면을 도로 건네주며 입맛을 다셨다. 도면대로 만드는 거야 이틀이면 족할 것이었고, 이틀 치 품삯으로 은자 백 냥이면 눈에 불을 켜고 달려들어야 정상이었다. 하지만 도면에 적힌 조건은 너무나 까다로웠다. 도면을 가져온 모용준은 몰라도, 뒤에 시립한 두 사내는 강호의 무사가 틀림없었다. 장씨는 돈 몇 푼에 목을 내놓을 만큼 어리석진 않았다.

"이곳 화로가 남경제일이라 듣고 찾아온 거요."

"화로야 분명히 남경제일이죠. 하지만 이 정도 탄성을 지닌 용수철을 만들려면…….”

“방법이 없겠소?”

“방법이… 아주 없는 건 아니지만…….”

말을 잇던 장씨가 고개를 갸웃거리며 뜸을 들였다. 모용준은 그의 입이 떨어지길 기다리고 있었다. 그때 뒤에 서 있던 무사 하나가 조용히 귓속말을 전했다.

“돈을 더 달라는 것 같은데요?”

무사의 말에 모용준이 알았다는 표정을 지으며 장씨에게 말했다.

“돈이 부족하시오? 내 백 냥 더 드리리다.”

생각에 잠겼던 장씨는 어수룩하게 거간을 걸어오는 모용준을 바라보며 내심으로 비웃었다. 하나 그의 고민은 돈으로 해결될 문제가 아니었다.

“당장은 이 정도로 좋은 철을 구하기가 어렵습니다. 일단 마땅한 철이 있어야 시작이라도 해볼 텐데…….”

모용준은 깜빡 잊었다는 듯 자신의 이마를 두드려 보이곤 무사들에게 무언가를 지시했다. 잠시 밖으로 나간 무사 두 명이 네 자 길이의 나무 상자 하나를 낑낑거리며 들고 들어왔다.

철컹.

나무 상자를 바닥에 내려놓자 안에 있던 물건들이 서로 부딪치며 쇠 긁는 소리를 냈다.

“이게 뭡니까?”

모용준은 장씨의 물음에 씨익 웃어 보이며 나무 상자를 열었다. 상자 안에는 열대여섯 자루의 검이 들어 있었다.

"두 자루는 현철이 삼 할 정도 섞인 거고, 나머지는 백련정강으로 만든 검이오. 되겠소?"

"아니, 지금 이 좋은 검들을 두드려서 철편과 용수철을 만들란 말씀이십니까?"

장씨는 어이가 없다는 듯 되물었다. 하지만 모용준은 그에게 두 장의 전표를 건네며 말했다.

"일단 이백 냥이오. 모레 저녁때 찾으러 오겠소. 그때까지 맞춰놓으면 백 냥을 따로 더 드리겠소. 그럼 믿고 가오."

모용준은 장씨의 대답도 듣지 않고 대장간 문을 나섰다. 장씨는 그들이 남기고 간 전표와 검들을 바라보며 한동안 멍하니 서 있었다. 하나 자신에게 주어진 시간이 그리 많지 않음을 깨닫고는 서둘러 사람들을 불러 모으기 시작했다.

"야! 유칠(猶七)! 화로에 불 지펴라! 쇠 녹여야 하니까 최대한 세게 지펴놔! 아니지, 야! 뒷간에 있는 흑탄 전부 꺼내와! 시간없다! 빨리 서둘러!"

모용세가 사람들이 모인 곳은 객잔이 아닌 용천표국의 뒤채였다. 어느새 퍼졌는지, 진강에서의 소문을 들은 사람들이 모용세가 사람들이 머물던 객잔 근처로 모여들기 시작했다. 하나 그들이 물어온다 하여 답해줄 말도 없었고, 사람들의 눈총을 견디는 것도 여간 곤혹스러운 것이 아니었기에, 모용중경은 조백산에게 양해를 얻어 용천표국으로 거처를 옮긴 것이었다. 용천표국의 뒤채는 이층의 목조 건물로 내실만 열 개가 넘었지만, 오십여 명에 달하는 사람들이 들다 보니, 몇몇 외당 무사들은 표사들이 묵는 숙소까지 밀려나야 했다. 하나 그들이 머물고 있는 뒤채는 오십 명이 상주하고 있다고는 느껴지지 않을 정도로 적막했다. 문가마다 번을 서는 무사들의 눈빛 역시 그러한 적막에 일조하고 있었다.

"이렇게까지 해야 할까요?"

"이제 와 물러설 수도 없는 일. 다른 방법이 없다."

모용준의 물음에 모용고한이 대답했다. 뒤채의 한 내실에선 모용고한과 모용준이 탁자에 도면을 펼쳐 놓고 무언가를 심각하게 논의를 하고 있었다. 도면 위로 이리저리 그려진 선들과 깨알같이 적힌 글자들이 보는 이의 눈을 어지럽히고 있었다.

"이렇게 하면 철마시 여섯 발을 동시에 쏠 수 있습니다. 만들어봐야 알겠지만, 계산대로라면 일 장 거리 안에서는 반 자 두께의 송판도 뚫을 수 있을 겁니다."

"하지만 만약 빗나간다면……."

"그건 어쩔 수 없습니다. 화약이 아닌 이상, 용수철로는 오뢰신기(五雷神機)처럼 여러 발을 쏘게 만들기 어렵습니다."

"동시에 발사되게 하자는 데에는 반대하지 않는다. 그자의 실력으로 보았을 때, 적어도 여섯 발은 격발해야 그중 한두 발을 맞힐 수 있을 거다. 거기다 치명상을 입힐 각오를 한다면 적어도 네 사람이 동시에 쏴야 하고."

"일 장 거리 안에서 말이죠."

도면을 훑어가던 모용준이 한숨을 푹 내쉬며 눈을 뗐다. 아무리 무공이 고강한 상대라 하지만 이런 편법까지 써야 하는지 회의가 들었다.

하지만 가주 모용중경의 의지가 워낙 강하다 보니, 그의 뜻대로 암기 아닌 암기를 만들 수밖에 없었다.

"혹시 몰라 노(弩)도 몇 기 구하라 했다."

"노까지요? 아니, 백부께서 그걸 허락하셨단 말입니까?"

모용준은 질렸다는 표정으로 모용고한을 바라보았다. 하나 모용고한은 고개를 저으며 설득하듯 말했다.

"이미 엎질러진 물이다. 싸움을 시작했으니 끝을 봐야 하는 것은 당연지사. 강호동도들의 비웃음을 사게는 되겠지만, 치욕 속에 복수를 포기하는 것보다는 백 배 나은 일이다."

"아무리 그래도……."

무공에 흥미가 없는 모용준이지만, 그도 무가의 일원이기에 활을 써 상대하는 것에 대한 강호의 시선이 어떻다는 것쯤은 잘 알고 있다. 물론 강호인이라 하여 활을 쏘는 이가 없는 것은 아니었다. 간혹 신궁이라 불리는 이도 등장해 사람들의 탄성을 자아내기도 한다. 하나 그뿐이었다. 신궁은 재주가 좋다는 칭찬일 따름이지, 무공의 고하를 논하는 호칭은 아니었다. 활이란 기물을 이용해 거리를 두고 사용하는 병기다. 사람이 하는 일은 정확도나 가늠할 뿐, 강약의 정도는 온전히 활이 좋으냐 나쁘냐에 따라 달라졌다. 신궁이라 불리는 사람이라 해도 시위가 약한 활로 쏜다면 강호의 고수들은 쉽게 막아낼 수 있었다. 강호에서 손가락질받지 않는 신궁은 막아낼 수 있는 활을 쏘는 이들이었다.

하지만 노라면 이야기가 완전히 달라진다. 노는 국법으로 민간의 사용을 금한 군사 병기다. 노에 철시를 걸어 날린다면, 삼십 장 밖에서도 반 치 두께의 철판을 꿰뚫어 버릴 정도이니 제아무리 강호의 고수라 하더라도 그 위력을 무시할 수 없었다. 만약 노를 들고 설치면서 '나 강호인이오!' 라고 말하는 자가 있다면, 어두운 골목길에서 급살맞기 십상인 것이다. 강호는 강자존의 법칙이 지배한다. 하나 그 법칙의 근간은 인간 한계의 극복이다.

무도의 길을 걷는 이에게 있어 병기는 손의 연장일 뿐이다. 제아무리 날카로운 신병이기라 하더라도, 고수가 들고선 철검을 농락하지 못한다. 무도의 중심은 인간이다. 그러니 강궁이나 노 따위의 기물은 노력으로 이룬 강함에 도전하는 불청객일 뿐이었다. 당문이 강성하긴 하나 사천을 벗어나지 못하는 이유도 그 때문이었다. 독과 암기라는 기물로 성세를 구가하곤 있었지만, 감히 중원으로 나와 천하의 이목을 감당할 배짱이 없는 것이었다.

"가주의 의지가 너무나 확고해 감히 말릴 엄두가 안 나는구나."

"여파가 작지 않을 것입니다."

"후우……."

모용고한과 모용준은 잠시의 침묵을 떨치고 다시금 도면 속으로 빠져 들어갔다.

그들을 바라보던 설기룡과 유방현 역시 시선을 돌리며 그곳에서 벗어나고 있었다.

"사형, 이게 정말 잘하는 것일까요?"

"사제."

"예?"

설기룡의 부름에 유방현이 고개를 돌려 바라보았으나, 설기룡은 고개조차 돌리지 않은 채 담담히 말했다.

"강호의 일은 옳고 그름만으론 판단할 수가 없네."

"하지만 무예를 닦는 이가 어찌 기물에 의존해 상대를 제압할 생각을 할 수가 있단 말입니까?"

"그럴 수 있네. 그래야만 하니까."

"예?"

"우리는 총호법의 혈채를 받아내야만 하지. 그분의 의형이신 죽은 황옥산 대협의 혈채도 물론이고. 하지만 그는 강하네. 무척이나 강하지. 지금 우리로선 방법이 없을 정도로. 그럼 우리는 이대로 모자람을 인정하고 물러서야만 하는가?"

"그건 아니지만……."

유방현은 설기룡의 말에 입을 오물거렸다. 평소와 다름없는 덤덤한 목소리였지만, 유방현은 설기룡이 무척이나 화가 나 있다는 느낌을 받았다.

"우리에게 중요한 건 우리가 그를 이기지 못했다는 사실이 아니네. 그에게 혈채를 받아내야만 한다는 것. 그의 목숨을 우리의 손으로 거두어들여야 한다는 것. 그것이 가장 중요한 것이네. 그것을 위해서라면 얼마간의 희생도 감수할 수 있고, 세상의 손가락질도 감내할 수 있네."

설기룡의 말에 유방현은 대답하지 않았다. 그의 말이 틀린 것은 아니었지만 옳다고도 말할 수 없었다.

'사형의 말씀이 장 호법의 원한을 이야기하는 것인지, 본 가의 명예를 이야기하는 것인지 모르겠습니다. 어쩌면…… 둘 다일지도 모르지

만, 마음이 내키지 않는 건 마찬가지네요.'

강호 초출인 유방현은 힘이 빠진 어깨를 추스르며 말없이 설기룡의 뒤를 따르고 있었다. 자신도 그럴 수밖에 없다는 듯이.

"후우……."

모용중경의 한숨에 황약란의 어깨가 움찔거렸다. 하나 그녀와 함께 앉아 있던 모용상아는 모용중경의 걱정과 노기가 뒤섞인 시선을 피하지 않았다.

"죄송합니다, 사부님."

"언니 잘못이 아니에요. 제가 자청해서 온 길이고, 언니는 제 안전을 염려해 하는 수 없이……."

"되었다."

모용상아의 변명에 모용중경은 고개를 저으며 그녀의 대답을 잘랐다. 더 들어봐야 뻔한 이야기일 뿐이고, 모자란 제자를 탓하려면 철없는 딸자식을 먼저 야단쳐야 했다. 용천표국의 대문에서 그를 맞이한 이는 용천표국주인 조백산이 아니라 하북에 있어야 할 모용상아였다. 모용중경은 물론이고 세가의 사람 모두가 놀라 말문이 막혔지만, 모용상아는 이곳에는 왜 왔냐는 아비의 호통에 이렇게 답했다.

"숙부의 흉수가 죽는 모습을 제 눈으로 지켜보러 왔어요."

그들을 맞이한 것은 모용상아였으나 모용상아가 아니었다. 본래 성정이 쾌활하긴 하나, 무공을 멀리하고 피를 두려워하던 모용상아였다.

그런 그녀의 눈엔 제법 그럴듯한 한기마저 어려 있었다. 그녀와 장안호가 평소 얼마나 가깝게 지냈는지 모르는 이가 없었기에 그녀의 당황스러운 등장 역시 충분히 이해할 수 있었다. 모용상아가 잃은 것은 숙부가 아니라 또 하나의 아비였다.

그녀는 놀랄 만큼 변해 있었다.

"어차피 본가는 갑호 방호가 유지되고 있을 터. 어차피 돌아간다 해도 들어가지 못할 곳이니, 돌려보내진 않으마."

"돌아가라 하셨어도 절대 가지 않았을 거예요."

모용상아의 대답에 모용중경은 또 한 번 한숨을 내쉬어야 했다. 장안호의 죽음은 여리고 착했던 딸아이의 성정마저 바꾸어 버린 듯했다. 그녀를 딸처럼 아끼던 장안호였고, 셈이 날 정도로 그를 따랐던 모용상아였다. 모용중경은 딸의 변화를 어찌 받아들여야 할지 당황스러워하고 있었다.

'이럴 때 당신이라도 살아 있었더라면……'

갑자기 죽은 아내가 떠올랐다. 아내와 사별한 세월이 딸아이가 살아온 세월이었다. 금이야 옥이야 아낄 줄만 알았지, 바르고 잘되라 다듬고 가꿀 줄은 몰랐다. 그저 밝고 명랑한 성품으로 자라준 것에 감사해하기만 했으니, 차갑게 변한 딸아이의 모습엔 어찌 손을 써야 할지 감도 잡을 수가 없었다.

"네 뜻은 알겠다. 물러가거라."

"예."

모용상아는 가만히 자리에서 일어섰지만 걸음을 옮기진 않았다. 그 모습을 바라보던 모용중경이 마지막으로 한숨을 내쉬며 말했다.

"약란이도 함께 물러가거라. 따로 벌을 내리지는 않을 것이다."

모용상아의 굳은 얼굴에 작은 미소가 떠올랐다 사라졌다. 모용상아와 황약란이 내실에서 사라지자 모용중경은 가만히 눈을 감았다. 하나 그의 입술엔 어느새 작은 미소가 지어져 있었다.

'언제까지나 어린아이일 줄만 알았는데 벌써 저리 컸다니. 자네에겐 미안하지만, 자네 덕분에 상아가 슬픔을 분노로 바꾸는 법을 배운 것 같으이.'

모용상아는 가주의 하나밖에 없는 여식이었다. 비록 따스하고 명랑했던 성품이 변한 것 같아 아쉽긴 했지만, 이번 일만 잘 해결되고 나면 그러한 천성에 냉정함과 단호함마저 겸비할 수 있을 것이다. 무가의 여인으로는 그리 나쁘다 말할 수만도 없었다. 모용중경은 모용상아의 변화를 좋은 쪽으로 생각하기로 했다. 그것이 자식을 바라보는 부모의 마음이었고, 당면한 대사에 집중하기로 한 가주의 판단이었다.

회랑을 따라 걷던 설기룡의 걸음이 멈춰 섰다. 처마와 처마가 이어진 그곳엔 몇 개의 바위가 땅 위로 머리를 내밀어 징검다리를 만들고 있었다. 하지만 처마 아래로 떨어지던 빗줄기 때문에 멈춰 선 것은 아니었다. 안채로 이어지는 회랑과 그 회랑을 가로지르는 물결 위로 떨어지던 빗물. 그 흐릿한 물안개 너머로 하얀 당혜(唐鞋)가 보였다. 설기룡과 모용상아는 그 처마의 끝자락에 다다라 멈춰 서 있었고, 정원으로 쏟아지던 빗줄기가 두 사람 사이로 떨어지고 있었다.

"오랜만이구나."

설기룡이 먼저 입을 열었다. 설기룡은 용천표국으로 이동하던 날 가주의 명을 받고 외출하였기에 함께 돌아오지 못했다. 표국으로 돌아와 모용상아가 이곳에 있다는 소식을 듣고 놀랐지만, 쉽게 그녀에게로 발길을 돌리지 못했다. 미처 감정을 추스르지 못하고 헤어진 두 사람이었기에 설기룡에겐 두 달의 시간을 돌아 마주칠 서먹함을 준비할 시간이 필요했다. 하늘의 고약한 장난이 두 사람을 마주 서게 했다.

"이곳으로 왔다는 소식은 들었다. 현명하지 못했구나."

고작 한다는 소리가 그녀를 탓하는 말이라니. 설기룡은 자신의 속 좁음을 탓하고만 싶었다. 하지만 모용상아는 그의 차가운 말에 웃으며 답했다.

"오라버니가 그랬잖아요. 나도 모용세가의 사람이라고. 모용세가의 사람으로서 와야만 했어요."

설기룡은 입술을 슬며시 깨물었다. 모용상아는 자신의 차가운 말에 따뜻한 미소로 화답했지만, 설기룡의 안색은 더욱 굳어질 따름이었다.

'한걸음 더…… 멀어졌구나.'

모용상아는 분명 자신에게 존대를 하였다. 그것이 단순한 호칭의 변화가 아니었다. 설기룡은 그것을 느끼고 있었다.

"걱정하지 말아요, 난 그의 죽음을 확인하러 온 것뿐이니까."

"……?!"

모용상아의 목소리에 정신을 차린 설기룡이 놀란 눈빛으로 되묻듯 바라보았다. 이미 모용상아의 입가에 걸렸던 미소는 사라지고 없었다.

"나와 그의 은원 따윈 이미 잊었어요. 차라리 그날 수적들에게 겁간을 당하는 편이 나았을 거라 생각하고 있으니까."

"너……."

모용상아의 차가운 말에 할 말을 찾지 못한 설기룡이 그녀의 곁으로 다가가기 위해 빗속으로 걸음을 옮겼다. 하지만 그녀에게 미처 가 닿기 전 들린 차가운 목소리에 놀라, 그의 걸음은 빗속에서 멈춰 서고 말았다.

"후회하고 있어요. 바보같이 굴었던 내 자신을 원망하고 있어요. 숙부를…… 숙부를 해친 사람을 동경했었다는 사실이…… 죽을 만큼 후회스러워요."

설기룡의 전신으로 빗줄기가 내리 꽂히고 있었다. 머리를 타고 흐른 빗물이 이마와 뺨을 타고 흘러내렸고, 눈가로 스며든 빗물 탓에 모용상아의 모습이 흐릿해만 보였다. 그럼에도 모용상아의 뺨을 타고 떨어지던 눈물은 그의 망막에 뚜렷이 새겨지고 있었다.

찢어지는 가슴을 억지로 붙들며 바라봐야 했던 연인의 변화였었다. 정인의 마음이 자신을 떠남을 알고 있었으면서도, 차마 입을 열어 한탄치도 못했었다. 혹시나 그를 향한 그녀의 본심을 훔쳐보게 될까, 뒤돌아보지조차 못했었다. 그런 그녀가 후회한다 했다. 원망한다 하고 있다.

기룡은 손을 뻗어 모용상아의 손을 잡고 싶었다. 눈물 흘리는 어린 정인을 보듬어 안고 싶었다. 하나 그의 손은 끝내 그녀의 가녀린 손목을 붙잡지 못했다.

"미안해요. 숙부의 원혼을 달래기 전까지, 모용상아라는 이름은 잊기로 했어요. 지금 오라버니 앞에 서 있는 사람은, 총호법의 복수를 바라는 모용가의 사람일 뿐이에요."

설기룡의 입술이 다시 한 번 깨물렸다. 하지만 그녀를 원망하거나 안타까워하지는 않았다.

'그래, 이것으로 되었다. 네가 네 자리로 돌아온 것만으로 되었다. 그 다음은… 그를 지운 후 다시 이야기하자꾸나.'

설기룡은 그녀에게 아무 말도 하지 않았다. 모용상아가 마음을 다잡기까지 얼마나 힘들었을까. 서툴게 입을 열어, 겨우 달래어논 마음에 파문을 일으킬 순 없었다. 지금은 이 정도로 만족해야 했다.

"나중에… 보자꾸나."

설기룡은 자신을 다독이며 그 자리를 벗어났다. 모용상아와 멀어지고 있었지만, 그것이 멀어지는 것이 아니라 자신을 위로했다. 지금 모용상아에게 필요한 것은 자신의 위로나 다가섬이 아니라 생각했다. 그녀에게 필요한 것은, 어렵게 자리잡은 마음이 굳어질 시간과 사라진 무창살귀의 목뿐이었다.

'기다려야 한다면 기다리마. 너를 빼앗긴 죗값이 기다림이라면, 천년이라 해도 기다리지 못할까.'

설기룡은 모용상아의 차가워진 모습에 안도하고 있었다. 이전의 밝았던 모습을 상상하지 않았다. 그 모습을 되찾을 거라 기대하지도 않았다. 닫혀진 마음은 살귀의 죽음으로 다시 열리리라. 그 문이 다시 열리기까지 얼마의 시간이 걸릴지는 모르지만…… 설기룡은 기다릴 수 있었고, 기다려야만 했다.

하지만 설기룡은 그녀의 내심을 바로 보지 못했다. 그녀가 흘린 눈물이 누구를 위한 눈물이었는지를 알지 못했다. 그녀가 남긴 말속에 그녀의 본심이 숨어 있었음을 간파하지 못했다.

모용상아의 눈물은 분명 원망하고 후회한다 했지만…… 그를 미워

한다 하지 않았다.

*　　　*　　　*

　"그래, 직접 만나보니 어떤가?"

　"아무리 백문불여일견(百聞不如一見)이라지만……."

　철중산은 고개를 저으며 말을 줄였다. 대운하를 따라 북상하던 거선은 미산(微山)과 조금 떨어진 곳에 돛을 내리고 있었다. 십 리만 나가면 관도와 만날 수 있고, 관도를 따라 말을 달리면 곡부(曲阜)를 지나 태산(泰山)까지 고작 나흘 길이다. 뱃길을 조금 더 고집한다면 제녕(濟寧)쯤에 내려 하루 정도는 시간을 아낄 수도 있었지만, 사람들의 이목을 생각해 미산 인근에서 그들을 내려주기로 하였다.

　"조금 고집을 부려 가패 일행을 떨어뜨리지 그랬는가? 그들은 어찌 생각해도 그의 행사엔 짐일 뿐인데……."

　뱃전에 서 있던 표풍추마 단사덕이 철중산에게 물었다. 단사덕은 사람들의 이목을 피해 미리 미산 인근에 당도해 있었다. 하지만 배가 돛을 내리고 소선을 띄울 때까지도 배에 오르지는 않았다. 법개인 철중산이야 대외적으로 얼굴이 거의 알려지지 않은 인물이니 그렇다 쳐도, 자신은 이미 수십 년 전부터 강호를 활보하여 그 화상이 널리 알려진 상태였다.

　가패가 자신을 알아보지 못하란 법이 없었다. 단사덕의 생각은 옳았다. 가패는 그를 알지 못했지만, 표풍추마 정도의 절정고수가 손 노인의 기억에 없을 리 없었다. 아마도 고대문파의 장로들 중 손 노인이 알지 못하는 이는 거의 없다 해도 과언이 아닐 것이다.

"아니요. 고집을 부려 될 일은 아니었습니다."

"왜? 그새 정이라도 붙었던가?"

단사덕의 말에 철중산이 담담히 미소를 지었다. 이곳에 이르는 며칠간 그들의 행동을 유심히 관찰했다. 자신의 눈이 잘못되지 않았다면, 그들은 우연히 만난 동행 이상의 무언가로 이어져 있었다. 한은 가패의 손을 볼 때마다 안타까운 듯한 표정을 지어 보였고, 예향이란 여인의 시선을 애써 피하고 있었다. 가패는 한을 바라보며 한숨짓는 일이 잦았고, 예향은 한의 주변을 떠나질 않았다. 손 노인은 가패와 이야기를 나누거나 예향과 다투는 와중에도, 한의 일거수일투족을 세밀히 살피고 있었다. 그를 바라보는 눈길은 애틋했고, 그의 행동은 조심스러웠다. 그간 쌓인 사연이 적지 않은 모양들이었다.

"혹시나 싶어 가패에게 몇 가지 당부를 해놓았습니다."

"당부?"

"아무래도 그가 말을 하지 못하니 가까운 곳에서 그를 보조해 줄 이가 있으면 좋겠다 싶었습니다."

"알아서 잘했겠지만……."

"허허, 그저 알아두어야 할 것만 말해 주었을 뿐입니다."

철중산은 너털웃음으로 단사덕의 걱정스러운 시선을 피했다. 하지만 단사덕의 질문은 아직도 많이 남아 있었다.

"장안호의 흉수는 아직 밝혀내지 못했는가?"

"거의 포기 단계입니다. 시신이 모용세가에 가 있으니 사인조차 확인할 길이 없고, 인근 살던 마을 사람들은 그 산에 걸음조차 꺼렸던 모양입니다.”

“큰일이군. 진범이라도 잡아야 사람들의 이목을 돌려놓을 수 있을 텐데……”

“단 장로께서는 정말 그가 한 짓이 아니라고 믿으십니까?”

철중산의 물음에 단사덕은 고개를 저었다.

“그가 그랬다면 지금쯤 모용세가는 시신들과 함께 추적을 포기했겠지. 아니, 어쩌면 시신을 거둘 사람조차 남지 못했을지도……”

“황옥산의 일은 제가 봐도 불가항력이더군요.”

“그의 외호가 달리 광도겠는가. 결국 그를 죽인 건 그 자신의 호승지심인 것을……”

단사덕은 안타깝다는 듯 혀를 찼다. 고개를 젓는 단사덕의 뇌리로 그날의 일 중 하나가 떠오르고 있었다, 황옥산의 죽음을 지켜본 또 하나의 추적자들.

“소림의 추적대와 조우했었다고?”

“예. 조용히 그의 뒤를 따르고 있더군요.”

“그들이 말을 타고 북상 중이란 소식이 들어왔네. 소림과 무당을 합치니 스무 명 가까이나 되더구먼.”

“타이른다고 들을 상대는 아니지요.”

조광호에게 전음을 보냈던 신비인이 바로 철중산이었다. 이미 그들의 움직임은 개방의 이목을 벗어나지 못하고 있었다.

“거의 확증을 잡았다 생각한 모양이야. 한데 뭉쳐 이동하는 것을 보면……”

“최대한 막아봐야지요. 쉽지는 않겠지만……”

소림과 무당의 제자를 막는 일은 쉬운 일이 아니다. 그들의 실력이 대단해서가 아니라, 그들을 막으며 피를 보아서도 안 되고 정체를 밝혀서도 안 되기에 어려운 일이었다. 아직 소림과 무당은 이번 일에 개방이 개입되었단 사실을 모르고 있었고, 앞으로도 그것만은 피해야 했기에 철중산의 고민이 커지고 있는 것이었다.

"방주께서도 걱정이 크시네. 너무 많은 인원을 움직이면 결국 그들의 이목에도 우리의 존재가 잡힐 것이야. 서로 모른 척할 수 있으면 다행이지만, 그럴 수도 없는 일이니……."

"그 문제는 아무래도 방주께 다시 한 번 상의드려 봐야 할 것 같습니다. 제자들만 풀어 감당하기엔 일이 점점 커지고 있습니다."

"하면?"

"제가 직접 감당하면 좋겠지만, 실상 그것이 어려우니… 적은 수라도, 돌아가는 상황에 따라 직접 판단하고 행동할 만한 인력이 필요합니다."

철중산의 말에 단사덕이 고개를 돌렸다.

"고수들을 붙이자는 말인가?"

"제가 직접 보고 내린 결론입니다."

철중산의 말을 부정할 수 없었다. 오십 기나 되는 무사를 끌고 나온 모용세가의 결심도 예상 밖이었지만, 그들과 함께 움직인 흑백쌍괴의 출현도 의외의 변수였다. 비록 무사히 위기를 넘기기는 하였지만, 이대로 두었다간 무창살귀가 아니라 천하의 공적으로 몰리게 될 판이었다.

동정수로채의 추적도 전혀 예상치 못한 일이었다. 소림과 무당도 언제까지 잠자코 지켜보기만 하지는 않을 것이다. 설상가상으로 모용세가의 뒤에는 관부의 지원까지 있다는 첩보도 올라오고 있는 상황이었다. 노리는 자는 많으나, 막아야 할 손은 턱없이 부족하기만 했다.

"그러나 고수를 투입한다 하여도 직접 나서지 못함은 마찬가지 아닌가?"

"그러니 홀로 판단이 가능한 인선을 이야기한 것입니다. 반드시 나서야 할 상황을 판단할 수 있고, 그 순간 힘이 되어줄 소수의 정예 말입니다."

"자네 설마?"

단사덕이 데인 듯한 표정으로 한발 물러섰다. 철중산의 미소는 의미심장했다.

"매일 소일로 바쁘신 단 장로님께는 죄송한 말이나…… 개방의 법개로서 추천할 만한 인선을 물으신다면, 단 장로님이 제일 적격이옵니다."

"끙."

단사덕은 못마땅하다는 표정으로 철중산을 바라봤다. 하나 이내 고개를 저으며 푸념하듯 입을 연 단사덕이었다.

"그래, 결자해지라 이건가? 구양가주와 개방을 이은 것이 나이니, 결국 나보고 책임지라는 뜻이군?"

"그럴 리가 있겠습니까만… 그리 생각하시면 오랜만에 내려질 임무에 더욱 충실할 수 있으시겠지요. 허허."

철중산의 웃음에 단사덕은 코웃음을 치며 고개를 돌렸다. 하지만 그의 표정에 불만이 어리진 않았다.

"자네가 정 그렇다면, 다 늙은 내가 나설 수밖에."

"……?!"

농담 반 진담 반으로 운을 떼었던 철중산이 놀란 듯 단사덕을 바라 봤다.

"진심이십니까?"

"구양가주의 걱정이 이만저만 아니야. 그 사람이 무슨 죄가 있나. 선조가 남긴 무공 때문에 멸문의 화를 입고, 딸자식까지 잃은 사람이 니…… 비록 원한 탓에 이 지경까지 이르긴 했지만, 본 방에 큰 누를 끼쳤다 미안해하고 있어."

단사덕의 말에 철중산은 입을 다물었다. 구양가주에 대한 이야기라 면 함부로 운을 뗄 성질의 것이 아니었다. 그저 조금 돌아가는 이야기 로 근황을 묻는 것이 전부일 정도로.

"구양가주의 건강은 어떻습니까?"

"후우… 요새는 하루 반 시진도 채 몸을 못 일으키네. 몸에 남아 있 던 독기는 모두 몰아냈지만, 이미 칠순이 넘은 노구이니 살아 있는 것 이 놀랄 지경이지. 아마도…… 이 일이 끝나면 세상의 연을 놓겠지."

철중산은 가만히 고개를 끄덕여 보이는 것으로 만족했다. 구양가주 의 신변은 단사덕이 맡고 있었다. 맡고 있다는 표현도 사실 정확한 것 은 아니었다. 개방의 누구도, 심지어는 용두 방주조차 그의 행방을 알 지 못하니. 구양문을 수발하는 제자도 단사덕의 직전 제자들뿐이었고, 그들의 행방 역시 삼 년 전부터 묘연하기만 하였다.

"아까 제가 드린 이야기는 농이었습니다. 구양가주의 건강이 그렇게 좋지 않다면……."

"아니야. 내가 곁에 있는다고 나아질 것이 아니지. 차라리 내가 그 사람 제자 곁에 있겠다 하는 게 그 사람 마음을 편히 만들어주는 것일 게야."

"그럴지도 모르겠군요. 한데, 구양가주는 그를 제자로 여기고 있는 것입니까?"

철중산은 처음 듣는 이야기에 호기심을 나타냈다. 그가 알기로 한은 구양문의 노비였고, 그 딸의 몸종이었다. 비록 무공을 사사하기는 하였으나, 사제지연을 맺기는 어려울 듯싶었다. 단사덕의 한숨은 그의 그런 짐작이 그리 틀리지 않았다 말해 주고 있었다.

"배사지례도 올리지 않은 사이지. 구양문 그 사람도 스스로를 사부라 생각지 않고 있고. 그렇다고 한의 신분이 미천하여 그렇게 생각하는 것은 아닐세. 구양문이 비록 한에게 무공을 사사했으나, 그 본인은 검 한 번 휘둘러보지 못한 문재. 오로지 비급 한 권과 노력만으로 그런 검귀를 키워낸 것이니, 그 사람의 집념도 참으로 대단하다 아니 할 수 없지."

"하면 제자를 걱정함이라 하신 말씀은?"

"사람이 달리 사람인가? 입으로야 사부라 부르지 못하게 하였다지만, 마음까지 그렇진 않지. 차라리 무공을 전수하는 것이 목적이었다면 또 모르지만, 한에게 주어진 업은 자신이 풀지 못한 원한의 해결이야. 그런 죄업을 떠넘기면서 사부라 불릴 수는 없다는 게 그의 뜻이었지. 하나 그의 걱정하는 모습을 보면 영락없는 제자 걱정이야. 뭐, 어찌 보면 당연하다랄 수도 있지만……."

단사덕의 한숨 어린 감정은 타인에 대한 동정이 아니었다. 아마도 연배가 비슷한 단사덕과 구양문 역시 적지 않은 교분을 나눴을 것이 분명했다. 단사덕은 약조로 이루어진 임무의 결과를 걱정하는 것이 아니라, 강호에 내동댕이쳐진 친구의 제자를 걱정하는 것이었다.

무거워진 분위기가 맘에 들지 않았는지, 단사덕은 고개를 저으며 화제를 돌렸다.

"그건 그렇고, 태산에 있다는 자는 누구인가? 대충 들어보니 이번에는 혼자가 아니라는 것 같던데?"

"막능여(莫能與)란 자입니다. 무당의 속가제자였고, 지금은 능곡(凌谷)이란 이름으로 살고 있지요."

잠시 고개를 갸웃거린 단사덕이 조금 놀랐다는 눈빛으로 되물었다.

"능곡? 태산 귀혼각(鬼魂閣)의 살수 중 하나랑 같은 이름이구먼?"

"맞습니다. 무음유살(無音有殺) 능곡이 바로 그자입니다."

단사덕의 미간이 찌푸려지고 있었다. 한에게 직접 그자의 초상화를 건네주기는 했지만, 설마 하니 귀혼각의 살수로 활동하고 있을 줄은 꿈에도 몰랐다.

"그래도 한때 무당의 제자였던 자가 어찌 한낱 살수로 살아갈 수가 있는가……."

"두둔하는 것은 아니지만, 선택의 여지가 없었을 겁니다. 상술에라도 재주가 있다면 죽은 이릉운이나 초왕기처럼 상계에라도 진출할 수 있었겠지요. 물론 그 덕에 명을 재촉한 꼴이 되었지만, 달리 방법이 없었을 겁니다. 그가 선택할 수 있는 것은 강호인으로서의 생활을 접거나, 완전히 은거하거나, 어둠 속에서 살아가는 방법뿐이었을 테니까요."

단사덕의 찌푸려진 미간은 펴지질 않고 있었다. 철중산의 짐작이야 그리 새로울 게 없었지만, 귀혼각이란 이름이 못내 머리 속을 떠나지 않고 있었다.

"귀혼각이라…… 쉽지 않겠군."

"무공만으로 상대할 수 있는 자들이 아니지요. 그래서 가패 일행을 떼어놓지 않은 거구요."

"음? 그러고 보니, 자네 정말 그에게 무엇을 부탁한 겐가?"

단사덕이 궁금함을 참지 못하고 물었지만, 철중산은 가만히 미소 지을 뿐이었다.

한은 그들의 걱정을 어깨에 짊어진 채 관도를 거슬러 오르고 있었다. 다행히 관도는 한산했고, 철중산이 내어준 마차는 사람들의 관심을 끌지 않았다. 마차는 빠르지도 느리지도 않은 속도로 관도 위를 달리고 있었다. 미산에서 태산까지는 고작해야 나흘거리였다.

*   *   *

"무슨 일이신지요?"

설기룡의 목소리엔 짜증스러움이 묻어나 있었다. 이미 시간은 자시를 넘어서고 있었으니 자신을 찾아온 용호는 숙면을 방해한 불청객이라 할 수 있었다. 물론 좋지 않은 감정을 숨기지 않고 있는 설기룡의 눈매가 달아난 잠 때문만이 아님은 용호도 잘 알고 있었다. 물론 그런 것에 신경 쓸 리도 없었고.

"설 공자에게 전해주고 싶은 것이 있어 찾아왔소."

"전해주고 싶은 것이라니요?"

설기룡이 용호에게 자리를 권하며 물었다. 어쨌든 찾아온 손님이니 박대하며 돌려보낼 수는 없었다. 한데 그가 찾아온 용건이 자신에게 무엇을 주기 위함이라니 호기심이 동할 수밖에 없었다.

"이것을 전하기 전에 내 의도를 곡해하지 말아달라는 당부를 드리고 싶소."

"제가 받기 과분한 것이라면 미리 사양하고 싶습니다만."

"나에게는 어울리지 않으나, 설 공자에게는 도움이 될 만한 것이오."

용호가 품에서 꺼낸 것은 낡은 서책이었다. 설기룡은 수상하다는 듯 용호를 바라보며 물었다.

"이것이 무엇입니까?"

"허허, 직접 한번 보시구려."

설기룡은 내심 찜찜한 기분이 들면서도 서책을 확인하지 않을 수 없었다. 한데 서책을 훑어보던 설기룡의 눈빛이 조금씩 굳어지고 있었다.

"……이것은?!"

"우연히 얻게 된 물건이오. 나야 무공이란 것과 인연이 없으니 있으나 없으나 별 상관 없는 물건이지만, 설 공자에게는 혹 도움이 될까 싶어 가지고 왔다오."

설기룡은 입 안에 고인 침을 삼키며 용호를 바라보았다. 마치 그의 내심을 짐작이라도 해보려는 듯한 시선이었지만, 그런 눈빛 정도에 속내를 드러낼 용호가 아니었다.

"……이것이 무엇인지 아십니까?"

"그 서책의 주인이 없다는 것은 알고 있소."

설기룡은 다시 한 번 서책으로 눈을 돌렸다. 서책의 마지막에 적혀 있던 한 줄이 그의 시선을 잡아끌고 있었다.

'지원(至元) 십삼년. 악송강(岳松剛)이 남긴다…….'

설기룡은 자신이 기억하는 악송강이란 이름과 지원이라는 연호를 맞추어보고 있었다. 그리고 자신이 떠올린 이름과 서책에 남겨진 악송강이란 사람이 동일인임을 깨닫고 다시 한 번 경악했다.

'이것이 진본이 맞다면…… 탈명마군(奪命魔君) 악중산이 말년의 심득을 남긴 비급이다!'

악중산은 원나라 때의 사람으로, 하남 일대를 무대로 악행을 일삼던 전대의 거마였다. 비록 정파 고수들의 연수 공격에 그 악행은 종지부를 찍고 말았지만, 그가 보인 신위는 수백의 정파인들을 두려움에 떨게 만들었다 전해지고 있었다. 그런 거마의 심득이 눈앞에 놓여 있던 것이었다.

"이것이…… 어떤 물건인지 정녕 모르시오이까?"

"나는 악중산이란 이름도 모르고, 탈명마군이란 외호도 모른다오. 내가 아는 것이라곤 그것의 임자가 이미 오래전 죽었고, 그것을 내가 가지고 있었으며, 지금은 설 공자에게 꼭 필요한 물건일 거란 생각뿐이오."

용호의 말에 설기룡은 혼란에 빠지고 있었다. 이미 수백 년 전 사라진 고수의 비급. 그것을 자신에게 전해주는 까닭. 그의 눈빛이 바라고 있는 그 무엇. 설기룡은 들고 있던 비급이 천 근처럼 무겁다 느끼고 있었다.

"이것은…… 받을 수 없습니다."

용호는 비급을 내려놓은 설기룡의 행동에 의외라는 눈빛을 보냈다.

"이 비급을 남긴 이는 악행을 일삼다 강호의 공적으로 몰려 죽임을 당한 마두입니다. 강호의 정의를 숭양하는 이로서 그런 마두의 무공을 탐할 수는 없습니다."

"그렇소? 내가 아는 것은 이 비급의 원주인이 대단한 고수라는 것뿐이오만…… 살귀와 견주어도 부족하지 않을 만큼……."

용호의 말에 설기룡의 눈꼬리가 꿈틀거렸다. 살귀를 상대할 수 있는 무공이라는 한마디가 설기룡의 뇌리를 떠나지 않고 있었다. 설기룡의 고뇌는 그의 얼굴 위로 고스란히 묻어 나오고 있었다. 비급을 내려놓은 것만으로도 대단한 의지라 할 수 있었지만, 작은 바람만 불어주어도 꺾여 버릴 불안한 의지였다. 용호는 그런 설기룡의 의지에 바람을 불어넣고 있었다.

"아까 모용 소저를 보았소. 많이 상한 듯 보입디다."

"으음……."

용호가 보낸 작은 바람에 설기룡의 눈빛이 크게 흔들리고 있었고, 용호의 두 번째 바람이 그런 설기룡을 더욱 세차게 흔들고 있었다.

"하지만…… 정파의 인물이 대마두의 무공을 배울 수는……."

"설 공자, 너무 부담 가질 필요 없소. 이것이 필요한 상대는…… 단 한 사람뿐이니까."

설기룡은 이를 악물며 다시 한 번 비급을 바라보았다. 비급이 손을 내밀며 자신을 부르는 것만 같았다.

"여인은 자신을 지켜주지 못하는 이에겐 안기지 않는 법이라오."

자리에서 일어난 용호가 설기룡의 등 뒤에서 속삭이고 있었다. 설기룡의 이성은 비급을 취해선 안 된다 외치고 있었지만, 마음의 고함 소리에 파묻혀 들리지도 않았다.

'나에게 필요한 것은 강한 힘이다. 그를 꺾을 수만 있다면…… 상아의 마음을 되찾을 수 있을 것이다.'

설기룡의 눈은 멀어 있었다. 자신의 손이 허락도 없이 비급을 집어 들고 있었음에도, 그것을 탓하거나 제지하지 못했다. 여인을 향한 욕망이 그의 모든 사고를 잠식해 버렸다. 설기룡은 용호가 건넨 족쇄를 스스로 발목에 채워 버렸다. 그것이 족쇄인 것을 알고 있었지만, 도저히 거부할 수가 없었다.

"언젠가 나에게 고마워할 날이 올 것이오. 모용 소저는 놓치기 아까운 여인이라오. 허허허."

용호가 웃으며 내실을 나서고 있었지만, 설기룡은 움직이질 못하고 서 있었다. 굳어진 설기룡의 시선은 손에 쥔 악중산의 비급을 바라보고 있었다.

악중산의 비급이 설기룡의 품으로 들어가던 그 순간, 한줄기 뇌성벽력이 남경의 하늘 위로 울려 퍼지고 있었다.

*　　　*　　　*

“괜찮아.”

가패는 무뚝뚝하게 답했다.

“어떻게 하라고? 칼을 바꾼다고? 아, 똑같은 걸로 검날만 하나 장만
해 달라고?”

예향은 가패의 혼잣말 같은 대화에 눈을 돌렸다. 이제는 그럭저럭
한의 손짓을 알아듣는 가패였다. 본인은 그것을 의식하지 못하고 있었
지만, 지난 두 달여의 시간은 알게 모르게 서로의 움직임에 적응하도록
만들었다.

“이런 칼을 만들 수 있는 장인을 찾으려면 쉽지 않아. 손옹, 혹시 재
주 좋은 대장장이 좀 알고 있소?”

“음?”

마차를 몰던 손 노인이 고개를 돌려 무슨 소리냐는 듯 바라보았다.
가패는 한의 칼을 턱짓으로 가리키며 말했다.

“칼이 너무 가벼운 모양이오.”

“아, 대장장이! 산동에 가면 한 사람 있지. 어렵지 않게 찾을 수 있
을 거야.”

손 노인의 대답에 한이 고개를 끄덕였다. 잠시 이야기의 맥이 끊긴
틈을 타 예향이 다가와 앉았다.

“한아, 배 안 고파? 우리 어디 가서 뭐 좀 먹고 가자. 응?”

예향의 눈웃음에 한은 가만히 고개를 저었다. 잠시 입을 내밀던 예
향이 배시시 웃으며 말했다.

“그치? 너도 배고프지? 영감! 우리 가까운 객잔에서 좀 쉬었다 가자.
요기도 좀 하고.”

"거참, 재미있는 대화법이군."

가패가 피식 웃으며 핀잔을 주자 예향이 혀를 내밀어 보이며 당당하게 말했다.

"나랑 한이랑은 이렇게 하기로 했다구요. 좋으면 도리도리, 싫으면 끄덕끄덕."

"이보게. 정말 그렇게 한 겐가?"

손 노인이 웃으며 묻자 한은 가만히 고개를 저어 보였다. 그러자 예향이 손뼉까지 치며 말했다.

"거봐! 좋으면 고개를 젓기로 했으니, 한도 그렇게 하자고 하는 거라구."

손 노인은 예향의 말도 안 되는 이야기에 고개를 저으며 시선을 돌렸다. 가패는 가볍게 웃어주며 한에게 말했다.

"산동엔 곡부가 있어 관묘가 그리 대접을 받지 못하는 모양이야. 그래서 대부분의 관제묘는 인적이 드문 곳에 세워져 겨우 명맥을 유지한다더군. 태산 서쪽에도 그런 관제묘가 하나 있다더라. 그곳에 가면 네가 원하는 사람을 만날 수 있다더군."

가패의 말에 한이 고개를 끄덕였다. 예향은 가만히 고개를 돌렸다. 이전처럼 막무가내로 살기를 내뿜거나 하지는 않았지만, 차갑게 가라앉은 시선은 마주하기가 어려웠다.

"그 철가 사내가 이야기해 줬다. 이번 상대는 무척이나 까다로워 너 혼자 상대하기엔 무리일 거라고. 귀혼각이라고 했던가?"

"귀혼각?"

역시 이번에도 손 노인이 아는 체를 하며 끼어들었다. 하지만 그의 이야기에는 도움될 것이 많아 가패는 가만히 그의 이야기를 듣기만 했다.

"소문만 무성한 살수들의 집단이야. 살수들이 집단을 이룬다는 것도 어렵지만, 귀혼각 이야기가 십 년도 넘게 들려오는 걸 보면 의외로 죽이고 싶은 자들이 많은 세상인가 보더군."

"제법 한 수가 있는 자들인가 보군."

"뭐, 그렇지도 않아. 은밀히 숨어 사람 뒤통수나 노리는 놈들이 무슨 실력이 있겠는가? 일 대 일로 마주한다면 그저 평범한 놈들일 뿐이지. 그래도 살수들의 재간은 제법 무섭지. 생각지도 못했던 곳에서 검이 튀어나오니, 그놈들과 은원을 맺어 곱게 끝나는 건 보질 못했어."

손 노인도 그들에 대해 자세한 것은 알지 못하는 모양이었다. 하지만 들은풍월들만 정리해도 제법 도움이 되곤 했다, 지금처럼.

"한 번은 고 대인이라는 자가 죽었는데, 어떻게 죽었는지 아무도 알 수가 없었어. 칼에 찔린 것도 아니고 독에 당한 것도 아니고. 나중에 그 사람 무덤을 이장하는데, 머리통 속에 누런 젓가락 하나가 박혀 있었다더군. 귓구멍으로 젓가락을 쑤셔 넣은 모양이지."

"그거 어디서 많이 들어본 이야기요?"

"헤헤, 사실은 이 모라는 사람이 쓴 책에서 얼핏 본 내용이야. 그래도 그 사람이 명필은 명필이야. 그 사람이 쓴 것 중에 벽오금학도라고……."

"아, 그 이야기는 되었고, 살수 이야기나 더 해보시오."

가패는 손 노인의 말을 자르고 살수 이야기를 더 청했다. 손 노인은 기억 속에 있는 살수란 살수 이야기는 모조리 꺼내어 늘어놓았다. 뒷간에서 볼일을 보다 항문이 뚫린 사람 이야기. 이불에 뿌려놓은 독이 여인과 방사를 하던 중에 출렁여 하독돼 죽은 이야기. 길바닥에 뿌려놓은 똥을 피하다 담벼락에서 튀어나온 단검에 찔려 급살당한 불쌍한 하오배의 이야기까지, 수십 가지도 넘는 살수들의 방법이 손 노인의 입을 통해 흘러나오고 있었다. 처음엔 대단치 않게 듣던 가패와 한이었지만 이야기가 흐를수록 놀란 표정을 금치 못했다.

"참… 별스런 방법도 많군."

가패는 입맛을 다시다 예향을 바라보았다. 손 노인이 꺼낸 살수 이야기의 절반은 여인이 전개한 살수였다. 예향은 그런 가패의 눈을 바라보며 눈웃음을 쳤다.

"원래 독하지 않으면 장부가 아니라고 하지만, 그런 장부보다 더 독한 게 여자거든요."

예향의 웃음에 가패는 고개를 저었다. 요새는 자신이 노려봐도 곧잘 받아치는 예향이었다. 가패는 다시금 한을 바라보며 입을 열었다.

"지금 들은 대로 살수들을 상대할 때는 정공법을 택해선 안 된다. 어차피 너야 일격필살이겠지만, 눈앞의 칼보다 소매 속의 침이 더 무섭다는 것도 잊지 마라."

한은 가만히 고개를 끄덕여 보였다. 어차피 직접 닥쳐 보지 않는 이상 그들이 어떤 수법으로 나올지는 알 수가 없었다. 운이 좋아 막능여만 찾아내 벨 수 있으면 좋겠지만, 최악의 경우 살수라는 자들 전체와 싸우게 될지도 모르는 일이었다. 하지만 무언가를 계속 고민하는 가패와는 달리 한의 표정은 쉬이 바뀌지 않았다.

'그들이 숨는다면 나는 찾는다. 먼저 찾아 베어버리면 그뿐.'

한은 살수라는 존재를 그리 대수롭게 생각지 않았다. 지금까지의 길
도 쉬운 길은 아니었다. 그저 조금 더 특별하고, 조금 더 위험한 상대
와 만나게 될 뿐이다.

하지만 태산의 그들은 그의 생각보다 조금 더 특별하고, 조금 더 위
험했다. 그리고 그들 속에 숨어 있던 그는, 그들보다도 조금 더 위험했
다.

또 다른 추적자—무당

무당산은 섬서성 진령에서 시작되며, 동쪽으로 뻗은 여맥은 대별산맥으로 이어져 호북, 하남, 안휘의 경계를 이룬다. 보통 무당산이라 하면 높게 솟은 거산을 생각하지만, 실제 무당산은 팔백여 리에 걸쳐 이루어지는 산맥의 총칭이다.

예로부터 무당산은 산세가 수려하고 기운이 영험하여 수도자들의 발길이 끊이질 않았다. 도교에서는 북극진무현천상제(北極眞武玄天上帝)가 모셔졌다 하여 무당산을 성지로 받들고 있었고, 무극상도(無極上道)를 얻은 원양신이 흑타각검(黑駝角劍)으로 자소면양(紫宵面陽)이란 요귀를 물리친 것 같은 신화가 도처에 내려오고 있었다.

우화등선을 꿈꾸는 도인들에게 있어 영산이라는 것은 영기가 모인 보배와도 같은 것. 무당산 곳곳에 크고 작은 도가 계열 문파들이 들어섰고, 득도의 꿈을 안고 찾아온 이들이 만든 동혈이 절벽마다 산재했다. 때론 서로 다른 유파의 사람들이 한 산에 공존하기도 하였지만, 대부분의 사람들은 스스로의 수행에 몰두하느라 그러한 것에 개의치 않았다.

하나 그들을 바라보는 외인의 눈길엔 모두가 하나처럼 보일 뿐이니, 언제부터인가 무당산에서 도를 닦는 도인들을 일컬어 무당파 도인들이라 약칭하게 되었다.

신화와 전설로 이어져 내려오던 무당산에 한 사람의 기인이 나타나 도를 설파하니, 이 기인의 이름은 장삼풍(張三豊)이라 하였다. 송 말에 처음 모습을 드러내었던 장삼풍 진인은 도리는 물론 무공에도 조예가 깊어, 행패를 부리던 원의 병사 일백을 단숨에 때려눕혔다고도 전해진다. 도술과 의술에도 정통하여, 도력으로 귀신을 물리치고, 중원천하를 떠돌며 수많은 병자들을 고쳐 주었다고도 한다.

이후 그가 무당산에 자리를 잡자 그를 추종하는 무리까지 무당산을 찾았기에, 전성기 때에는 무당산에 오른 도인의 수만 일만에 달했다 한다. 물론 그것이 장삼풍 진인이 원한 것인지는 알 수 없는 일이었으나, 그의 등장은 결국 장삼풍 진인을 조사로 하는 무당파의 등장으로 귀결되었다.

무당파는 조정과도 밀접한 관계를 가지게 되었는데, 특히나 영락제의 관심은 유별난 것이어서, 현재 무당파의 도관 대부분은 그가 지은 것이나 다름이 없었다. 일설에는 정난지변에서 사라진 황세손 윤문을 찾기 위한 일이라고도 하나, 승려로 출가해 숨어 지낸다는 소문과 함께 조용해진 낭설일 뿐이었다.

어찌 되었든 영락제는 장삼풍을 만나기 위해 가진 애를 썼지만, 결국 그와의 조우는 이루어지지 않았다. 만약 장삼풍이 영락제를 만나 정사에 관여라도 했더라면, 천하도교의 입지가 달라졌을지도 모를 일이었지만, 현재의 무당파도 그런 상상에 부럽지 않을 정도의 성세는 구가하고 있었다.

무당산은 모두 칠십이 개의 봉우리로 구성되어 있는데, 가장 높은 봉우리는 천주봉(天柱峰)이라 하고, 천하제일도문인 무당파 역시 천주봉 아래 자리하고 있었다. 기실 균주성(均州城)에서 금정(金頂)까지 이어지는 팔 궁(八宮)과 이 관(二觀), 그중 어느 하나를 꼬집어 무당파의 본전이라 말하긴 어려웠다. 장삼풍 조사가 직접 창건하였고, 무당 무공의 본향으로 일컬어지는 우진궁(遇眞宮)을 본전이라 할 수도 있었지만, 실제로는 무당파의 장문인과 장로들이 태현자소궁(太玄紫蘇宮)에서 거처하며 무당파와 관련한 대부분의 대소사를 관장하고 있었기에, 당금에는 자소궁을 일컬어 무당파의 본전이라 칭하고 있었다.

무당파의 장로인 광양검 운경자가 자리하고 있던 곳도 무당의 본전으로 불리는 자소궁의 한 별실이었다.

"본 문의 아이들이 소림의 추적대와 조우하였다는 전서가 도착했습니다."

"지금 어디쯤 가고 있다 했지?"

"지금쯤이면 산동에 거의 다다랐을 테니 신기(新沂)쯤 가 있겠군요."

운경자의 대답에 상석의 노도인이 고개를 끄덕이며 수염을 쓰다듬었다. 한 자는 될 법한 백염이 노인의 풍모를 더욱 신비스럽게 만들고 있었다. 무당파의 장로인 운경자에게 하대할 수 있는 노도인. 원시천존상을 등진 노도인이 바로 당금 무당파의 장문인인 운현자였다.

"한데, 일이 이 정도까지 진척되었으면 슬슬 나설 때가 된 것 아닙니까? 아무것도 모르는 속가제자들만 붙여놓자니 마음이 썩 좋지가 않습니다."

운경자의 말에 운현자는 웃으며 차를 권했다. 운경자는 찻물로 목을 축이며 운현자의 대답을 기다렸다. 하나 운현자는 대답 대신 질문을 건넸다.

"자네는 어찌했으면 좋겠는가?"

"일단은 그를 만나봐야겠지요. 그가 정녕 구양세가의 전인이라면, 구양가주의 신변부터 확인해야 하겠고, 남은 반도들의 위치도 알아내어 본 문이 직접 손을 써야겠지요."

"그것이 좋을 것 같은가?"

"예?"

운현자의 물음에 운경자는 되물을 수밖에 없었다. 좋고 나쁘고를 떠나 당연한 일이 아니던가? 반도의 처리를 타인의 손에 맡기는 것도 대문파의 위신에 적절치 못한 것이었고, 사라진 구양가주의 안위도 자신들이 책임져야 할 몫이었다. 한데 운현자는 그것이 좋으냐 되묻고 있었다. 마치 그렇지 않다는 듯이.

"소림에서는 어찌 하고 있던가?"

"그게…… 일단은 관망하고 있는 것 같았습니다. 특별히 다른 임무가 내려진 것도 아니고, 본산에서 사람이 내려온다는 전갈도 받지 못했다 하더이다.”

운현자는 그럴 줄 알았다는 듯 고개를 끄덕였다. 그의 아리송한 태도에 운경자는 또다시 묻지 않을 수 없었다.

“하면, 장문인께서는 이 일을 보고만 계실 생각이십니까?”

“허허, 그래서 내가 묻지 않았던가? 어찌했으면 좋겠느냐고.”

“그야…….”

운경자는 대답을 잠시 멈추고 운현자를 바라보았다. 이 엉뚱한 대화가 이루어지는 이유는, 결국 자신이 내놓은 답이 장문인이 원한 답과 다르다는 뜻이다. 그것은 소림의 행보와도 같은 맥락일 것이다. 그들이 움직이지 않는 이유가 무당이 움직이지 않는 이유였다.

“장문인의 고견을 듣고 싶습니다.”

운현자는 가만히 눈을 돌려 운경자를 바라보았다. 이미 환갑이 지난 운경자였지만, 자신과는 열 살 가까이 연배 차이가 나는 사제였다. 항상 도문의 교리에 순응하고, 묵묵히 자신에게 주어진 소임에 충실한 전형적인 무당 문하였다.

“자네가 생각하기에도 그가 정녕 구양가주의 제자일 것 같은가?”

“그야 당연히…….”

잠시 말을 끊은 운경자가 운현자를 바라보며 고개를 갸웃거렸다. 사형이 건넨 질문은 괜한 것이 아닌 듯싶었다.

“혹시 그가 구양가주의 제자가 아닐 것이라 여기시는 겁니까?”

“나는 자네의 뜻을 물었다네.”

“물론, 저는 그가 구양가주의 제자일 거라 생각하고 있습니다.”

"왜지?"

운경자는 사형이 자신을 놀리고 있다는 생각을 했다. 그렇지 않고서야 뻔히 드러난 사실을 되풀이해 설명하라 말하진 않을 테니.

하나 그는 대무당파의 장문인이고, 자신은 그의 사제이자 장로였다.

장문인이 원하니 답을 해주는 수밖에.

"첫째로는 그의 행보입니다. 그는 지난 삼 년간 본 문과 소림이 찾지 못했던 반도들을 하나씩 주살하고 있습니다. 사라진 반도 여덟 명 모두에게 원한을 가지고 있는 이는 구양가주 단 한 사람뿐입니다."

"그리고?"

"두 번째는 그의 무공입니다. 네 번째 살행까지는 그의 무위가 정확히 드러나지 않았지만, 이번 남경에서의 격돌로 그의 무위는 분명해졌습니다. 그는 절정의 고수입니다. 제자들이 보내온 전서를 근거로 판단하자면, 이미 본 문 장로들과 엇비슷한 경지까지 올라선 것으로 보여집니다. 본 문의 반도를 처리하는 이가 이미 절정에 다다른 고수이니, 당연히 그가 익힌 무공을 구천무예라 짐작할 수 있습니다."

"그리고?"

"예?"

운경자는 이어진 운현자의 물음에 답을 내놓지 못했다. 이미 드러난 정황만으로도 그가 구양가주의 제자라는 것을 의심하지 않을 수 없는 상황이었다. 한데도 운현자는 그 이상의 무엇을 바라는 듯한 눈치였다. 운경자가 대답을 못하며 자신을 바라보자 운현자는 미소를 지으며 입을 열었다.

"소림과 본 문이 나서선 안 되는 이유를 자네가 모두 말한 셈이네."

"그게 무슨……?"

"첫 번째를 이야기해 봄세. 자네는 본 문의 반도를 구양가주의 제자로 보이는 자가 하나씩 주살하고 있다고 했네."

"분명히 그랬지요. 사실이 그렇고요."

"어떻게 그럴 수가 있을까?"

"예?"

운경자는 운현자의 물음에 고개를 갸웃거렸지만, 이어지는 운현자의 말엔 안색을 굳힐 수밖에 없었다.

"아무리 속가제자들밖에 투입하지 못했다 하더라도, 소림과 무당의 인원을 합쳐 열여덟 명이네. 그들이 활동한 기간만 근 사 년 가까이 되어가고 있고. 한데 구양가주의 제자로 보이는 자는 강호에 등장한 이후 거의 일직선이다 싶은 혈로를 밟으며 반도들을 주살하고 있네. 우리 속가제자들이 못난 탓이라 보이는가?"

운경자는 충격을 받아 멍해진 표정으로 운현자를 바라보고 있었다.

'어찌 그 생각을 하지 못했을까? 분명 혈로를 걷는 이는 하나이지만, 그가 걷는 혈로는 한 사람이 걸을 수 있는 혈로가 아닌 것을. 분명 그 뒤를 보아주는 자가 있다. 게다가 그의 행사를 본다면 결코 작은 세력이 아니다. 하면 남경에서 그를 태우고 사라졌다는 거선 역시 그 세력이 준비한 것이라 보아야 하는구나.'

운경자는 배를 타고 사라졌다는 소식에도, 단순히 미리 준비했다고만 유추했었다. 하나 운현자의 말을 듣고 나니 모든 것이 명확해지고 있었다. 살귀의 혈로는 살귀 홀로 걷는 것이 아니었다.

“그렇다면, 그 세력을 밝혀내기 전까진 본 문과 소림 역시 움직일 수가 없는 것이군요.”

운현자는 운경자의 대답에 만족스러워하며 입을 열었다.

“쉽게 보면 그렇다네. 그들이 의탁한 곳이 있고, 그들이 홀로 남은 구양가주의 청을 들어주었다면, 그 조건이 무엇인지 따져 보지 않을 수가 없네.”

“구천무예를 조건으로 내걸었을 거란 말씀이십니까?”

운경자는 등골을 스치는 한기에 놀라 몸을 움츠렸다. 비록 지켜지지 못한 약조였지만, 구천무예는 소림과 무당에서 나누어 보관하기로 했었다.

기실 오십 년 전에 구천무예의 진경이 사라졌다는 소문은 소림과 무당이 낸 헛소문이었다.

근 백 년 이상 이어진 소림과 무당의 비호였지만, 그것에 대한 회의가 소림과 무당 내부에서 적지 않게 오가고 있었다. 굳이 출혈을 감수하며 속가제자들에게 그런 중임을 맡겨야 하는가. 왜 소림과 무당만이 그런 수고를 감수해야만 하는가. 이럴 바엔 구천무예의 진경을 없애는 것이 낫다는 여론까지 일고 있는 실정이었다. 소림과 무당의 선택은 불가피했다고도 볼 수 있었다.

당시 구양세가의 마지막 생존자는 약관의 구양문뿐이었다. 소림과 무당은 구양문에게 양해를 얻고 구천무예의 진경이 사라졌음을 천하에 알렸다. 처음 오 년은 반신반의한 자들이 구양세가 근처를 기웃거렸지만, 십 년이 지나자 세상은 구천무예라는 이름을 잊어버리고 말았다. 구천무예라는 이름이 사라짐과 동시에, 구양세가라는 이름도 사라지고 말았다. 구양문은 장원을 팔고 인적이 드문 복건으로 낙향했다. 이미 천하의 이목이 떠나 있는 상태인지라, 그의 그런 행적은 관심을 받지 못했다. 하나 구천무예가 구양문에게 있다는 것을 알고 있던 소림과 무당은, 매 십 년마다 속가제자들을 뽑아 그의 문하로 들어가게 하였다. 각파에서 고작 네 사람의 인원을 보냈을 뿐이지만, 그래도 만일을 대비함이었다. 구양세가의 멸문은 그렇게 이루어졌다.

거기까지 생각이 미치자 운경자는 의문이 들었다.

"하면, 본 문의 반도들이 구천무예를 얻지 못했을 거란 뜻입니까?"

"그럴 수도 있고 아닐 수도 있네."

"그건 또 무슨 말씀이신지……."

운경자는 운현자의 애매한 대답에 속이 탔지만, 그렇다고 장문인을 재촉할 수는 없었다. 물론 운현자는 사제의 속이 다 탈 때까지 기다리는 악취미는 없었다.

"살귀라 불리는 이가 홀로 움직이고 있고, 또 반도들의 죽음을 떠올려 보았을 때, 반도들에겐 구천무예가 없을 거라 생각할 수 있네."

기실 그것은 요즘 들어 운경자도 미심쩍어하는 부분이었다. 살귀가 반도들을 없애고 있다는 사실을 알게 된 것은 그리 오래전 일이 아니다. 살귀의 존재를 확인한 것도 남경에 이르러서야 가능했던 일이었으니.

하나 제자들이 확인한 살귀의 무공은 놀라울 정도였다. 그 무공이 구천무예라 가정한다면, 그가 노리는 반도들과의 싸움 역시 그만큼 격렬했어야 한다. 하지만 태호에서 싸운 뇌공량을 제외한다면 고수들의 싸움답다 말할 수 있는 싸움은 없었다. 뇌공량의 시신을 확인한 소림 제자들의 말로는 그가 사용한 무공이 소림의 나한권 같다고 했다. 적어도 지금까지 죽은 다섯 명의 반도 중 구천무예를 익힌 흔적을 남긴 이는 없었다.

"하면 아닐 거라고 하신 말씀은?"

"진본은 하나이고 사람은 여덟이니, 어느 하나의 손에 들어갔다 생각할 수도 있지."

"그럴 수도 있겠군요. 하지만 지금까지의 결과만 본다면 구천무예를 빼앗기지 않았을지도 모르는 일 아닙니까?"

"글쎄……."

운현자는 희미하게 미소 지으며 대답을 회피했다. 운경자는 잠시 생각을 정리한 후 자신의 뜻을 밝혔다.

"그렇다 하더라도 그는 만나보아야 하지 않겠습니까? 만에 하나 구양가주가 잘못된 복수심으로 구천무예를 잃게 된다면, 또 구천무예가 옳지 못한 이들의 손에 들어가기라도 한다면……."

"그것이 문제라면 이미 늦었다고 볼 수 있지. 구양가주가 사라진 지 벌써 삼 년. 이미 그의 제자로 보이는 이가 강호를 활보하고 있으니……."

운경자는 속으로 쓴 소리를 뱉었다. 고작 복수심 때문에 일세의 절기를 함부로 넘길 생각을 하다니… 강호의 도리상으로 보아도 그것은 안 될 말이었다.

"하면 구양가주가 의탁한, 살귀의 뒤를 봐주고 있는 자들의 실체를 알아내기 위해 움직여야 하지 않습니까?”

당연한 물음이었다. 그들이 문제라 함부로 나서지 못한다면, 그들의 정체를 밝혀내는 것이 우선이었다. 물론 당연히 신중해야 할 일이었고, 운현자는 운경자보다 훨씬 신중한 사람이었다.

“안 그래도 그것 때문에 소림에 좀 가주이야겠네. 사안이 사안이니만큼 독단으로 처리할 문제는 아니니, 아마 소림에서도 연락을 기다리고 있을 것이네.”

“알겠습니다. 제가 다녀오도록 하지요.”

운경자는 생각지 못한 이야기들에 가슴이 답답해지던 참이었다. 다른 이에게 맡기느니 직접 소림의 방장을 찾아가 이야기를 듣는 편이 나을 것 같았다.

하나 운경자는 소림을 방문할 필요가 없었다. 운현자와 담소를 나눈 지 불과 한 시진도 지나지 않은 시각, 무당의 산문엔 귀한 손님이 찾아와 있었다.

“아미타불. 오랜만에 뵙습니다.”

“별래무양하셨습니까, 대사.”

“진인 덕분에 무탈하게 지냈습니다.”

운경자는 일지 대사의 갑작스러운 방문에 놀랄 수밖에 없었다. 소림의 계율원주이며 방장 일우 대사의 사제. 이미 칠십이 가까워지는 노승려였지만 장대한 기골에서 뿜어지는 강인한 기세는 오십 줄의 중년인이라 해도 믿지 않을 도리가 없어 보였다.

운경자는 일지 대사와 함께 장문인의 거처를 찾았다. 물론 해검지의 제자들에게 그의 방문을 일절 함구하라 지시함도 잊지 않았다.

"어서 오십시오, 대사."

운현자는 만면에 미소를 지으며 일지 대사를 맞았다. 일지 대사는 가만히 합장을 올리며 그의 환대에 답했다.

"무당에 오르시느라 고생이 많으셨소."

"허허, 일전에 운경 진인께서 숭산을 오르느라 고생하셨으니, 이번에는 본 사에서 움직이는 것이 당연한 이치지요."

"허허, 저 사람을 소림까지 보낸 빈도를 탓하시는 게구려."

"허허, 아닙니다. 오히려 저희 장문인을 흉잡는 게지요."

화기애애한 담소가 장문인의 처소에 가득했다. 차가 나오고 차향이 실내에 적당히 풍겨 나갔을 무렵, 일지 대사가 가벼운 헛기침과 함께 입을 열었다.

"무당도 전서를 받으셨을 줄 압니다."

"남경에서 보낸 전서를 이르시는 것이라면, 물론 잘 받았습니다."

"본 사의 장문인께서 무당파의 장문인께 조언을 구하셨습니다."

"세이경청하지요."

일지 대사는 가볍게 미소 지은 후 본론을 꺼내었다. 운경자의 짐작대로 역시나 살귀의 배후에 관한 문제였다. 일지 대사가 꺼낸 이야기는 대부분 자신과 장문인이 나누었던 이야기의 반복이었다.

"해서, 그들이 누구인지 알아보고자 하는데, 무당에 무슨 묘안이 없으신지 여쭤보라 하셨습니다."

"허허, 겸손이 과하시다 전해주시구려. 그래, 소림에서는 어떻게 할 생각이십니까?"

물음에 물음으로 답했다. 일지 대사는 조금 놀란 눈빛으로 운현자를 바라보다 이내 고개를 저으며 웃었다.

"이야기를 전한 제가 다 무안해집니다. 이렇게 될 줄 알고 장문사형 께서 저를 보낸 것인지도 모르겠군요. 제가 얼굴 두껍기로는 소림제일 이라 불리는 사람이니."

일지 대사의 말에 운현자가 미소로 사례했다. 운경자는 이미 소림에 서 어떤 복안을 들고 왔다는 것을 눈치챌 수 있었다. 그럼에도 소림은 무당의 체면을 생각해 한발 물러 의견을 물어온 것이었고, 운현자는 그 것을 부드럽게 돌려 되물은 것이었다.

"미리 짐작을 다 하고 계신 듯하니, 이야기가 편하겠습니다. 본 사에 서는 그의 배후로 개방을 지목하고 있습니다."

"잠깐! 개방을 살귀의 배후로 지목하고 있다 하셨소?"

어찌나 놀랐는지, 운경자는 운현자와 일지 대사의 대화 중에 서슴없 이 끼어들며 소리쳤다. 운현자가 살짝 미간을 찌푸렸지만, 그마만큼 충격적인 이야기였기에 따로 나무라진 않았다. 일지 대사가 가만히 고 개를 끄덕여 운경자의 물음에 답했다.

"그렇습니다. 소림은 이번 살귀의 배후로 개방을 의심하고 있습니 다."

"무당 또한 귀 사의 생각과 다르지 않소."

"장문사형?!"

운현자의 맞장구에 운경자는 정신을 못 차릴 지경이었다. 개방은 구 파일방이라 불리며 당당히 천하정파의 대들보로 군림하고 있는 이들이 었다. 지금까지 그들의 행사 중에 도리를 벗어나는 일이 없었고, 강호에 혼란이 있을 때마다 발 벗고 나서 천하 안녕에 힘쓰곤 했다. 그런 그들이 살귀의 배후라니, 믿을 수 없는 일이었다.

"소림의 주변을 맴돌던 개방의 눈길이 몇 달 사이에 배로 늘었습니다."

"그건 본 파도 마찬가지요."

"하지만 그것만으로 개방을 의심하기엔……."

"살귀를 쫓는 개방의 움직임도 거의 없습니다. 여타의 사안과 비교해 볼 때 이해하기 힘들 정도지요. 이상할 정도로 조용하다고나 할까요?"

강호에 마두나 색마가 출현하면 가장 먼저 경종을 알리는 이들이 바로 그들이었다.

살귀는 무창에서 동정수로채와 격돌하였고, 모용세가의 총호법을 죽였으며, 남경에서는 흑백쌍괴의 하나인 광도 황옥산마저 베어낸 자였다. 사안의 중요도에 따라 다르긴 했지만, 지금 개방의 움직임은 강 건너 불 구경이나 다름없었다.

"하면… 구양가주가 개방에 몸을 의탁했을 거란 말입니까?"

"확증은 없습니다. 하지만 요 근래 가장 수상한 행동을 하는 문파를 꼽으라면 단연코 개방입니다."

운경자는 한숨까지 내쉬며 고개를 들었다. 아무리 그래도 그렇지 개방이라니…….

"소림은 어떻게 하실 작정이시오? 심증만 가지고 직접 찾아가 물어볼 수도 없는 노릇이고."

"그것을 여쭙고자 온 것입니다. 어찌하였으면 좋을지."

운경자는 두 사람의 이야기에 집중할 수가 없었다. 개방에는 안면이 오래된 인물들도 여럿이었다. 자주 만나지는 못하지만 그래도 오다가다 마주치면 술 한잔 걸칠 사이도 부지기수였다. 그런 개방이 이번 일에 연루되어 있다니…….

'아니야. 꼭 안 좋은 쪽으로 단정할 필요는 없다. 개방은 전통적으로 협의와 대의에 충실했던 곳. 구양가주로서는 마땅히 기댈 곳이 없었을 곳이다. 그래서 찾아간 곳이 개방일 테고…….'

운경자의 사색이 끝나갈 무렵 운현자와 일지 대사의 이야기도 마무리가 되어가고 있었다.

"하면 누구를 보낼 것인가가 중요하겠군요. 너무 연륜이 짧아도 안 될 것이고……."

"가급적이면 개방의 수뇌쪽에 아는 이가 있으면 좋겠지요."

"본 사의 지객당주인 일망 사제가 강호의 인물들과 친분이 제법 됩니다."

"하나 지객당주라는 직책으로 외부 문파를 방문한다는 것은 의심을 살 수도 있소. 너무 뜬금없는 방문은 피하는 것이 좋겠지요."

두 사람의 이야기에 귀 기울이던 운경자가 입을 열었다.

"제가 가겠습니다."

"음? 자네가?"

"개방의 인물과 접촉해 조심스레 알아보라는 것 아닙니까?"

홀로 생각에 잠겨 있었어도 들을 것은 다 들은 모양이었다. 운현자와 일지 대사는 타초경사의 우를 범하지 않기 위해 자연스러운 접근이 가장 현명하다는 데 동의했다. 그러기 위해서는 의심을 피해 개방의 윗선에 접근할 인물이 필요했고, 그에 합당한 인물을 찾기 위해 고민 중이었던 것이다.

"개방에는 아는 지인도 여럿이고, 대외적으로 활동한다 해도 저를 의심할 사람은 아무도 없을 것입니다."

그의 말은 맞았다. 운경자만큼 속세와 빈번한 접촉을 하는 도사도 드물다 말할 수 있을 정도였으니.

소림과 무당을 오가는 일에 운경자가 꼽히게 된 것도 그런 이유였다. 그라면 아무리 소림을 제집처럼 드나들어도 의심의 눈길을 피해 갈 수 있을 것이었다. 그런 그가 나선다면 개방과의 접촉도 순조로울 수 있을 것이다. 하나,

"자네의 마음은 알지만, 개인의 감정이 앞서선 곤란하네. 자네가 개방의 인물들과 호의적으로 지낸다는 것은 아네. 하나 이번 일은 그런 감정을 배제하고 움직여야만 하네."

"누군가 가야 한다면 제가 가장 적임자입니다. 그리고 그 정도 사리 분별도 못한다면 장로라는 자리에 앉아 있을 염치가 없지요."

운경자의 단호한 목소리에 운현자가 고개를 끄덕였다. 이 정도의 다짐이라면 믿고 맡겨도 충분하리라 싶었다. 물론 그가 그런 다짐까지 하지 않았어도 이번 일에 운경자가 나서준다면 쌍수를 들고 환영할 일이었다. 무당의 장로라는 체면이 있어 쉽게 부탁을 할 수도 없었던 일이니…….

"그럼 자네가 좀 수고해 주게. 너무 깊이 파고들 필요도 없고, 많은 것을 알려 할 필요도 없네. 그저 개방의 분위기나 살피면 되고, 이상한 점이 없나 둘러보고 오기만 하면 되네."

“염려하지 마십시오, 장문사형.”

운경자는 곧바로 차비를 하겠다면서 별실을 나섰다. 그의 뒷모습을 바라보던 운현자의 입에선 옅은 한숨이 새어 나오고 있었다. 그의 한숨을 못 본 척 넘긴 일지 대사가 입을 열었다.

“한데, 진인께서는 어찌 생각하고 계십니까?”

“무엇을 말씀하시는지?”

“살귀의 무공 말입니다. 정녕 그가 구천무예를 익혔다고 보십니까?”

일지 대사의 물음에 운현자는 가볍게 대꾸하지 못했다. 그것은 그조차도 확신을 가질 수가 없는 문제였다.

“대사께서는 어찌 생각하십니까?”

“흠, 저는 그가 익힌 것이 구천무예가 아닐지도 모른다 생각하고 있습니다.”

“연유를 여쭈어 보아도 되겠습니까?”

일지 대사는 말하기가 쉽지 않은 듯 가볍게 입맛을 다신 후에야 이야기를 이었다.

“아시다시피 구천무예는 이백여 년 전에 등장한 무공입니다. 구양수는 구천무예로 천하제일인의 자리에 올랐지만, 그 이후 아들 구양뢰를 끝으로 그것을 익힌 자가 나오질 못했지요.”

“그랬었지요.”

“그때 그 연유에 대한 구구한 억측이 많이 나왔다 들었습니다. 후손들의 자질이 미천해서라거나, 무공이 완전치 못하다거나. 어느 하나 확실한 것은 없었지만, 그 이후 지금까지 절전되다시피 했다는 것만은 변함없는 사실이지요.”

운현자는 말없이 일지 대사의 이야기를 듣고 있었다. 그 자신이 생각하는 결론과 소림의 생각이 얼마나 다른지를 확인하기 위해 기다리는 듯했다. 역시 소림의 생각은 그의 생각과 그리 다르지 않았다.

"둘 중 하나이겠지요. 구천무예가 완전히 부활했거나, 아니면 구천무예의 망령이거나."

"구천무예의 망령이라면……."

"그렇다면 그 망령의 배후엔 개방이 있다고 생각해도 되겠지요. 그 정도의 고수를 키워낼 수 있는 곳은 강호에 많지 않습니다."

개방도 그중 하나에 들어간다는 것이 문제였다. 아니, 차라리 그렇다면 다행한 일이라 할 수 있었다. 만약 살귀의 무공이 개방에 뿌리를 둔 것이라면 이번 일은 단순히 복수극으로 끝날 수도 있는 일이었다. 하지만…

"만약 진정 구천무예가 부활한 것이라면……."

"그게 문제지요. 그 살귀라 불리는 이가 익힌 무공이 진정 구천무예라면 구양가주는 구천무예가 남긴 백오십 년 전의 과제를 풀어냈다는 뜻이겠지요."

"과제를 풀어낸 대가가 삼 년 만에 절정고수를 만들어내는 비법이겠군요."

"중원의 무공 체계가 뿌리째 뒤흔들릴지 모릅니다."

운현자와 일지 대사는 그 대화를 끝으로 긴 침묵에 들어갔다. 문제는 점점 복잡해지는데, 해결의 실마리는 가볍기 그지없었다. 개방으로 떠난 운경자가 어떤 실마리를 잡아오느냐에 따라 한 판의 복수극이 될 수도, 강호의 파란이 될 수도 있었다.

　소림과 무당의 고민을 아는지 모르는지, 파란의 중심이 되어가고 있던 한은 마차에 몸을 실은 채 태산으로 향하고 있었다.

　　　　　　　　　『정한검 비검무』 4권에 계속…

청 어 람 신 무 협 판 타 지 소 설

최고의 신무협 작가 『설봉』의 최신작!

사자후(獅子吼) / 설봉 지음

깊게 깊게 빠져드는 몰입의 세계!
온몸을 전율케 하는 찌를 듯한 강렬함을 느낀다!

그에게서는 묘한 악취가 풍겼다. 그가 창을 겨눴을 때……
화염이 이글거리는 눈동자를 보았을 때……
비로소 악취의 정체를 짐작해 냈다.
피와 땀이 켜켜이 쌓여 자연스럽게 뿜어져 나오는 살인마의 냄새.
그는 허명(虛名)을 좇아 비무를 즐기는 낭인(浪人)이 아니라 야성(野性)이 살아서 꿈틀거리는 진짜 살인마였다.
투지가 끓어올라 활화산처럼 꿈틀거렸다.
그의 눈길을 정면으로 맞받으며 묘공보(妙空步)를 밟기 시작했다.
우리의 첫 만남은 그렇게 시작되었다.

- 환봉개(幻棒丐)의 회고록(回顧錄) 中에서 -